クビキリサイクル

青色サヴァンと戯言遣い

[日] 西尾维新 著

胡环 译

Illustration take

斩首循环

蓝色学者与戏言跟班

Author
NISIOISIN
Illustration take Cover Design T-Workshop

クビキリサイクル

青色サヴァンと戯言遣い

西尾維新 NISIOISIN

斩首循环

蓝色学者与戏言跟班

[日] 西尾维新 著

[日] take 绘　　胡环 译

北京时代华文书局

千本樱文库

前 言
PREFACE

文库，原本是指收纳书物的仓库和书库，也指收纳书与记事簿，以及不常用物品的小箱子。以前者为例，京浜急行线的“金泽文库站”就是以前镰仓时代北条氏用来收藏汉书用的，“金泽文库”名字的由来便是如此。东京都的世田谷区也存在着收集着珍贵汉书的“静嘉堂文库”。后者则更多地被称为“手文库”。

江户时代以来，可以放入袖袂的小开本书籍逐渐流行起来，被称为“袖珍本”。明治36年（1903年），富山房发行了小开本的丛书，起名“袖珍名著文库”。随后，明治44年（1911年），讲述战国时代的猿飞佐助和雾隐才藏系列故事的讲谈社“立川文库”发行出版。讲谈是日本民间艺术，以口语化的方式讲述历史故事的形式。而“立川文库”则是将讲谈收录成册集中出版的丛书，据统计，当时刊行量为200册左右。从那时起，文库就脱离了原本的释意，逐渐演变成了现在的类书集丛。

文库说法借鉴了日本出版业界的传统说法。而千本樱源自日本奈良县吉野山樱花盛开的奇景，世人皆称“一目千本樱”来形容樱花美景。千本樱文库的纳入作品皆为日系作品，题材包括推理、悬疑、幻想、青春、文化等类型，正如千本樱满山盛开的绝景。

现代日本，以“文库”命名刊行的丛书系列有200种以上，所谓“文库本”只不过是统称而已。日本传统的“文库本”常用的是A6尺寸的148mm×105mm，也叫“A6判”。千本樱文库的所有书籍将在“文库本”的基础上提升，达到148mm×210mm的开本标准。追求还原的前提下，力图带给读者更清晰的阅读体验。

从上世纪70年代以来，日系推理小说逐步进入中国读者的视野。随着时代更替，涌现出了各种不同风格的作家。日系推理能够长久不衰的原因之一在于设立的各种新人奖，这些新人奖能为日本文坛输送新鲜血液，不断地创作优秀作品。其中，以自由度著称的梅菲斯特奖独树一帜。梅菲斯特奖是讲谈社旗下的公募新人奖，其特色在于不限题材，不设字数限制，能够充分发挥作者的想象力和创作力。因此，获奖作品都具有鲜明个性。同时，如森博嗣、京极夏彦、辻村深月等人气作家也都出道于梅菲斯特奖。梅菲斯特奖作家系列的引进出版，会给读者带来更多的个性之作。

西尾维新作品的风格，即使放在梅菲斯特奖的历史上，也是独具一格的。2002年至2005年期间刊行的“戏言系列”兼具文学性与娱乐性，打破了本格推理小说解谜为主，不注重登场角色的传统。其作品中，经常出现形形色色、个性怪异的角色形象：喜爱自言自语的大学生、醒来就会失忆的侦探等……千本樱文库会陆续为各位读者带来他们的故事。

千本樱文库编辑部

作 家
WRITER

鲇川哲也奖作家系列

- 相泽沙呼
- 城平京
- 芦边拓
- 柄刀一

梅菲斯特奖作家系列

- 西尾维新
- 井上真伪
- 天祢凉
- 殊能将之
- 木元哉多
- 北山猛邦

其他作家系列

- 乙一
- 三津田信三
- 仓知淳
- 深木章子
- 横关大
- 野崎惑

KUBIKIRISAIKURU

目录

登场人物介绍

赤神伊利亚	鸦濡羽岛岛主
班田玲	女仆领班
千贺明	三胞胎女仆中的长女
千贺光	三胞胎女仆中的次女
千贺照子	三胞胎女仆中的三女
伊吹加奈美	天才画家
佐代野弥生	天才厨师
园山赤音	天才学者，ER3 组织的“七愚人”之一
姬菜真姬	天才占卜师
玖渚友	天才工程师
逆木深夜	伊吹加奈美的看护
我（旁白）	玖渚友的跟班
哀川润	人类最强承包人

多一项才能比少一项才能更危险。

——尼采

“那些有目的、有意识地将别人当作踏脚石的人，实在是相当可怕的家伙！”

是这样吗？

我倒认为不自觉、无意识地将别人当作踏脚石的人不算可怕，借着善意和正义的名义践踏别人的人才更为可怕。

“嗯？哈哈，原来你还是个不错的家伙呢！”

欸！被取笑了。

万幸，我是不是个好人跟这种情形扯不上关系。或许，这不是思想上的差异，而是生存方式本身的不同。无须脚踩他人就能立足于世的人和连做他人踏脚石的资格都不具备的人，两者之间根本就是云泥之别。归根结底，不就是这么一回事吗？

例如没有特定风格的画家。

例如研究世间万事的学者。

例如通晓人间美味的厨师。

例如拥有超凡能力的占卜师。

……

那座岛，那座岛上的她们，宛如超越了这个世界。

无论是邀请者，还是受邀者都是常人难以应对、不可企及、高不可攀的异类。她们位于遥不可及的彼端，让人绝望到连迈开步伐追逐的念头都不曾闪现。

“换言之，这是一个何为天才，何为庸人的问题。但是，无能也有无能的幸福，如果天生愚钝，愚钝到根本不去思考活着的理由、生命的意义、生存的价值，那么这个世界算得上是人间乐园了。安稳、和平、安宁，小事可以看重，大事也可以化小，风平浪静地度过一生。”

是啊，一定会是那样的。

世界对优秀无比严苛，世界对才能无比严苛；

世界对纯洁无比严苛，世界对聪慧无比严苛；

世界对平庸极其宽容，世界对无能极其宽容；

世界对邪恶极其宽容，世界对愚钝极其宽容。

如果提前有了这样的理解和认知，那么一切问题都将不复存在，不必提出解决方案也无须做出解释，只是一个还未开始就已结束，结束之时即已完结的故事。

比如……

“总之，人的生存方式只有两种，要么认清自身的微不足道而活着，要么明晓世界价值的低下而活着，无他，只有这两种方式。所以，需要考虑的问题是将自身价值融于世界之中，还是将世界为我所用。”

自我价值与世界价值，何为优先？

毫无价值的世界与微不足道的自己，何者更重？

两者之间没有交织混杂的模糊地带，而是存在明确的区分标准。

这是一个二选一的取舍选择，而且，必须要做出选择。

“什么样的人是天才，什么样的人是蠢材？”

何处开始是真相？谎言从谁而起？

从谁开始是真实？谎言始于何处？

不可以如此质问。

对方一声嗤笑。

“那么，你呢？”

我……

“你是怎么看待这个世界的？”

对于曾经在那座岛上生活过的我来说，对于守在那抹蓝色身旁的我来说，对于现在直面眼前这个人的我来说，那根本就是无须思索答案的无谓戏言。

所以，我选择了沉默。

我移开视线，心中暗忖：

在这个人的眼里，世界究竟是什么模样？在这个人的眼中，我又是什么样子？

第三天（1）——群青色的学者

0

不要那么慌张！

慢慢来嘛！

1

这是来到鸦濡羽岛后的第三天，清晨不动声色地驱走了黑暗，一路唤醒了岛上的一切。我迷迷糊糊醒来，思绪还游离在梦境和眼前的现实之间。

微弱的光线透过高处的长条窗户射进来，屋内依然昏暗不明。这个房间没有电灯，必须再等些时候才能明亮起来。太阳刚升起不久，那么现在大概是清晨六点吧。根据我的生物钟和日出时间推断，应该是这个时间，前后的误差，我想不会超过十五分钟。其实，就算推断的误差超过一个小时，又有什么关系呢？

“起床吧。”

我一边低喃，一边缓缓起身。

房间里空荡荡的，除了一把椅子外没有任何家具，地上只铺着一床被褥，高高的天花板越发令房间显得空旷。这种“过于简陋”的陈设不禁让人联想到监狱，感觉自己就像一个死刑犯。清晨伴着这种感受醒来，已是第二遭了。

虽然这个房间不是牢房，但它原本也不是一间住人的屋子，基本上作为仓库使用。刚到岛上时，我对明小姐说给我一间最小的房间就可以了，结果就被领到了这里。尽管它是这座宅第里最小的一个房间，但还是远比我租的住处宽敞太多。欸，想想还真是让人郁闷呢。

“呀，别净想这些令人丧气的事了。”

我将思绪从死刑犯拉回到正常轨道上来。

现在到底几点了？我抬起胳膊看了看手表，结果却发现液晶屏上没有任何显示，大概是睡觉时电池耗光了吧。哎？不对，前不久才刚换的电池，看来是出其他故障了，等会儿还是让玖渚给修修吧。

我转了转刚睡醒还有点迷糊的脑袋，做了几个伸展腰身的简单体操动作，走出了房门。一路踏着长长的看上去很高档，实际上应该也很高级的鲜红色长绒地毯，来到旋转楼梯处，冷不防遇见玲小姐和明小姐。

“早上好！二位可真早啊。”

我礼貌地先出声打招呼，可她们却只是微微点了点头，然后一语不发、面无表情地从我身旁擦身而过。

“还真是冷淡呢……”

她们一定是在忙着工作，再说了，我又不是被邀请来的“客人”，被这样对待也无可厚非。如果想要得到更大的关注，除非伸开双臂来个绅士的拥抱礼，不过我可干不来那种事。

班田玲小姐和千贺明小姐是这座宅第的女仆，玲小姐是领班，明小姐在她手下干活。除了她俩以外，还有两位与明小姐同等地位的普通女仆，也就是说，这幢房子里一共有四位女佣人。从宅第主人的身份以及宅第的规模来看，四个女仆似乎少了些，但她们个个都很精明能干，将房子收拾得井然有序，各项工作井井有条地开展。

玲小姐和明小姐她们服侍的主人名叫赤神伊利亚，是这座小岛和宅第的所有者。就是她邀请玖渚和我来到此地。

啊！不，我不在受邀之列，我只是跟随玖渚来到这里……

那个明小姐到底有多大年龄呢?

从外表来看，玲小姐差不多有二十七八岁。虽然对于处在我这个年龄的少年来说，很难准确判断出玲小姐这个年龄段的女性的具体岁数，不过我感觉也差不了多少。问题在于明小姐，不管怎么说，她总不会比我小，但看上去真是好年轻。这么说吧，她就属于那种我们在闹市区偶然碰到的明明已经成年，但使用学生票半价乘坐公交车也丝毫不会让人怀疑的类型。我一边戏谑地想不知她会不会对比自己小的男生感兴趣（呀，当然只是戏言），一边走上旋转楼梯，步入二楼。

我要去的是玖渚的房间。

两天前登上岛时，玖渚的房间早就准备好了，但是没有准备我的房间。这也不能怪对方，要不是那天早上接到玖渚的电话，我压根儿没想过自己会到这座古怪的小岛上来，也难怪她们想不到了。

当时，明小姐迅速做出应急反应，马上为我准备房间，但是我郑重其事地婉拒了。为什么呢？等我打开眼前的这道房门，便能明白其中的缘由了。

我敲了敲门，然后推门走了进去。

房间内部很大，再加上纯白色的地毯、纯白色的壁纸以及纯白色的家具，越发衬得空间更大。白色有扩散光线的特性，这一点我还是知道的。玖渚特别喜欢白色，所以对方投其所好，特意这样布置的吧。房间中央摆放着奢华的沙发和木桌，枝型吊灯从高高的天花板垂挂下来，白色的睡床是我们经常在电影中看到的那种中世纪贵族使用的带有顶盖的大床。

这样的房间和家具让人怎么能睡得着？

所以，我才向明小姐要了一楼的仓库。与这种细腻、纯净的公主风丝毫不沾边的玖渚友，此刻，还在纯白色的床单上酣睡。

我看了一眼墙壁上华丽的古董挂钟（还真是用心了，连挂钟也是白色的），果然如我推测的那样，此时刚过六点。

我想象着接下来的景象，在床边轻轻坐下来，感受着地毯的松软和舒适。

这时，玖渚翻了个身，然后微微抬了抬眼皮。

“唔……啊……阿伊？”

可能是感受到我的气息，玖渚醒了。她拨开夏威夷蓝色的乱发，迷迷瞪瞪地看向我。“啊啊。嗯，阿伊，你是来叫人家起床的吧。谢喽！”

“不是，本来我是想催你睡觉的。哎呀呀，你竟然会在晚上睡觉，真是难得呢，小友。或者说，难不成你是刚刚睡着？”

要是那样的话，我来得可真不是时候。

听了我的话，玖渚轻轻摇了摇头。

“人家应该睡了三个小时。昨天啊，哎呀，不是发生了不少事嘛。唔，阿伊，稍等，再等人家五秒钟啦。早上好！真是一个清爽的早晨呢！”

玖渚猛地从床上腾起娇小的身躯，张开双臂，满面笑容地向我扑过来。

“咦？怎么黑乎乎的呀，那可就一点儿也不清爽了，讨厌，讨厌！早上起床的时候，太阳高高挂在空中才对嘛。”

“那是因为每次你都是中午才起床。”

“不过，今天人家睡得很香哟！”

玖渚无视我的话，继续兴致勃勃地说道。

“应该是凌晨三点钟睡的吧。昨天不是发生了一些不愉快的事吗，所以本大人干脆就早早上床了。心情郁闷时，睡觉是最好的方式了噢。睡眠就是神灵赐给人类的唯一解药啦。喂，阿伊！”

“怎么了？小友。”

“你先不要动噢！”

我还没转过神来，就被玖渚一把抱住了。不，说是偎靠比较恰当，她全身心放松地趴在我背上，小小的脑袋靠在我右肩上，纤细的手臂环绕着我的颈部，两个人的身体紧紧地贴在一起。

紧紧拥抱着。

但我并没有感到什么重量。

“喂，玖渚。”

“充——电——中！”

玖渚静静地靠着我，没有发出一丝声音，就好像真的在充电一样。既然这样，那我也不好再乱动了，于是放弃抵抗，把整个后背交给了她。

可是，话说回来，充电是什么情况，难道我是个插座吗？

我发现玖渚又穿着那件大衣睡了。不论室内或室外，不管春夏秋冬，玖渚总是穿着一件纯黑的大号男式大衣。娇小的玖渚套上它，下摆几乎快要拖地了，但玖渚毫不在意，似乎非常喜欢这件大衣，不管何时，无论何地总是不舍得脱掉。尽管我一再劝告她至少睡觉时要脱下来，可是她依然我行我素。

玖渚的固执令人吃惊。这一点，倒是和我有点像。

“嗯，好了，谢谢啦！”

她终于从我背上移开了身子。

“充电完毕！今天也会好好努力的！”

玖渚“嗨”的一声跳下了床，轻轻甩了甩蓝色的秀发，径直走向对面的窗前。那里摆放着三台计算机，是玖渚从城咲的家里带来的专用设备。三台计算机都是立式的，左右两侧的是普通尺寸，中间的那台则格外大，颜色当然都是白色的。我实在想不明白玖渚为何如此喜欢白色这种极不耐脏的颜色。

三台计算机呈“品”字形排列，凹进去的位置放着一把弹簧转椅，玖渚深深陷进转椅中。“品”字形摆放应该是为了能够同时操作三台计算机，可是只有两只手，怎么能同时操作三个键盘呢？这个问题远远超出了我的想象范围。

我从后面观看，三台计算机既没有用 ASCII 键盘①，也没有用 JIS 键盘②和 OASYS 键盘③，而是使用一种很奇怪的排列方式。对此，我也根本不必问她什么，因为对于天才工程师玖渚来说，自己做个键盘那还不是信手拈来的事。

顺道一提，玖渚不使用鼠标，理由是“那种东西太浪费时间了”。然而，在我这种外行看来，总觉得不配备鼠标的计算机非常不稳定，给人怪怪的感觉，让人心里不踏实。不过呢，我倒也不是特别讨厌这种感觉。

“阿伊。”

“什么事？”

“帮人家梳头嘛。”

“好的。”

我走到玖渚身后，分开蓝色的长发，左右各编了一条麻花辫，取下套在手腕上的橡皮筋绑结实。

“该洗洗头了，都出油了。”

“人家不喜欢洗澡啦。你想啊，洗澡的话，头发就会弄湿了嘛。”

“那还用说。可是，你看，头发都变成深蓝色的了。”

“自己怎么能看到自己的脑袋嘛。嘻嘻嘻，这样下去，头发就会变成群青色了哦。谢谢喽，阿伊。”

玖渚咬着下唇轻笑着说。

天真无邪、毫无戒备的微笑，让人迷失。

“好，好，随你便吧。”

我们聊天时，玖渚的手指也没有停下来，简直就像机器一般准确地以一定的节奏敲击着键盘，动作流畅没有丝毫停顿，仿佛只是机械地按照既定的程序完成设定的工作。三台显示器上飞快地闪过一行行我看不懂的英文及数字。

“小友，不是才刚刚起床吗，又在忙什么？”

“嗯，有一点活儿要干啦。哎呀，就算说了，阿伊也听不懂咯。”

“哦。必须同时使用三台电脑吗？”

听了我的话，玖渚摆出一幅无可奈何的表情说道：

“阿伊，中间这台不是个人计算机，是工作站啦。”

“工作站是什么玩意儿？跟电脑不一样吗？”

“不一样的哟。虽然电脑和工作站都是以个人使用为前提，嗯，这一点确实有点像。可是，阿伊，工作站的性能可强大多了。”

“哦，也就是说，工作站就是电脑里最厉害的家伙吧？”

我做出了纯属外行，可笑却通俗易懂的解读。

玖渚"嗯"地想了一下。

"所以呢，阿伊，电脑是电脑，工作站是工作站，虽然都是通用计算机，但还是不要混为一谈的好。"

"通用计算机是什么？"

玖渚就像看原始人似的看着我无奈地说："阿伊啊阿伊，你当真什么都不懂呢。"说完，又不满地补充了一句，"阿伊，你说说你在休斯敦的五年里都干了什么呢？"

"我做的事可跟你做的不同，小友。"

"哼！算了，算了。"

说着，玖渚转过身去，又进入了疯狂工作模式，显示器上的文字依旧像咒语般一行行飞驰而过。

尽管希望玖渚能够再多跟我讲解一下工作站及其分类，但是我本身也不是求知欲强的人，再加上玖渚不知在忙什么，不好多打扰她。而且，再问下去的话，指不定这个除了计算机以外，对生活一无所知的小姑娘会说出什么晦涩难懂的话来，于是我及时止住了话头。帮玖渚揉了揉肩膀，然后去卫生间洗了把脸，顺便换了衣服。

"小友，我去散步了。"

玖渚头也不回地抬起胳膊挥了挥手，另一只手还在不停地敲击着键盘。

我耸耸肩，离开了玖渚的房间。

2

如果说我很了解赤神财团，那绝对是在撒谎。赤神财团非常低调，再加上它的势力范围主要在关东地区，对于神户出生、休斯敦长大、现居京都的我而言，实在与赤神财团沾不上什么边，所以不甚了解。

简单一句话，赤神家族自古就是名门望族。他们可能从事某方面的生意，又或者他们属于某种即使不做任何事照样有钱赚的组织，对此坊间并无定论，其实也没有深究的必要。总而言之，赤神财团就是超富豪级的公司。

不仅仅在日本，他们在世界各地都拥有土地，这座鸦濡羽岛就是赤神家族的不动产之一。

鸦濡羽岛的中央有一幢西洋式建筑，所有者不是别人，正是赤神伊利亚小姐。

大家从姓氏基本就能推断出她是赤神家族的人。没错，她正是赤神财团现任家主的孙女，具有纯正的赤神血统，就算在名字后面加上双重敬称也不为过，是一位地地道道的千金小姐，不久的将来会继承巨额财富和绝对权力，登上万人瞩目的舞台。

然而，这一切已是过去式了，因为她已经被赤神家族的家主逐出了家门。

是的，没错，“逐出家门”。

不清楚她到底做了什么，反正是做了什么错事惹得家主大怒，落得现在的下场。据说五年前，在她十六岁的时候，就被赤神家族永久驱逐出家门了。当时，赤神家族的家主给了她一点点生活费（话是这么说，但其实这一点点生活费也是我等普通人难以想象的天文数字），以及这座孤零零漂浮在日本海上的小岛。

总之，就是被流放外岛了。

我觉得在如今这个时代，这种思想和作为太过迂腐。呀，点到为止吧，毕竟随意评判他人行为是不明智的，更何况对方是与自己毫不相干的赤神财团。

自被放逐之日起，伊利亚小姐便没有踏出过海岛半步，只有四名女仆与她相伴，在没有任何娱乐设施，鸟不拉屎的偏僻小岛上度过了五年时光。从某种意义上来说，我觉得这是一种形同地狱，但又有一点点类似天堂般的生活。然而，伊利亚小姐却并没有因此而感到孤苦寂寞，因为……

可以这么说吧，玖渚被邀请到这座小岛来就是为了陪伊利亚小姐消遣解闷的。当然，不仅仅是她，赤音小姐、真姬小姐、弥生小姐和加奈美小姐都是因为同样的缘由出现在这座岛上的。

“呀，这么说是不是有点过分了？”

总之，就是这么一回事，既然自己被禁止离开小岛，伊利亚小姐干脆将世界名人一一邀请到岛上。如果说“名人”这个词有失偏颇，那么不妨这样表达——伊利亚小姐将“天才”邀请到岛上来。既然我无法离开，那你们就向我靠拢，多么利落果敢的千金小姐做派。

伊利亚小姐不看重名气，不断邀请那些确实具有才能和技术的人来岛上做客，住宿免费不说，其他一切费用也全由她负担，非但如此，应邀者甚至还可以领到酬金。这是多么令人咂舌的豪气啊！

我猜测，伊利亚小姐是想效仿古希腊那种“沙龙”文化吧，请来不同领域的艺术家、天才进行交流，营造丰富多彩的生活。虽然这不是我们普通人所能想象的，但不可否认，的确是很棒的想法。

这座孤岛，除了这栋建筑和山林外一无所有，可是对于厌倦世俗的天才们来说，或许正是放松身心的好去处，因此伊利亚小姐的这个计划可谓相当成功。

我在荒凉的小岛上信步而行，享受着“森林浴”，慢慢走到了远离宅第的樱花树旁，不期然地遇到了深夜先生。

“啊，原来是你呀。”深夜先生向我举手示意，“你起得真早呢。那个……你叫什么名字来着？不好意思，我的记忆力不太好。”

深夜先生比我高出十厘米左右，穿着比我身上高级许多的名牌西服，有着温润的面庞，语气柔和。起码从身高和服装来看的确给人这样的印象，但深夜先生的内心是否真如外表一般柔和，我就看不出来了。我没有凭外表看透人心的能力，也不会天真地以为通过几天的交往就能了解对方。

“我应该还没介绍过自己。”我耸了耸肩，“我只不过是玖渚友的跟班，附属品是不需要名字的吧。”

“这种想法还真是自虐！不过，到了这座岛上，难免会有这样的想法。要说附属品的话，我还不是一样？”深夜先生苦笑着说道。

是啊，不论是深夜先生还是我，归根结底只不过是附属品而已。事实就是如此，我不是以天才的身份来到这座岛上的，被称为“天才”的是玖渚友，我只不过是她的跟班。要不是玖渚突然说“阿伊，我要去某座岛，你陪人家一道去嘛！”这个时间我应该在京都四叠大小的蜗居里，做着去学校的准备。

主角是玖渚友，我是跟班。

这一点一定要牢记。

深夜先生——逆木深夜，要说他是谁的随从，那人正站在樱花树下。一个女人，一动不动凝视着眼前纷飞的花瓣雨，眼神深邃，像是在思索着什么，又像是在发呆。

金发碧眼、淡色礼服、华丽的首饰，让人联想到赛璐珞材质的法国人偶。单单那一条项链或一个手镯，估计我卖掉肝脏也买不起，也说不定就算卖光全身器官还是买不起。

她就是伊吹加奈美，一个被称为天才的人物。

听说她生来腿有残疾，此刻就坐在轮椅上，因此深夜先生作为她的看护，随之来到岛上。我还听说加奈美小姐直到数年前还是双眼失明，蓝色眼眸并不代表她具有外国血统。

加奈美小姐是画家。

就连与艺术世界毫无瓜葛的我，也听闻过她的大名，以没有固定的画风闻名于世。我还没有亲眼目睹过加奈美小姐的作品，但我猜测，此刻她那样目不转睛地凝视着樱花，应该是想把这份景致呈现在画布上吧。

“加奈美小姐在干什么？”

“如你所见，她正在观看樱花，因为快散落光了。不知为何，那个家伙就是喜欢这种‘濒临死亡’的短暂事物。”

岛上的树木几乎都是常绿植物，不知为何却有一株樱花树，看上去树龄很长了。不过，整座岛上只有这一株孤零零的樱花树，给人一种诡异的感觉，或许是伊利亚小姐从别处移植过来的吧。

“听说樱花树下埋有人的尸体。”

“脑子里胡思乱想什么呢！”

欸，本想为了聊天随便找个话题，没想到一句话被噎了回来。呀，说的也是啊。

“都是随便乱说的。”深夜先生笑着说，“我个人认为，那种传说比较适合梅树。不，不能说是传说，应该是神话，哈哈哈。小伙子，还习惯岛上的生活吗？今天是第三天了吧。对了，你们预计在这座岛上待多久？”

“一周吧。所以再待四天。”

“哦？那还真是可惜了。”深夜先生意味深长地说了这么一句话。

“可惜什么？”

“也没什么，就是一个星期后，伊利亚小姐最欣赏的人要来岛上。不过，你们四天后就要离开了，应该见不上面，所以我才说‘可惜’。”

“哦，是这么回事啊。”

我一面点头，一面回味着深夜先生的话。

“欣赏的人”，也就是说又有一个天才要来。

"已经有了天才级的厨师、占卜师、学者、画家和工程师，这次邀请的会是什么人呢？"

"不清楚，我也没细问，据说是个似乎无所不能的人。据明小姐说，不能简单称之为"专家"，该叫"全才"才对，不仅头脑明锐、知识渊博，就连运动神经也很发达。"

看来是一个不得了的人。即便是夸大不实的谣言，但就凭能出现这种谣传，也知道那个人绝非一般人物。要说我对此没有半点好奇，那纯粹是在撒谎了。

"我觉得此人值得一见。怎么样，要不要多待几天？伊利亚小姐肯定也非常欢迎你们留下来。"

"嗯，倒是个不错的提议，可是……"我露出一副苦涩难耐的表情，"老实说，岛上的生活有点沉闷。当然，这只是我这种凡人的感觉。"

我的话音未落，深夜先生就夸张地"哈哈哈哈"纵声大笑起来。

"喂，喂，哈哈哈，喂，喂，我说小伙子，难不成你……是不是面对加奈美、赤音小姐她们时，有强烈的自卑感？"

自卑感吗？虽然我表现得不至于像他说的那样明显，但心中的确有类似的感受。深夜先生拍了拍我的肩膀。

"不用对那些家伙感到自卑，记住了？坚强点，兄弟！你要知道，就算是加奈美……"

他瞥了一眼樱花树下的加奈美小姐，"就算是赤音、弥生、玖渚这些所谓的天才们，跟咱们猜拳的话，三次，顶多也就能赢一回吧。至于真姬小姐嘛，那就是例外了。”

“这样说，有点太直白了吧。”

深夜先生竟然用“那家伙”来称呼自己的雇主，这么看来，加奈美小姐跟深夜先生的关系虽不至于说紧张，但也绝对算不上融洽。

“有没有才能，又有什么关系呢？我倒觉得没有才能更好。才能这种东西，可以说一文不值。”

“为何这么说？”

“你想啊，要是拥有那种麻烦的东西，不努力能行吗？做个凡人，岂不更轻松快乐？我相信，‘凡事不穷原竟委’绝对是个优点。”深夜先生耸了耸肩，嘴角扯出一抹讥笑，“呀，说多了，说多了。总之你们晚几天离开，只有好处没有坏处。我感觉，跟我们猜拳的话，那个‘全才’说不定能大获全胜呢。怎么样，期待吗？”

“嗯，我会跟玖渚商量商量的。”

这种事，一个跟班岂能擅自做出决定？

“我想也是。”深夜先生盯着我的眼睛看看，“你和我还真像呢！”

那种盯视让人极不舒服，就像自己被人从内到外窥探的那种不适感。

“像？我跟深夜先生？哪里？哪儿，怎么个像法？”

“哎呀，别那么不开心嘛。认为自己是世界的一个部件，这一点，你不觉得我们俩特别像吗？”

深夜先生似乎没有继续明说的意思，从我身上移开视线，再次望向加奈美小姐。加奈美小姐一如刚才，仍然全神贯注地凝视着眼前的樱花树。在她周围，仿佛氤氲着一圈神秘气息，给人一种与这个现实世界隔绝开来的超越感，弥漫着一种难以靠近，甚至称得上“神圣”的氛围。

“加奈美小姐来这里后，还在继续画画吧。”

“倒不如说她就是为了画画才来到这座小岛的，那家伙也只会画画了。她似乎就是为画画而生的。欸，实在搞不懂呢。”深夜先生略显无奈地说道。

如果可以不折不扣地相信他说的，我倒认为那是一种非常令人羡慕的生活方式。必须做的事恰好就是自己喜欢做的，这是我不敢奢望的人生。如今的我，找不到想做的事，也不知道该做些什么。

……

我回过神来，猛然发现深夜先生看着我，脸上浮现出一丝诡异的微笑，好像想到了什么恶作剧。我感觉后背一凉，有种不好的预感。“对了，”深夜先生故意“啪”地拍了一下手，一副“经神明点化，有所顿悟”的模样，“机会难得，你要不要当模特儿？”

我没有马上反应过来他说的话，一时语塞，深夜先生却无视我的反应，自顾转向加奈美小姐那边喊道：

“喂，加奈美！这个小伙子说要给你当模特呢。”

“哎？等等，深夜先生！”我总算明白过来是怎么回事了，赶紧走到深夜先生面前，“这不合适啊，你可饶了我吧！”

“喂，喂，有什么好害羞的？这可不像你的风格！”

“这跟性格没什么关系啊。”

老实说，我对这种事情超级应付不来。让加奈美小姐来画我？不管怎么说，想想就觉得很恐怖。可是，对于我的反驳，深夜先生只是随口搪塞一句“好啦，好啦，不用那么害羞”，转而专心等着加奈美小姐的回应。

果不其然，加奈美小姐转动轮椅，蓝色的眼眸向我看过来，又像在估价一般，将我从头到脚打量了一番，然后用一种不耐烦的语气说道：

“你！想让我画你？”

这个问题实在不好回答。对方是天才画家加奈美小姐，如果出口拒绝那就太失礼了吧，一旦形成这种局面，我可就彻底不知该如何处理了。对于随遇而安，得过且过地走过十九个年头的我来说，实在没有改变剧情的能力。

“是的，拜托了！”

我只好这么应允。

“唔，”加奈美小姐意兴索然地点了点头，“那好吧，下午到画室来。”说着将轮椅重新转回樱花树的方向。虽然是一副无所谓的语气，但看来加奈美小姐答应下来了。

“那就拜托了，你下午有空吗？”

深夜先生开口问道，不知为何，总觉得他语气中透露着一种心意得逞的喜悦。

“有空。”

我说完就匆匆离开了，免得再惹上其他麻烦。

回到屋子，我又去了玖渚的房间。与我离开时一样，玖渚仍然坐在转椅上对着三台计算机（哦，不，应该是两台计算机，一台工作站）忙碌着。她全部精力都集中在工作站上，其他两台计算机的电源已经关了。

“小友，你在干什么？”

没有回答。

我从后面悄悄走过去，用力拽了一下她的两条辫子。玖渚“哎呦”尖叫一声，这才意识到我的存在，她维持着后仰的姿势，“噢”地一声看着我。在她的视野中，我应该是倒立的。

“啊哦，阿伊，你散步回来了呀。”

“嗯。咦？这不是 Mac 操作系统吗？”

不知为何，玖渚眼前的显示器上显示的是 Mac OS 的界面。但我明明听说过，Mac OS 操作系统只能在 Macintosh 系列的电脑上才能运行啊。

“是呀，就是 Mac OS 操作系统，因为我用的是只能在 Mac OS 下运行的应用程序，所以是用虚拟机器驱动的咯。”

“虚拟机器？”

“简单地说，就是让它误以为这个工作站里有另一台 Mac 电脑，总之，就是要骗过软件。当然，也装有微软系统啦。大部分的 OS 都可以安装进这台家伙里，所以它什么都可以做哟。”

“啊？什么跟什么呀？”

我实在搞不懂。

“问一个最基本的问题，微软与 Mac 到底有什么不同？”

对于我这个最基本的问题，玖渚想了一会儿，给了我一个让人明知不对却又无力反驳的答案。

“使用者不同呀。”

“哦，说的也是。哎呀，算了，算了。OS 是基本的操作系统，没错吧？那可不可以这么理解，这台计算机就相当于具有多重人格？”

“哇哦，真是个绝妙的比喻耶！”

“那么，这台计算机，啊，不，应该叫工作站，对吧？它最基本的 OS 用来干什么呢？就像是具有多重人格的人，总归有一个主人格吧。”

“Geocide。”

“没听说过。是‘乌尼克斯’吗？”

“哎呀，UNIX，读作‘优尼克斯’啦。都是去美国留过学的人，就不要用罗马字读单词了，阿伊！听上去好土耶。说起来，Geocide 与 UNIX 的确可以兼容，是本大人的朋友开发的 OS 噢！”

“朋友……”

玖渚的朋友，而且还具有开发 OS 操作系统的能力，那就只有那个“集团”的成员了，也只能是那个臭名昭著的“集团”的成员了。

……

数年前，上个世纪的日本尚未普及网络，就在这个时期，那个集团出现了。不，用“出现”这个词似乎不妥，因为大众从来没有见过他们的身姿、影子，甚至从未感觉到他们的气息。他们也从未正式介绍过自己，都是人们随意赋予的一些称呼，有的称他们是“Visual天团”，有的把他们叫做“网络恐怖组织”，还有的叫他们“破解者联盟”，甚至评判他们是一群凭一把斧头就敢建造摩天大楼的疯子。但是，对这些坊间的传闻，他们根本不在意，也从未做出任何回应。

根本没有人知道这个“集团”的真面目，究竟由多少人组成？都是些什么样的人物？一切，都是谜一样的存在。

要说他们做过什么，

可以说，无所不做。

反正，他们什么都做了，只有你想不到的，没有他们做不到的。横冲直撞、上蹿下跳，总之就是到处作乱。我当时不在日本，并未亲眼目睹他们的所作所为，但世间的各种传说足以让人感受到那些行为的可怕，在你没有反应过来他们的目的、目标，甚至在没有任何感觉时突然就遭到致命一击。从单纯的电脑黑客、破解入侵开始，到最后成为企业的顾问甚至操纵者，听说那时许多大企业都在他们的控制之下。

不过，也不能以偏概全地说他们只是一味地制造麻烦。不管怎么说，起码在他们的影响下，当时的网络技术水平得以大幅度提升，当然也可以说是在他们的压制下被迫提高网络防御能力。从微观角度来看，他们是给社会带来了危害，但从宏观角度来讲，他们则为网络技术的发展和提升带来了至少十倍以上的益处。

当然，在“领导人”眼里，他们是令人头疼的违法犯纪的罪犯；

对于黑客和破解者来说，他们则是眼中钉，肉中刺。因此，他们一直被排挤、被追逐，但终究没有任何人能抓到这个“集团”的尾巴，也没有任何人能够查证他们“究竟做了什么”。可奇怪的是，一年前的某一天，在没有任何征兆的情况下，这个“集团”突然之间就莫名地销声匿迹了。

“欸？奇怪，你怎么了，阿伊？怎么突然不出声了？”

“啊，没什么。”

玖渚摇甩着蓝色的秀发嘿嘿地憨笑着。

我看着她的娇俏模样，喃喃敷衍一句。

从某种意义上来说，那个“集团”可以说是败兴而退，但绝对称得上是前无古人、后无来者。如果说那个“集团”的领导者是眼前这个无忧无虑的十几岁少女，有谁会相信？如果告诫对方切莫认为这是恶意的玩笑话，这样的戏言又有谁能相信呢？

但是，若非如此，玖渚就不可能以信息工学和机械工学方面的天才身份，受邀来到这座清一色天才的小岛上。

“‘不必自卑’的说法还真是轻率呢，深夜先生。”

“哎？你说什么？”

玖渚突然回头看向我。

“啊，是戏言啦。”

我猛地醒悟过来。

“Geocide，是‘地球屠杀’的意思吧。”

“嗯，应该是目前所有的 OS 中最强大的。Geocide as number

one。RASIS 非常棒。”

“我怎么觉得你是故意找一些我听不懂的词儿让我郁闷呢。RASIS 又是什么玩意儿？”

“可靠性、可用性、可维护性、完整性和安全性这五大计算机系统性能指标啊，统称为 RASIS 性能。当然也是英文啦。”见我连这都不知道，玖渚一脸难以置信地看着我。“简单来说，就是计算机系统的稳定性，当然对机器本身的配置也要求比较高啦，起码它不会出现运行错误。哇，小恶果然是天才啊！嘻嘻嘻。”

“还‘小恶’，叫的真亲，酸不酸啊。”

“咦？吃醋了？是不是？是不是？”玖渚坏笑着，一幅喜不自禁的样子，“安啦，安啦。本大人最喜欢阿伊了。”

“是是是，那可得好好谢谢你了。”

我耸耸肩，马上转移了话题。

“既然是这么优良的 OS 系统，为什么不商品化？如果能卖得像微软那么火，可就赚大钱了。”

“那是不成的啦。你也了解收益递增法则的呀。既然已经失去了先机，那再怎么挣扎也难以扭转局势。市场经济不是靠才能和性能就能把握的噢。”

经济学上的收益递增法则是指这样一种趋势，即领先者更加领先，失去优势者进一步丧失优势。这是很久以前学的概念，记不太清楚了，简单来说，意思就是“一旦有了差距，就不可能弥补，这是不可避免的现实问题”。不管是财富还是才能，同样如此。

“而且，小恶开发出 Geocide 后就心满意足了，不再继续研发。嗯，他就是那种只要自己觉得满足了就满意的人。”

“那还真是幸福啊。”

“即便不是这样，反正也不可能商品化的。因为明明是基本软件，对机器的性能要求却非常高，那可真是天文数字哟！就连本大人的机器容量都很勉强呢。”

“是吗？你的硬盘是多少容量来着？一百 GB ？”

“一百 TB。”

看清了，后缀单位是不一样的。

“TB……那就是 GB 的一千倍，对吧？”

“不对，是一千零二十四倍。”

真是较真的家伙。

“那种硬盘，我从来没见过。”

“准确来说，它不是严格意义上的硬盘，而是全息存储器。它不像硬盘那样采用线式记录，而是以页为单位存储和读取数据，每秒的传输速度以 TB 计算。距离正式上市可能还需要相当长的一段时间吧，目前只是宇宙开发事业中心使用的存储媒体。”

难道跟那种机构都有联系？

可真是让人备受打击的关系网。

“除了对机器容量有要求，主板也得自己做，不然就运行不起来。小恶从不考虑其他的，只管埋头做自己的东西，结果就造成了这种局面，他不会想着去配合别人的。”

“哎？自己做主板？有人会自己做那种东西吗？”

“当然有啊，就是本大人我喽！”

玖渚竖起大拇指指向自己。

对呀，我怎么把她给忘了。这丫头本来就是工程师，在那个“集团”中，无论在硬件还是软件方面，她都是冲锋队员们的“武器”提供者。这么一想，才发现这丫头本性相当顽劣啊。开发那种普通机器带不起来的 OS 的家伙已经够与众不同了，能够自己做出配合那种操作系统的主板的家伙更是异类了。

“先不说‘地球虐杀’的事了，既然做出了那么引以为豪的主板，你有没有想过出售它？”

“不卖！本大人也是光做就满足的类型了耶。阿伊不是这样吗？”

“啊？我也说不清楚。”

不管有没有才能，归根结底，人可以分为两种——探究者和创造者。先不说我是哪一种，玖渚绝对偏向于后者。

“再说了，本大人的钱多得怎么花都花不完，根本用不着去想怎么赚钱啦。”

“说的也是啊。”

的确如此，玖渚根本不是那种必须想着要怎么赚钱的人。毫不夸张地说，玖渚真的是挥金如土。虽然她现在才十九岁，但在城咲的高级公寓里足足占了两层，没有工作却能够随心所欲地消费。虽然我不知道有多少人比玖渚更有钱，但我认为在花钱方面无人能出其右。

要说赤神财团和玖渚家族哪家的势力比较雄厚，这个问题就不是我这样的人所能了解的了，但不论哪一家，的的确确都是超级大富豪，就算他们从现在开始一代接一代什么也不干，只是吃喝玩乐，估计也没有把钱花完的时候吧。

不过话说回来，玖渚跟家族也是半决裂状态，这一点倒是与岛主伊利亚小姐类似，说不定她俩是同一类人。不过，如果单凭这三天的观察，还真不能说她俩相像，但是她们都很另类，都是那种不可能屈居于某个集团，被他人领导的一员。

我的感觉不会有错。

如果真是这样的话，那么这座小岛……

这座名为鸦濡羽的小岛又代表着什么呢?

玖渚再度敲打起键盘来。

“我要去吃早餐了，你呢？”

“不——吃！人家没有什么食欲嘛，因为马上就要到生理期了。阿伊，你自己去吃吧，连我的那份一起吃掉噢。”

“好吧。”我边说边向餐厅走去。

3

赤音小姐在餐厅。

看到她，我突然紧张起来。

赤音小姐独自坐在圆桌旁，不像日本人传统的坐姿，而是优雅地翘着二郎腿。她好像正在用餐，哦，不，已经吃完了，正在享受餐后的咖啡时光。

“啊！早上好！”

一道活泼开朗的声音传了过来。对着我展开笑颜的人，是正在打扫卫生的明小姐。哎？不对！不是明小姐，明小姐不会这么热情地跟我打招呼。这样的明小姐不是我印象中的明小姐，这么说来……

“早啊，光小姐。”

我推测她是光小姐，于是试探着这样回应。果然……光小姐微笑着向我行了个礼。

千贺明，千贺光。

两个人是姐妹，也是双胞胎。准确来说，是三胞胎，她们下面还有一个妹妹，叫照子，性格比较内向，不爱说话。照子的视力似乎不太好，三姐妹中只有她戴着一副黑框眼镜，所以一眼就能辨认出来，但明小姐和光小姐从头发长度到穿着打扮完全相同，与其说她们相仿，不如说一模一样才对。

不过，与明小姐不同，光小姐性格比较开朗，待人热情，就连对我这个算不上是“客人”的小跟班，也跟对待其他人一样亲切周到，别无二致。

“您要吃早餐吧。请稍待片刻。”

光小姐说着，麻利地转身向厨房跑去。看着她的背影，我的脑子胡乱想着，身材娇小的人还真是灵活呢。

随着光小姐的离开，餐厅里只剩下我和赤音小姐。

我犹豫片刻，最终还是在赤音小姐旁边坐下来，有心跟她打声招呼，但她好像正陷入思考之中，嘴里还在若有若无地喃喃自语，连看都没看我一眼。我感觉她根本没有注意到我的存在，很好奇她在说些什么，我不禁悄悄竖起了耳朵。

“先手 9 六步兵……后手 8 四步兵……先手，相同步兵……后手 8 七步兵………先手 8 四飞车……后手 2 六步兵……先手 3 二银将……后手 9 五步兵……先手 4 四角行……后手 5 九金将，后撤……先手 2 七桂马……”

完全不明白她在说什么。

我不由得感叹，真不愧是大名鼎鼎的“七愚人”啊，连自言自语都如此与众不同。不过，再仔细听听，说的好像是将棋④的棋谱。原来她在下盲棋啊，竟然还是自己跟自己对弈。

大清早的，这个人在搞什么呢。

“后手 2 三步兵，升变，先手，认输！”赤音小姐说完，瞥了我一眼。

“啊啊，我还想着是谁呢，原来是你啊。早！”

“早、早上好！”

“呵呵呵，你不觉得将棋很难吗？因为棋子的活动范围要比国际象棋广。刚才，我是后手，赢得相当辛苦啊。”

“哎？！”

一个人下棋还分先后手？难道赤音小姐像海豚一样，能够将大脑分区？嗯，如果是赤音小姐，不是没有这种可能。

“你棋艺很高超吧？或者，懂国际象棋什么的。”

“我不太会下棋。”

“真的？”

“我琢磨不透别人的心思。”

“是吗？或许吧，看上去的确如此。”赤音小姐点了点头，“刚才透过这扇窗户看到你在外面，晨间散步吗？”

“是的，森林浴。”

“哎，森林浴好啊，有益健康，因为树木散发出的芳香气息具有杀菌的效果。”

我当然不懂这个了。

美国得克萨斯州的休斯敦有一个叫“ER3组织”的研究中心，那里汇集了全美国，不对，应该是集中了全世界的高智商人才。涉猎范围遍及所有研究、所有学问，从经济学到历史学、政治学、文化学、物理学、高级数学、生物化学、电子科学、机械工学，甚至是超心理学等等。世人称该中心为学术金字塔的塔尖。

它还有一个名字，叫做“大统合全一学研究所”。

那里是最喜爱学习、最热衷研究的天才们的乐园，是求知欲超越人类三大本能欲望的异类集合体。它是一个彻头彻尾的非营利组织，绝不出卖知识和研究成果。从某种意义上说，更像是一个内向封闭的机密组织。

基本规则只有四条：

抛弃自尊。

丢掉节操。

放下情感。

绝不示弱。

大家不遗余力地相互扶持，进行包罗万象的各类研究，即使世界末日来临，也绝不虚度时日，就算宇宙将要破灭，也绝不半途而废。

研究一切，了解一切，搞清一切，ER3组织就是这样一群志同道合者的云集之处，从一流大学的教授、一线研究者乃至业余学者，集中了各行各业的精英。ER3具有一种别样的威信，甚至有部分媒体揶揄他们是“痴迷研究的学术疯子的宗教团体”。

也正因为如此，ER3不断推出轰动于世的丰硕研究成果，诸如达雷比欧非线性光学的阐释、体全息技术的突破发展、利用感觉技术证明了神奇的皮肤光感知觉原理等等。所有的成就都不是某个人的研究成果，而是集体智慧的结晶。因为是非盈利组织，而且谢绝各类奖项和荣誉，所以ER3虽然名气不大，但在学界的声誉极高。这个成立不到一百年的年轻研究所，如今已经将自己的工作网延伸到了世界各地。

而且在这个研究所中有一个名为“七愚人”的团体，被评价为“最接近世界知识之巅的七个人”。在众多候选者中脱颖而出的七个人，可谓是“天才中的天才”。

而其中的一人，就是我眼前的园山赤音小姐。

一头乌黑的秀发，姿态端庄，充满了知性美。就女性而言，她算是高个子了，而且身材纤细苗条。就是这样一个浑身上下充满女性魅力的女子，以日本女学者的身份，站在了学术研究金字塔的塔尖上。

ER3 在日本的知名度偏低，其本身的封闭性是其中一个原因，但我认为最主要的原因还是它那种包罗万象、不加区分的研究特点不符合日本传统的理念和做派。话虽如此，赤音小姐作为首位，而且年仅二十几岁就入选了 ER3 七愚人的纯正日本人，实在太了不起了，按道理说在日本应该家喻户晓才对，然而……

我作为一个土生土长的日本人，为何对她如此熟悉呢？说起来也没什么特别的原因，我不是什么无所不知的万事通，只不过跟 ER3 组织有一点渊源罢了。

ER3 组织放眼未来，注重人才的衔接和延续，着力培育一代代的优秀青少年，为此特别制定了一项“ER 计划”留学生制度。初中二年级，我入选了此项目，在那里待了五年时间，所以知道“云上人”般的七愚人的存在，也知道园山赤音其人。

因此，当我来到岛上发现赤音小姐也在的时候，不禁大吃一惊。我并不是那种无条件屈服于地位、身份、权威或者才能的温顺之人，但面对赤音小姐时就是紧张不已。比如现在，我就不知道该说点什么才好。欸，面对七愚人，到底该聊些什么样的话题呢？

“对了。”就在我沉默时，赤音小姐先开了口，“那个蓝发小女生，就是小玖渚呀。”

“啊？哎。”

“她可真是太厉害了！她昨晚帮我修电脑的技术，啧啧。ER3

里也有不少工程师，但是像她那样，犹如机械般精准的手法，我还真是第一次见识到，那动作简直就像执行既定程序般娴熟。一时间，我甚至都怀疑她到底是不是人类，这样说可能有点过分，呵呵，不好意思。难怪伊利亚小姐会被她吸引了。”

“哦，那丫头，还做了这事儿啊。那个，她没打搅（meiwaku）到你吧？”

听了我的话，赤音小姐像是想到什么奇怪的话似的，“呵呵呵”地笑起来。

“你就像个‘救护车’（gosousya）一样。”

救护车？

这种评价，我可不敢当。

“那个，你想说的是‘监护人’（hogosya）吧？”

“是吗？哦，可能吧。哎呀，反正都是保护的意思啦。”

“‘救护车’是机动车，不是人。”

“啊，那倒是啊。”赤音小姐点头应道。

在数理方面叱咤风云的赤音小姐，语言水平实在不敢令人恭维啊。

“算了，算了，不想这些拗口的词了。话说回来，她没有诱惑（yuuwaku）到我。”

我简直无语了，那是“打搅”，不是“诱惑”。

“不过，我感觉她不擅长与人交流，好像根本不听别人说话……嗯，多亏了她，我的电脑一下子升了两级。”

“现在这样已经算是不错了，以前根本没法聊天，想说就说几句，不想说就一声不吭，跟她说话能累死个人。”

“那样挺好的啊。就我个人而言，我很喜欢她那率真的性格。”

“哦，是吗？对此，我难以苟同。”

“各人有各人的感觉和看法吧。”赤音小姐耸了耸肩。

“对了，我听玖渚提过，你参加过 ER 计划？”

“啊？哎，算是吧。”

那个大嘴巴的丫头，竟然随随便便地乱说一气，明明一再叮嘱过她不要跟外人说的。不过，我也早看明白了，要想让她保守秘密，除非太阳从西边升起来。

“怎么不早告诉我呢？！这样，咱们至少还有话题可聊。呀，这么一说，总觉得白白浪费了两天的时间呢。难道说你在我面前很拘谨？那你可就误会大了，我并不是什么了不起的人物，不像你想的那么高不可攀。”

“不，不，我没那个意思。只是觉得羞于启齿，毕竟……那个，虽然我参加了那个计划，可是中途退出了。”

ER 计划的课程设置长达十年，我在第六年，也就是今年的一月份退出了，回到日本后与玖渚重逢。幸好在 ER 计划的第二年取得了高中毕业资格，得以直接以留学生身份考上京都的鹿鸣馆大学。

“很了不起了，就算半途扭断（nenza）了……”

“中断（tonza）！”

“哦。就算是半途中断了，那个 ER 计划的选拔考试可不是随随便便谁都能通过的。厉害，厉害！不要再说什么羞于启齿，你应该以拥有这段经历为傲才对。”

ER 计划的选拔考试确实非一般的严格，而且招生简章上明确注明：无任何特权，不承诺未来，生死自负，仅提供满足求知欲的学习环境。尽管如此，全世界的精英学子依然前仆后继地参加考试。或许真像赤音小姐说的那样，光是通过考试，就足以引以为豪了吧。

然而……

毕竟，我没有完成所有课程。

“一旦半途而废，就没有任何意义了。这个世界，不看过程，只重结果，结果就是一切。”

“我倒认为一切都是结果。难道你也愚蠢地认为‘天才就是天才，天才不愧是天才’？”赤音小姐略带嘲讽地说道。

“天才可不是娇艳夺目的玫瑰。日本不是有很多这样的人吗？他们认为努力本身才是值得骄傲的，既然如此努力了，有没有结果都无所谓了，努力本身已经具有价值了。我很认可这种想法，因为‘努力过了’本身就是了不起的结果啊。我最讨厌那些胡说八道的家伙，说什么‘如果我做了一定能成功，因为没做所以才没结果’，光耍嘴皮子，就是没有实际行动。还真是林子大了什么鸟都有！”

“我是因为做不到所以不去做。”

“嗯？呵呵呵，没想到你还挺隐居（yinkyo）呢？”

“你想说谦虚（kenkyo）吧？”

“对，就是这个意思。”

赤音小姐扬起右边唇角自嘲一笑。她从口袋里掏出烟盒，熟练地叼出一根，点上火。

“哎？你抽烟？真令人意外。”

“你讨厌抽烟的女人？”

“不，不是专门针对女性。只是觉得抽烟有害健康。”

“错，是健康有碍抽烟。”

赤音小姐淡然说道，缓缓吐出了一口烟。

我不由得感叹，不愧是七愚人，想法就是与众不同，没想到赤音小姐接着又不好意思似的笑着追加解释。

“哈，我瞎说的，别当真啊。要是给你留下不好的印象，那可就麻烦了。”

“说点别的吧。我在日本一直待到上高中。”

“真的？”

我有点意外，但仔细想想，这又有什么不可思议的呢？

“你上的哪所高中？”

“普通的县立高中，并不是特别有名的学校。我还加入了女子空手道社，每天玩得不亦乐乎。当年根本没觉得高中生活有什么快乐的，但如今回想起来，才觉得那是人生中最快乐的一段时光，真令人怀念呢。说起来已经是十几年前的事了，记得那时流行这么长短的裙子。当时，我的成绩并不突出，只有数学和英语还行，因此决定申请美国的大学，结果遭到家人的强烈反对。我呢，与父母针锋相对，觉得大人如果真为了孩子着想，就该放孩子出去‘茶毘

（dabi）’，让他们在年轻时多吃点苦。”

“又错了，是让孩子出去游历（tabi）。”

“啊，反正就那个意思。最后，我与家人彻底闹翻，一个人跑去了美国，对当时的我来说，可谓做出了人生中最大的决定。”

就是这样，最终奋斗成七愚人的吗？

让人意想不到的灰姑娘似的传奇。

“果然你很喜欢数学呢。不知为何，我一直有这样的感觉。”

“嗯，还好吧，反正不讨厌。上高中时，喜欢数学答案的唯一性，绝对不会出现模棱两可的解答，所以非常喜欢做数学题。我喜欢一清二楚、泾渭分明的事物。然而，等上了大学，以后又进了ER3组织，才发现世上哪有什么一清二楚的事情。就跟下棋一样，不管是将棋还是国际象棋，虽然最终都是以‘将军’定输赢，但其间的过程却蕴藏着无限可能。所以，总有一种上当受骗的感觉。”

“像是发现男朋友不为人知的另一面？”

“真是个奇妙的比喻，但好像还不是这样的感觉。”赤音笑着说。

“不过，我也因此有所感动。高中时代做微积分、三次方程的题目时，还想着学这些有什么用呢，反正走向社会后一点都用不上，但我给你说啊，其实还真能用得上，而且有时还非用不可。日常生活中也能用到阶乘的。当时还真给我带来过不小的触动。”

“我能体会到你的感受。”我点了点头。

这是真心话。

“嗯，那就好。”赤音小姐满意地笑了。

“你数学也很好吧？不都说男性在数理方面强于女性嘛，据说这是由男女大脑结构的不同决定的。”

“哦，是吗？”

“嗯，有人专门做过统计的。”

“怎么感觉像是给性别歧视找借口。”

所谓的统计结果，可信度又有多少？比如掷骰子，就算连续一百次扔出六点，也不代表下一次一定能掷出六点。听我这么说，赤音小姐反驳说未必如此。

“能掷出一百次六点的骰子，只能是掷不出六点以外点数的骰子。按照统计学的定义，这属于有意差，已不能用偶然或偏差来解释了，关于男女的统计也是如此。呵呵呵，原来你还是个女权主义者。哎？该不会是你面对我才这么说的吧？不过，可惜啊，我不是女权主义者，甚至听到那些女权扩张、女性解放之类的论调都忍不住生气。简直就是一派胡言，你不觉得吗？不可否认，当今社会的确是以男人为中心的，但我认为女性要争取的不是性别上的平等，而应该是能力的认可，机会的平等。从基因的观点来看，男女可以说是截然不同的两种生物，因此理应承担不同的任务。大前提是任务和追求不同，小前提是追求优先。啊，还应该有一个中前提，那就是假定能够实现自己的追求。我认为她们不过是为一事无成找一个能让自己心安的理由罢了。”

“我觉得还有社会环境的问题吧。”

“环境？你觉得历史上真的有过禁止女性写小说、做雕刻工作的时代？从最近的社会动向来看，我倒是比较同情男性呢。可能是因为我的立场跟他们比较接近吧，毕竟一直以来我都是在男人圈里工作。你想，自己的地盘被外人入侵，任谁都会生气的吧。”

“她们也是想纠正扭曲的社会观念吧。这就是开创者的艰辛和痛苦啊。”

我试着反驳赤音小姐，同时心里暗忖自己为何要站在女性的立场上为她们辩护。

“或许吧。”听了我的话，赤音小姐点了点头。

“我不太清楚她们的思想，但我能够感受到她们对男性的敌对情绪。只不过是在完成自己的工作，却招来敌视，任谁都不会心情好的，生气也很正常。我只希望她们不要殃及无辜。说真的，我希望她们到跟我无关的领域去抗争。不管怎么说吧，女人就是一种无趣的生物，你们男人也好不到哪儿去。说起来，ER3 里也是男性多于女性，就拿七愚人来说，七人中有五个都是男的。”

“这就是收益递增。”

“什么？”赤音小姐一副吃惊的样子，“我怎么不知道这个词，收益递增？是吃的还是什么？”

“打个比方说，就是 Betamax 播放格式竞争不过 VHS 格式的意思。”

“哦，是这个意思啊，就是经济学上的偏差理论嘛。是啊，要想将男性优势的现状反转过来可不是容易的事。事实上，只要双方不相互嫉妒，什么问题都不会发生，可是大家都在局中，想不明白这个道理呢。区别和差别之间本来并没有什么不同嘛。”

“这种话由赤音小姐说出来，让人觉得特别具有说服力。想必赤音小姐这一路走来历尽艰辛，感触颇深吧。”

“我从来没受过苦。”

赤音小姐断然否定了我的话。

“我只是一直在努力。”

耐人寻味的一句话。

这时，我猛然想起一件事，便开口询问她。这件事，自从参加ER计划，得知七愚人的存在时，就一直很想找人问问。

“那个，我想问一下，ER3组织里最厉害的人是谁？”

这个问题，就等同于询问谁是世界上最具智慧的人。

赤音小姐毫不犹豫地脱口而出。

“排第二的是佛洛伊兰·拉夫。”

“第一名呢？”

“喂，喂，年轻人，有你这样非逼着人说的吗？”

啊？失礼了吗？

看着陷入沉默的我，赤音小姐笑了笑说道：

“开玩笑啦，玩笑。说正经的，我最尊敬的，或者说我永远赶不上的最高智慧之人，就是休莱特副教授。他确实是至高无上的。”

“七愚人之首啊。”

休莱特副教授取得了用语言难以表述的巨大成就，是上世纪最伟大，恐怕也是本世纪最伟大、无人能够超越的天才。他的才能空前绝后，十岁之前就精通所有学问。据说他被赋予和总统同等级别的罪责豁免权，国家更是举全国之力来保护其头脑。

如果说赤音小姐对我来说是神一样的人物，休莱特副教授就是宇宙本身了。

“他要是位女性的话，毫不夸张地说，历史也会因此而改变吧。”

赤音小姐望着远处，好像透过虚无看到了另外一个世界，眼神中充满了向往。

“让您久等了！”

这时，一道声音打破了室内短暂的沉寂，光小姐推着餐车走了进来，餐车上放着我的早餐。她熟练地将食物摆放在我面前，最后在两侧摆上刀叉。“请慢用。”光小姐微笑着优雅地鞠躬说道，然后再度离开了。她应该还有许多工作要忙吧。

九个炸丸子、莴苣、鱼汤、沙拉、三明治，还有咖啡。赤音小姐看着这些食物，低声感叹了一句。

“佐代野小姐实在是了不起。”

佐代野弥生小姐。

她是主管宅第厨房的厨师，但并不是女仆。没错，她也是被邀请到这座岛上的天才之一，已经来了一年多了，目前是岛上最资深的客人。听说有不少天才就是为了品尝她的手艺才接受了邀请。

虽然她以擅长做西餐而闻名，但实际上不管是中餐还是日料，样样都很拿手，是美食界无人不知无人不晓的顶尖厨师。说到艺术领域或学界的人和事，我还能略知一二，但对美食界实在是一无所知，所以来此之前完全没听说过弥生小姐的大名。现在，不但一日三餐，连零食都是她为我们精心准备的，我也终于明白了为什么她能获得那么高的赞誉。

一般来说，取名弥生的人，要么是盛气凌人的御姐，要么是娇小玲珑的活泼小女生，但弥生小姐不属于任何一种类型，而是英姿飒爽的短发女子，待人接物大方有礼，虽被称为天才却没有丝毫傲慢之举。我觉得在这座岛上，除我之外，她是唯一的正常人，也是第二个让我抱有好感的人。顺便提一下，我最喜欢的是光小姐。呀，扯远了，这是戏言，戏言。

听说不管做什么，弥生小姐都比其他任何人做得好吃。我一直很好奇她是怎么做到的，但还没找到机会问，因为她几乎一天到晚待在厨房里（这也可以说是一种自闭吧），所以很少有机会能跟她说上话。

我抬眼一看，发现赤音小姐正垂涎欲滴地盯着炸丸子。她看我没有说话，便将视线转移到我身上来，眼神与刚才盯着炸丸子时明显不同，宛如一头盯紧目标的食肉动物。

“人类原本对数字的认识，仅限于到七，你知道吧？”

“嗯，听说过。”

八以上，就算是很大的数字了，笼统地用“许多”来标记。我参加 ER 培训时就听说过，ER3 组织的愚人之所以限定为七人，根本理由也是缘于此。

“所以呢，据我简单、冷静地考察分析，如果九个炸丸子少一个的话，你应该不会有什么感觉。”

“然后呢？”

“哎呀，真是榆木脑袋。就是因为这么愚钝，你才能和玖渚在一起的吧。”

“我们可不是那种关系。”

“行了，别转移话题，你不就是想让我这个七愚人向你低头吗？罢了，罢了，谁让佐代野小姐做的炸丸子那么好吃呢。好吧，给我吃一个好吗？嗯？满意了吧？”

她真的是高不可攀的七愚人吗？

我默默地把盘子推向她。

然而，赤音小姐一个接一个地大快朵颐，一转眼盘子就光了。这……难道说“一个”是“一盘”的意思？

欸，算了，反正我早上吃得也不多。可是，本来已经答应玖渚连她的早餐一块吃掉的，如果把这种事委托给别人，真的好吗？

我回过神来，拿起了三明治，还吃了沙拉。没有什么别的感觉，就两个字——好吃！要是每天都能吃到这种美食的话（而且还免费），有谁会不愿意？所以，不难理解为什么天才们会络绎不绝地来到这座岛上了，恐怕眼前的赤音小姐正是其中之一。

“对了，刚才差点被你拐跑话题。”吃得心满意足的赤音小姐拿起餐巾擦了擦嘴，开始闲扯起来，“要不是‘那种关系’的话，那你跟玖渚是什么关系？别跟我说是普通朋友，普通朋友的话，不可能陪着她一起来这种荒岛吧？再说了，你不得上学吗？”

的确，因为跟着玖渚到这座岛上来，开学典礼以后，我还没有去过学校。顺便一提，开学典礼也没参加。总之，就是这么做的。

“我参加ER计划之前就认识那丫头了,所以至少是五年前吧。”

“是吗？结果回国一看，她却成了网络恐怖分子。还真是令人心酸的故事。”

的确如此。

虽然十三岁的时候已经隐隐约约察觉到了这一点。

那些事情姑且不论，留学五年回来再见到玖渚友，发现她竟然没有任何变化，老实说当时真的吓了一跳。五年过去了，她竟然还是十三岁时候的模样，换成谁都要吓一跳的吧。不过，我说的这些只是外表，性格方面还是有所变化，变得有人情味了。

至于说我和玖渚的关系，如果被人当面逼问，的确难以回答。

那丫头需要我，这一点我很清楚。但是，也并不是非我不可。要讲清楚其中的缘由，实在是太难了，因为必须谈及玖渚的秘密，而这又不是我所希望的。

“嗯。”赤音小姐点了点头。

“虽然我跟玖渚交流不多，但我感觉她要过正常生活，缺陷还是多了点。嗯，缺陷，这种说法可能有点失礼。不是说她本身不好，就是觉得她的集中力似乎太过偏颇，让我想起认识的一个患有学者症候群的孩子。”

学者（savant）一词源自法语，意指具有丰富的知识，或在某个领域有杰出才能的人。玖渚很早以前就被人这样评价了，所以对这个词我再清楚不过。

“所以，她的确需要一个陪护，需要一个像你这样的朋友。因此，我能理解你为什么陪伴在她身边，但是我想知道，对你而言，或者说你是怎么界定你俩的关系的？”

我不知该怎么回答。

赤音小姐继续着她的观点。

“我觉得你们类似于那种相互依赖的关系。”

“相互依赖……吗？”

“你没听说过？”赤音小姐一脸不相信地歪头看了我一眼，“那是人际关系里的一种‘中毒症状’。例如酒精中毒患者，你知道的吧，他需要有人陪伴左右，而那个陪伴者就得放弃自我，竭力照顾他。但凡事皆有度，如果那种无私的陪伴和奉献超过一定的限度，那么他们之间的关系就可以判断为相互依赖了。换言之，就是一种沉迷于忘我奉献的状态。我们经常说热恋中的男女就有轻微的中毒症状，凡事都以对方为先。不言而喻，这种状态不是太正常，最终会让双方身心俱疲。当然，我不是说你们俩一定是这样的状况，但还是小心一点，提早想清楚为好。”

“啊？”

“再没有比怂恿人维持失败的人际关系更没意义的事情了，但是……不管怎么说，小玖渚的才能太令人赞叹了。ER3 中也有像她这样的人才，我们很多工作都得益于她们编写出来的程序。嗯，我压根儿没想到能在这里遇上这样的人。”

“赤音小姐为什么会来岛上？”

按理说七愚人不可能有空闲的。对于我的问话，赤音小姐沉默一会儿后才又开口。

“没什么特别的理由。”

突然冷淡下来的态度，让我有点摸不着头脑，心里也多少有点不舒服。

“好了，不说这些了。刚才你说不太擅长将棋、国际象棋，但起码了解那些基本规则吧？不如我们一边聊着 ER3，一边来一局，如何？”

“啊？”

跟七愚人对弈吗？还真让人有些心痒难耐呢。

“不过，盲棋可不行，我记忆力太差，这是公认的。”那也是连我自己都很头疼的评价。

“如果有棋盘、棋子的话，我很期待向您学习。”

“我房间有棋盘，那可是我回日本后买的第一件东西。不过，上午还有一点工作，下午怎么样？”

“好啊。啊！不行，我已经有约了。”

“有约了？和玖渚吧？那可就没办法了。

“不，是跟加奈美小姐约好了。”

我话音刚落，赤音小姐的表情陡然冷峻起来。

糟了！忘了！刚到岛上时，光小姐就提醒过我说，赤音小姐跟加奈美小姐关系不好，简直水火不容，可我这奇差的记忆力竟给忘得一干二净了。

“哼，看在我俩有点渊源的份上，我才忠告你，不要跟那种从事低俗职业的人来往，自降身价还沾沾自喜，那是傻瓜才做的事！”

“看来赤音小姐真的很讨厌加奈美小姐啊。”

“不，不是！对她这个人本身，谈不上什么讨厌不讨厌的，但我觉得画家是最低贱的人群。哼！真是的！”赤音说着，突然大力拍了一下桌子，“没有什么事比画画更令我厌恶的了，画家是世界上最低劣的人群，跟他们相比，小偷甚至强奸犯简直都可以称得上是圣人。不过是拿只笔在那里涂个颜色就自认为很了不起。涂红抹绿的，算什么伟大的工作？哼，那点事，谁不会做？！”

怒声冷斥的赤音小姐简直像变了一个人，愤怒的表情和激烈的言辞甚至让我怀疑是不是画家抢了她的研究成果。

我呆若木鸡的样子似乎提醒了她，赤音小姐的神态终于恢复了正常。

“啊，不好意思，失言了，不过我也不打算收回。听别人的坏话不是什么令人愉快的事情吧。我去冷静冷静。”

赤音小姐快速说完，毫不顾忌地一口气喝光我的咖啡，逃跑似的离开了餐厅。她似乎认为失去理智的激怒只能算是一时失态，即便如此却仍不愿收回自己说过的话，真不愧是七愚人啊。

餐厅里只剩我一个人了，我长长地舒了一口气。

真是太紧张了。我原本就不善于跟人聊天，更何况对方还是ER3的七愚人之一——园山赤音，怎么能不紧张？

虽然最终不太完美，但对答比预想的要自然轻松，总之算是可以接受的结果了。我还要在岛上停留四天，说不定还有机会跟赤音小姐下棋，到时一定让她多让我几个子儿。

我又舒服地松了一口气。然而，似乎松气松得有点早了。

早餐也吃完了，正想着是不是该回玖渚的房间了，就在这时，真姬小姐打着哈欠走了进来。尽管是来岛上休假的，可她仍然穿着正式的时装，扎着一束高高的马尾，嘴里哼着明快的曲调“啪，啪，啪呀，啪呀啪呀啪呀啪呀。啪，啪，啪呀，啪呀啪”，走到我隔壁坐了下来。

“早上好呀！”

“啊，你好！”

“不不不，早上打招呼应该说‘早上好’哦。哎呀，是我起晚了吗？你六点多就起床了，佩服佩服！我血压超低，实在、实在是爬不起来。啊——”

说着，真姬小姐又打了一个大大的哈欠。我随便点头回应了一下。她怎么知道别人是几点起床的？不过，如此简单的问题，在眼前这个人面前，实在是毫无意义。

我又开始紧张起来，但与赤音小姐相处时的紧张不同。

姬菜真姬小姐。

她当然不是来这座小岛玩冲浪的。她既然出现在这里，自然有出现的理由。

真姬小姐的职业是占卜师。正如加奈美小姐被称为绘画天才，赤音小姐是学问天才一样，真姬小姐被称为天才占卜师。

“天才啊……”

说实话，我很怕面对真姬小姐。

因为第一次见面的情景让我再看到她时尴尬不已。当时……

“您是占卜师啊，我还是第一次跟占卜师打交道呢。怎么样，看看我的运势如何？”

其实，我并非真的想知道自己的运势，只是觉得从社交礼节上来讲，对占卜师就该说这样的话。一般来说，如果交流的话题是自己擅长的领域，不管是谁都会很高兴吧，不是连丘吉尔都说过嘛，“我想讲我自己知道的事情，可是别人却一直问我不知道的”。我可不想成为那种让人扫兴的人，所以就挑了关于占卜的话题。

当时就是这么想的。

真姬小姐听了我的话，微微一笑。

“那么，告诉我你的生日、血型，还有喜欢的电影演员。”

我心想，生日跟血型也就罢了，可电影演员与运势有什么关系呢？然而，想归想，表面上还是老老实实说了出来。不过，我根本不记得自己的血型，也不知道什么电影演员，所以这两项是随口瞎编的。

我刚说完，闭着眼睛听我说话的真姬小姐就马上睁开眼。

“我知道了。喏，就是这个。”

从口袋里取出一张纸片递给我，然后飘然离去。

我还以为是神签什么的，打开纸片一看，结果上面用日文明朝字体写着我的生日，以及刚才胡编的血型和演员名字。

我立刻去找了玖渚。

“是骗人的把戏吧。我觉得是那种老掉牙的伎俩，随机写了一些数据，预先藏在了口袋里。”

但玖渚摇了摇头，否定了我的推测。

“不可能噢。猜扑克牌那种把戏还说得过去，可是随机的数据要事先写出来的话，也太多了吧，而且她也不可能预先调查过你啊。再说了，阿伊，血型和演员名字不是你瞎编的吗？你想啊，她不可能连你要撒什么谎都预先想到了吧？”

接下来，玖渚专门给我科普了姬菜真姬其人其事。原来是我孤陋寡闻了，真姬小姐是一位颇负盛名的占卜师，但并不是杂志上那种人人可以对号入座、获得些许宽慰的占星术，而是专门为著名政治家或大企业服务的。与其说是占卜师，倒不如说她的行为更接近宗师，低调、超然地发挥着自身的才能。

我记住了，天才占卜师——姬菜真姬。

“她还被称为通神者呢。”玖渚饶有深意地说。

通神者鲜明的特点就是知过去，通未来，晓人间，明世界，是无所不知的能力者。

“能力者是什么？”

“超能力者呀。”玖渚干脆地说道，“就是具有 Extra Sensory Perception 的能力者。”

“什，什么？”

“Extra Sensory Perception 简称 ESP。从性质来分，超能力分为 ESP 和 PK 两种类型。真姬小姐具有的超能力属于 ESP，记得是 Retrocognition，Precognition 和 Telepathy。翻译成日语的话，Retrocognition 是回知过去，Precognition 是预知未来，Telepathy 是心电感应。”

“等，等一下，我跟不上你说的了，都把我绕迷糊了。小友，真姬小姐不是个占卜师吗？”

“占卜师是她的职业啊，说到底就是利用自身能力从事的工作。比如说，跑得快不叫职业吧，但田径选手就是职业啦；双手灵巧也不叫职业吧，可是技术员就是职业咯。所以，超能力是能力，占卜是行动，占卜师是职业。”

“啊啊，明白了。”我恍然大悟，“也就是说，真姬小姐……”

“嗯！她预先读懂了阿伊心中所想，包括你一开始跟她的搭话。”玖渚巧笑嫣嫣。

我从回忆中回过神来，偷偷瞟着眼前的真姬小姐，忍不住用她听不见的声音嘀咕了一句“超能力啊”。说实话，当时，我确实相信了玖渚的解释和说明，但是现在……

此刻，看着她一幅迷迷糊糊没睡醒的样子，我实在难以把她和超能力的占卜师联系起来。这幅困盹的模样，怎么看都像是一个低血压的小姐姐。

“对我是占卜师这件事，你好像很不满呢。”

突然，真姬小姐转头看向我说了这么一句话。不知道怎么回事，自从初次见面后，这个人就处处看我不顺眼。

“是不是觉得我应该捧着水晶球，披着黑斗篷才对？是不是我说一些不吉利的或者模棱两可的话，说你将惨遭厄运，你才会相信？说到底，你还是那种只看表象的人啊。”

“我没有。”

“嗯，不用说我也知道。”真姬小姐摇头晃脑地说，“不过，无所谓，你怎么想都无关紧要。”

“无关紧要吗？”

“对，你是无关紧要的日本代表。”

换句话说，我是日本最无关紧要的人。

被批评得一文不值啊。

“不过，我还是好心给你一个忠告吧。你对我的印象大错特错，不仅如此，你对岛上所有人的印象更是错到离谱，也包括玖渚哦。说起来，你在面对他人时，似乎会故意扭曲自己的价值观。我承认这样生活会更轻松，但是真的不算是聪明的生存方式。你总有一天会吃大亏的，小心一点比较好哦。”

真姬小姐一口气说完这些，又像猫一样眯起眼睛打起哈欠。这两天，只要遇上她，就会听到刺耳的言论，但是她的确像是真的能够心电感应一样，每每切中要害，讲的都是实情。

老实说，我觉得这个人太可怕了。

“吓到你了，真是不好意思。”

不痛不痒地说了这么一句，真姬小姐起身走向厨房，大概是去拿早餐了。

4

我岂能放过这一良机，趁她离开，赶紧逃回了玖渚的房间。不出所料，玖渚依然埋首在工作站前面。毕竟是到别人家做客，不能总这么闭门不出吧，但是各人有各人的处世哲学，我也不好多说什么。

听到我的动静，玖渚转过身来。

“嗨，阿伊，你回来啦。今天怎么样？都遇到谁了？”

“基本上所有人都遇到啦。今天还没见到的，我想想，嗯，是照子小姐和伊利亚小姐。啊，不对，还有弥生小姐，也没见到。”

吃个早餐，总觉得好像与所有的人都碰面了一样。

“唔，那就基本算是完美了。”

“什么完美？”

“早上遇到鸦濡羽岛上所有人的比赛啊，完美！”

听上去怎么这么拗口呢。不过，罢了，岂能跟玖渚的思维较真？

现在，这座岛上有十二个人，外人分别是天才画家伊吹加奈美、七愚人园山赤音、天才厨师佐代野弥生、天才占卜师姬菜真姬、天才工程师玖渚友，再加上逆木深夜和我这两个跟班。岛上原有的人，首先是海岛和宅第的拥有者赤神伊利亚小姐，女仆领班班田玲，再加上什么活都干的三个女仆——千贺明、千贺光与千贺照子。

一般的房子要是住了这么多人，早就挤得让人憋闷了，但在这幢豪华的宅第里，除了空旷还是空旷。

突然，我想起了一件事。

“对了，小友，你打算在岛上待到什么时候来着？”

“还剩四天，不是跟你说过了嘛，预计待一个星期的呀。”

“嗯，但是深夜先生说了件事。”

于是，我把深夜先生今天早上说的话原原本本地告诉了玖渚，就是他说伊利亚小姐最欣赏的“全才”即将到来的事情。但玖渚好像对此没有什么兴趣，敷衍了事地“哦”了一声。

“无所谓啦。信息来源不可靠，谁知道是真的还是假的呢。本大人可没觉得有非要见面的必要，再说了，本大人来这里又不是为了见别的天才，我对那种事一点兴趣都没有。”

“说得也是。对了，之前我就想问了，你到底为什么要来？既然说对那种事不感兴趣，那就是有其他什么事吸引了你？”

向来最讨厌外出的玖渚竟然答应了这次的邀请，我想不明白是什么原因。

听了我的问话，玖渚歪头思索了一会儿。

“哎呀，该来就来了呗。”

给了我这么一个算不上答案的回答。

“这点行动不需要什么理由吧。难道说阿伊是那种打破砂锅问到底，凡事都要搞个一清二楚的人？”

我耸了耸肩。怎么可能？

“只要可以上网，在哪儿待着不行？不过，到哪儿也不如待在自己家里舒服啊。”

这个玖渚，明明还在别人家里做客，竟然说出这样的话。

算了，反正她就是这么随心所欲。这不是我该在意的事，也不是我必须要关心的事。我躺在纯白色的地毯上，仰望着天花板上的枝型吊灯发呆。眼前一幅虚幻的光景，可是如果你反问我现实的光景是什么，我也回答不上来。

玖渚看着我这副放空的模样。

“阿伊，你是不是觉得很没意思？”

“我觉得人生毫无意义。”

“哎呀，太颓废了。”

这丫头，说起话来一点情面不讲。

“无聊的话，阿伊，看看书吧！本大人带了好几本书噢。”

“书啊，都有什么书？”

“嗯，有英日词典、六法全书，还有百科事典。”

“那一类书，最好是看电子版的。”

有谁愿意抱着那样的砖头看呢？

啊，还别说，眼前不就有一位。

既愕然又丧气，我翻了一个身。

“咦？阿伊，你的手表坏了喔。”

“哎？”

玖渚一说，我看了看自己的手表。对啊，本来不是想让玖渚修手表的吗？可早上遇到一些人，说了一些话，结果就把修手表的事忘得一干二净了。

“拿来，人家帮你修修啦。”

“嗯，可能只是没电了。”

“是吗？本大人检查检查。”玖渚将手表对着阳光观察了一番，“不对，好像不是没电耶。你有没有撞到哪里？不过，本大人应该很快就可以修好啦。你说你，现在谁还戴手表啊，手机可以搞定一切的。哎？对了，阿伊，你的手机呢？”

“放在家里没带来。”

“要随手带着呀。手机，手机，就是拿在手中的电话机嘛。”

“丢了怎么办？”

“话是没错了，可……”

“何况就是带来，在这荒岛上也收不到信号啊。要知道，能够通话的只有你那样的手机。”

玖渚目前使用的手机，是利用通讯卫星传输信号的卫星电话，可以畅通无阻地跟世界各地通话，就算在这茫茫大海中的孤岛上，也不用担心收不到信号，当然价格也不是一般的高。对于成天窝在家里的人来说，用这样的手机简直是暴殄天物，不过我早就懒得提醒玖渚不要奢侈浪费了。

“或许吧。落伍也不见得是什么坏事啦。”

玖渚眯起眼睛，把我的手表放在了架子上。

这时突然想起了敲门声，玖渚置若罔闻，我只好回应了一声，起身去开门。外面是拿着清扫工具的光小姐。

“打扰了，我是来打扫房间的。”

“谢谢，辛苦了。”

我招呼光小姐进来。

“啊哦，小光，早啊！”

玖渚喜笑颜开地欢迎光小姐，光小姐则回以大大的笑容。不知何故，这俩人奇妙地非常投缘，关系很好。很少有人能够在那么短的时间里跟玖渚熟络起来，对此我也略感意外。

“你在做什么啊，友小姐？”

“现在啊，我正在编写游戏软件噢，就是一个能够将文章转换成音乐的应用程序。我要把它当作应邀而来的纪念送给伊利亚小姐啦。”

“我没听说过这种游戏，到底是干什么用的啊？”

“那，要不人家就解说一下好啦。唔，怎么说呢？对了，阿伊，你读过的最长的小说是什么？”

“《源氏物语》和《堂吉诃德》，不过看一半就放弃了，再就是托尔斯泰的《战争与和平》了，对，就是它了，真的很长。”

“嗯。比如说把这本书一字不漏地输进电脑，可以扫描，也可以手动输入，什么方式都无所谓。然后呢，将数字信号转换成模拟信号，比如把假名‘i’转换成数字简谱中的‘1（do）’，把假名‘ro’转换成‘2（re）’，把假名‘ha’转换成‘3（mi）’……这样就形成了乐曲《战争与和平》喽。那本书的长度，转换起来差不多需要一个小时吧，当然实际过程要复杂多了，编码啦，信息会话的控制啦，总之需要顾及全局，整体协调。简单来说，这个软件就是将小说进行音乐化。怎么样，开不开心？”

“嗯，先不说开不开心，听上去挺有意思的。你用的什么程序语言？VB 还是 C？”

“机械语言啦。”

竟然是这么超低阶的程序语言！

没想到时至今日竟然还有人使用！

“那不就等于跟计算机无所顾忌地对话吗？”

“嘿！嘿！嘿！”

玖渚一副洋洋得意的表情。

光小姐好像比我更不懂计算机，只是似懂非懂地赞叹着。

“小友，那个软件有什么令人开心的？我想不明白。”

“编制过程让人开心呀。”

多么明确的理由，不给我一丝翻脸、抱怨的机会。

光小姐饶有兴致地听着玖渚说话，“啊，对了。”忽然像是想起了什么似的转向我。

“等一会我去为您打扫房间好吗？其实刚才我已经去过仓……您的房间，但您刚好不在。”

“请便。”

虽然我想不出那个房间的哪个地方需要打扫。

“谢谢。”说完，光小姐开始打扫起卫生来。一番清扫过后，光小姐“呼”地松了一口气，一屁股坐在了地板上。

“不好意思，我有点累。”

“要休息一下吗？”

“不用，没事儿。要是让玲小姐看见我休息，我会挨批的。玲小姐可严厉了，都骂过我好几次了。不过，没关系，我很有干劲的，也就这一点可取之处了，所以没什么问题。不好意思，害您担心了。我先下去了。”

光小姐坚强地说完这些，走出了房间。

“欸。”我不由得叹了一口气。

“光小姐真可怜。或许是我想多了吧，可是看到她那样，就觉得像是她一个人背负了所有的辛苦。”

“就像看到了自己的影子？”

“也不能那么说吧，就是觉得有点同情她。”

我总觉得光小姐过得不幸福。

玲小姐和明小姐给人的感觉是比较想得开，将一切都当作自己的“工作”来对待，而光小姐好像还没能坦然接受现实。是她的人生电路中没有组装上“工作”组件吗？不知为何，我总有一种感觉，这里面一定有什么隐情。

至于另一个女仆——照子小姐，因为我不知道她在想什么，所以无法做出评判。

“每个人有每个人的难处，阿伊。”

玖渚像是很了解似的说道。

“每个人都在辛苦，不想受苦就得努力，无论小光，还是阿伊尊敬的小直，还是赤音，大家都一样的，都在努力。要说不用吃苦也不必努力就能生存的人，那就只有本大人我这样的人喽。”

5

午餐时间到了，玖渚依然表示“没有食欲”，又钻进了被窝。这个年轻的工程师简直是慢性睡眠不足。临睡之前倒是说了这么一句话。

“阿伊，晚餐时要叫人家起床喔，也得去见见伊利亚小姐了。”

吃过午饭，我依约前往加奈美小姐的画室。我敲敲画室的门，待听到回应声后，推开了房门。这间房子没有铺地毯，是木板地面，不禁让人联想到小学的美术教室，只是缺少了那一排排伤痕累累的桌椅，也没有仿造的石膏像，更没有那么宽敞。单纯从面积来说，这间画室大约有玖渚房间的一半大小。

加奈美小姐用略微冷峻的眼神盯着我，沉默片刻后才说道：

“欢迎。坐在那把椅子上吧。”

深夜先生看来是在自己的房间里或是其他地方，画室里只有加奈美小姐一人。依照指示，我穿过摆满绘画材料、油漆的墙边柜，走到椅子边坐了下来，与加奈美小姐正面相对。

“拜托您了，加奈美小姐。”

我心里暗忖她长得可真漂亮。

金发碧眼，就像旧电影里走出来的深阁小姐，同时又散发出一种知性美，而且还具有绘画天赋。怎么能造出这么完美的人，老天还真是不公平啊。

呀，不对，也不能说是十全十美。

加奈美小姐腿有残疾，直到数年前还是双目失明。与她相比，四肢健全的我对生活、人生竟然还有诸多不满，那可真是太矫情了吧。不过，加奈美小姐本人好像并不在意自身的残缺，因为她曾在画集中说过这样的话。

上帝是公平的。要是再给我一副健全的身躯，对四肢健全的人就是不公平了。

腿脚只不过是装饰品而已。

视力恢复以后，我也没觉得我的世界有什么改变。世界一如我想象，我不相信什么自然淘汰或是命运。

加奈美小姐跟我一样坐在木制圆椅上，可能是穿着礼服的缘故，看样子似乎坐得不太舒服。猛然，一道闪念从脑海中划过。

“加奈美小姐，那个，你是要穿着这样的衣服画画吗？”

“你在质疑我的服装品位？”

加奈美小姐神色一凛，看样子不是在说笑，好像真的不高兴了。我连忙做出解释。

“不，我不是这个意思，我是怕把你的礼服弄脏了。”

“我画画的时候，用不着特意去换衣服。迄今为止，我还从未允许过画具、颜料、染料什么的沾上衣服的边儿。请不要质疑我的能力。”

“啊啊，是吗？”

大概就像那些书法大家一样吧，挥洒自如，滴墨不沾身。是啊，画画时衣服被画具弄脏，那是业余画家和外行干出来的事，加奈美小姐是世界一流的画家，怎么可能出现那种情况？欸，我竟然干出了班门弄斧的蠢事。

我自嘲地耸耸肩。

“你，真的要画我吗？”

“你这是什么意思？”

加奈美小姐依然表情严肃，语气不善地反问我。看来她今天心情不太好，不，应该说此人的性格是公认的阴郁。

“啊，怎么说好呢，我的意思是你画我会不会降低你的身份？”

就好比玖渚友，她那高超的技术水平，可以说在任何世界都是出类拔萃的。然而，那丫头却只把那种技术用于玩乐上，因此极少有人承认她是伟大的天才。

而她本人却表示“说到底权威只是一种结果。做不到与不做，结果还不是一样的吗？”。

想想，还真是这么回事。

她这种情况放到画家身上，也是一样的吧。以玩乐的心情，随心所欲地选材、描绘，这样的画家岂能轻易得到他人的认可和推崇？

不过，加奈美小姐否定了我的想法。

“我不是刚刚警告过你不要随意质疑我吗？脑子进水了？我还

用得着刻意挑什么题材？人呢，脑子不够用闭嘴就是了，所以，你，少开口为妙。”

她一副“哎呀，真是没救了”的神情，我的紧张倒缓解了不少。

“我啊，最看不惯那样的人，想起来就觉得恶心。说什么没有好题材所以画不出来啦，模特儿不好啦，环境不对啦，那种题材不适合自己啦……不仅仅是画画的，其他领域也有这样的人，开口闭口就是这不是我想做的事啦，我找不到想做的事啦……你周围也有这种强词夺理的聒噪家伙吧？”

“哎，有啊。”

其实就是我啦。

“真是的！”加奈美小姐怒气冲冲地说道。

“说什么想做不想做的，我最看不起无视自己的无能只是一味强调客观理由的家伙。他们就不该厚着脸皮活在世上。虽然不至于说让他们去死吧，但我希望他们能活得有尊严一些，别在那儿叽里呱啦地聒噪个没完，好歹脚踏实地地去做点正经事。如果是我，再平凡的男人，甚至虫子的内脏，我都有办法艺术性地呈现出来。”

这个外表柔美的姑娘，内心却如此蛮横。她自己也就罢了，还要求别人不许妥协，真是苛己又苛人的性格。

被拿来跟昆虫内脏相提并论，心中当然不会愉悦，但既然人家连昆虫内脏都可以画，当然没道理画不好我了，再客气下去反而显得失礼，况且对眼前这个人客气又有什么意义呢，所以我选择了沉默。

突然，我注意到了加奈美小姐背后的一块画布。那是一幅铅笔画，采用仰视的角度描绘出一株樱花树，就是今天早上她和深夜先生观看的那颗樱花树。

犹如黑白照片般细腻，像素应该在一千万左右。呀，我真是没有品位，这么细腻的绘画，怎能用照片来比喻。

“这个，”我指着画布，“是什么时候画的？”

“上午画的。怎么，你有意见？”

加奈美小姐赏樱是在早晨，换句话说，就是距现在五个小时以前的事。短短五个小时，就画出了如此细腻的画吗？按常理来讲，要完成这样一幅作品，再怎么快，也得花上一个星期的时间吧。大概是我不经意间露出了怀疑的神色，加奈美小姐对此不屑地嗤之以鼻。

“一个星期就可以完成的工作却要花费三四个月的时间，那是白痴干的事。如果不是白痴，那只能说是太懒了。我既不是白痴又不偷懒，所以三个小时能够完成的事情，坚决不会花费三个小时零一分一秒。”

哎哟喂，这口气……

十足懒人性格的我听起来，尤为刺耳，甚至感觉有股刺痛疾速穿过全身，心想一定要把这些话说给玖渚那丫头听听。

“喂，你也是这么想的吧。”

加奈美小姐故意刁难似的追问我，让我产生一种当面被打脸的感觉，而且我强烈感受到这不是单纯的错觉。

“啊？没有，不不，对。哎呀，话说你画得真好。”

“嗯。还行吧。”

好像听惯了这种普通的美誉之词，加奈美小姐一幅兴致缺缺的样子。的确是太过普通的赞美了，什么“画得真好”，简直就是废话，这种话连五岁小孩也会说，我真是傻到家了。

“那个，加奈美小姐是专攻工笔画的吧。”

“我什么都画。你不知道？”

哎呀，又说错话了。要知道，坐在我眼前的可是抗拒固定风格、拒绝任何流派的天才女画家伊吹加奈美小姐。不论是工笔画、抽象画还是其他任何风格的画，没有她不画，也没有她不会画的。

加奈美小姐眯起一只眼继续补充。

“再没有比拘泥于一种风格更愚蠢的事情了，我并不是说不要追求自身的风格，但是如果过于受困其中的话，那绝对是走火入魔，是不正常的。其他事情姑且不说，起码在画画方面，我一定要随心所欲。”

“或许吧。”

难以反驳，也无法苟同，我只好敷衍地点点头。好像是看穿了我窘迫的内心，加奈美小姐“嗤”地冷笑一声。

“喂，你，看过我的画吗？”

“看过几次你的画册，但没仔细欣赏，今天是第一次看到实物。”

“是吗？那你觉得如何？我说的是这幅樱花，不是画册。”

没想到加奈美小姐会问这样的问题，我多少有点意外，原以为被称为天才的人根本不屑他人的评价。比如七愚人园山赤音小姐，以及 ER3 组织的其他成员，包括参加 ER 计划的那些讨厌鬼，他们不在乎名声也不看重虚荣，压根儿不在意别人如何评价他们。

“自己的价值自己清楚就行了，谁稀罕那些笨蛋给的评价！”那帮家伙众口一词地如此宣称，让我非常反感。

“这个嘛，”我不知所措地回答，“嗯，我觉得很漂亮。”

“嗯？很漂亮……吗？”加奈美小姐重复着我的话，再次开口。

“你不必特地恭维我，即使你实话实说，我也不会生气。”

“不，不，我没有那种鉴赏能力，也没有评判的资格，就是觉得很漂亮。”

“嗯哼？漂亮……啊。”

加奈美小姐不胜惋惜地看着画布。

接着用细若蚊蝇般的声音喃喃自语。

“漂亮、漂亮、漂亮、漂亮！对艺术来说，这种词不是赞美啊。”

“哎？”

“看来这幅画还是没人能看懂啊，遗憾呢。真不想这么做，可惜了呀。”

“欸——”加奈美小姐长叹一声，倾身拿起了那幅画。

猛地高高举起，狠狠地摔向地板。

木头破裂的声音划过室内。

当然并不是地板破裂了。

“等等，你，在做什么呀？”

“如你所见，我在销毁失败作品啊。啊啊，为什么非得做这种事呢？”

这应该是我问的才对吧。

加奈美小姐惋惜不已地垂首凝视着摔坏的画布，接着又是一声怅然若失的叹息。

“欸，将来至少可以卖两千万吧。”

“两千万日元？”

“两千万美金。”

货币单位竟然是……

“当然，那是几十年以后才有的事。”

“艺术家还真是任性。”

可是，也没必要在我面前这样做吧。一想到我的一句无心之言竟导致这样的结果，心中不免涌起一股不情愿的负罪感。

“你不必自责，这是我自己的责任，我不是那种把责任推给别人的糊涂虫。”

“可是，我毕竟是个外行。何必因为外行的一句话，就把自己的心血……”

“挑选鉴赏者的画，在我眼里算不上艺术。”

加奈美小姐斩钉截铁地打断了我的话。

原来如此，原来是这样。

此时，我理解了那句话。

尽管言语和态度有点咄咄逼人，但不可否认，这个人从骨子里就是个艺术家。

“可是，真的很漂亮，就像照片一样真实。”

“这也不是对艺术应该有的赞美。我跟你讲，如果你赞美别人时习惯说‘像什么一样’，那最好快点改正过来，因为那是最高级的侮辱。不过，如果你的脑子只够理解那些固定的客套表达的话，那就没办法了。”加奈美小姐看着我郑重地说，“不过嘛，嗯，‘像照片一样’的说法倒也可以理解，因为照片原本就是衍生自绘画。”

“是吗？”

“对啊，你不知道？”加奈美小姐挑着眉说。

“你不知道？”这句话似乎是加奈美小姐的口头禅。

“发明银版摄影 (daguerreotype) 的人其实就是一名画家，绘画艺术中的透视画法为照相机的发明带来灵感，这些都是深夜告诉我的。对了，你应该知道 camera obscura 吧？”

这，我还是知道的。

就是所谓的暗箱嘛。在黑暗房间的墙壁上凿一个孔，室外的景物便会通过这个孔投射在对面的墙壁上，形成上下颠倒且两边相反的影像。那是非常古老的技术，早在公元前就出现了，最早由亚里士多德提出，后来被艺术家用作绘画的工具，再后来一些摄影先驱者开始用暗箱进行摄影实验，算是照相机的雏形。

“那是为了正确描绘和记录外界而发明的一项技术，因为透视画法的基本概念就是‘如实描绘所见’，这是法国画家库尔贝说的。此外，他还主张写实主义，说什么‘我没见过天使，所以不画’。

不过这跟我的哲学正好相反。你看过小孩子的画吧，画面上没有远近之分，一股脑地都挤在前面，物体的大小也是完全不按章法处理，不管是房子还是人物一律同样大小，或者把自己认为最重要的东西画得最大。总之，不是把他看到的，而是把自己的感觉在画布上表现出来。如果说绘画是一种自我表现的方式和手段，我倒认为小孩子的手法才是正确的。从这个观点考虑，那么‘像照片一样’的绘画根本就称不上是好作品。”

“哎？”

言语中夹杂着专业术语，我有点跟不上她的节奏，反应不过来她说的是什么。而且，从我一进来，加奈美小姐就只顾说话，没做一点绘画前的准备。究竟什么时候才开始画呢？

耳边又响起加奈美小姐的声音，“就连照片也不能算是真正意义上的真实记录，不是还有修照片这一说嘛，只要技术高超，骗过观众很容易。在可以恣意妄为这点上，其实照片跟绘画没有什么不同。”

“那个，加奈美小姐，你不开始画吗？”

“现在正在记忆。”

原本以为又要被训斥，没想到加奈美小姐这次竟然平和地回答了我。

“你可能不了解。我习惯一个人工作，有外人在场，我无法集中注意力。”

这一点和意大利艺术家达·芬奇很相像。

不是边看边画，而是观察与绘画分开进行，这样的画家我虽然不常听说，但至少听说过，所以对加奈美的话并没觉得特别惊异。

“所以我全凭记忆来画人物。”

“那种事，真的能办到……吗？”

“对我来说，记忆等同于认识。”

这一点又像极了《沉默的羔羊 2》中的食人魔汉尼拔。

“我们就这样聊两个小时吧，等你离开后，我再开始画。对了，要先重画这幅樱花，至少要画成你能够理解的艺术品，然后再画你，唔，我会上两层色，所以得多花一点时间了，还要等它干透，这样的话，明天早上应该可以给你。”

“真的可以送给我？”

“当然给你啦，我留着那种画有什么用，而且我对已完成的作品没有任何兴趣。我可以签上名，所以你要出售的话能卖不少钱的，当然你要是不喜欢直接毁掉也无妨，不过有点可惜了，毕竟我准备把它画成一幅价值五千万的作品。”

说得还真是直白。

我一声叹息。

“对了，加奈美小姐，听说你跟赤音小姐关系不太好。”

“嗯，的确不好。不过，好像是她单方面讨厌我吧。就我个人而言，对于不管是作为学者的园山小姐，还是作为研究者的园山小姐，还是作为 ER3 七愚人的园山小姐，我原本应该心存善意，并且心怀敬意的。”

“原本应该，原本应该，什么意思？我觉得你话里有话呢。”

“没错。”加奈美小姐嫣然一笑。

“园山赤音本身这个人，实在是令人讨厌。”

两小时以后。

我离开加奈美小姐的画室，先去了玖渚的房间。玖渚还在床上酣睡着，不过中间应该起来过，因为我的手表已经修好了。哎呀，这个调皮的丫头，用她高超的恶作剧技术，把表盘上的数字调成了镜像显示，但也不是不能用。我拿起手表戴在左手腕上，弯下腰摸了摸沉睡中的玖渚的头发，说了声“谢谢”，然后起身向赤音小姐的房间走去。

“请让我飞车、角行、银将和金将这几个子儿！”

面对我的示弱，赤音小姐笑了。

“那就再多让你几步吧。”

说着将国际象棋的棋子摆在了将棋棋盘的己方阵营上。

“西日合璧哟！”

“感觉像是非比寻常的异种格斗战呢。”

尽管已经得到如此大的让步，结果我还是输得很惨，可以说一败涂地，而且还是七连败。

【注释】

① ASCII：（美国标准信息交换代码）是基于拉丁字母的一套电脑编码系统，主要用于显示现代英语和其他西欧语言。

② JIS 键盘：设计为有 106 或 109 个按键的键盘。

③ OASYS 键盘：OASYS 是富士通开发的日语输入用键盘，可以高效输入日语，采用独特的字母排序和输入方法，英文数字和 JIS 排序一样，其他键排序不一样。

④ 将棋：一种流行于日本的棋盘游戏，又称“日本象棋”。

第三天（2）

——集合与算数

0

如果忽视完全错误的部分，你的观点基本就是正确的。

1

叫醒埋在被窝里沉睡的玖渚，催着她洗了把脸，又帮她梳好辫子，结果她依然还是一副迷迷糊糊没睡醒的模样。我半拉半背地把她领到了餐厅，发现大家都已经到了。

圆桌还有两个空位。

把玖渚安顿在座位上，我在她身旁坐下来，弯腰坐下时，顺势扫视了一圈。

十二个人中最引人注目的，果然，也可以说当然是宅第的主人——赤神伊利亚小姐。对“美人”的理解和感受，向来是仁者见仁智者见智，所以用这个词来形容伊利亚小姐没有任何意义。在我眼里，伊利亚小姐是个美人，但这是我个人的感觉，也只能代表我自己的感觉。如果从我个人的喜好来说，我倒更喜欢女仆明小姐那种类型。

呀，胡思乱想什么无关紧要的事呢。

但是有一个毋庸置疑的事实，如果说用“高贵”这个词来形容赤神伊利亚小姐，肯定任何人都不会反对。

乌黑的大波浪长发配上高级礼服，看上去不是很协调，但是伊利亚小姐自身的高贵气质足以弥补这点缺憾，其实她年纪应该跟我差不多，也就二十岁左右吧。哎呀，不得不说，气质果然还是与成长环境、血统等密切相关。出身、血统等因素对个人的成长至关重要，不管时代如何发展，这一点永远不会改变，过去如此，现在是这样，将来亦是如此。

赤神伊利亚——赤神财团的嫡系血亲，当今家主的孙女，一个飞扬肆意的“异端分子”。

“各位，既然玖渚小姐也到了，就让我们一起享受一天中最快乐的时光吧。”

说完，伊利亚小姐像个小孩子似的双手合十，欢快地说了一句“开动”。由此看来，她的心理年龄极为年轻啊，或者说她的性格比较天真无邪，跟她的外表也颇为符合。

大家在这座岛上共同生活，可以自由安排自己的时间和活动，但是唯有一条硬性规定，就是“晚餐必须一起吃”。看似简单得不能再简单的规定，按理说人人都能做到，但实际上却有不少“天才”就因没有遵守这项规定而被请离出岛。天才这种人呢，往往更缺乏常识，不明情理。

伊利亚小姐左右两边分别坐着两个女仆，左侧是照子小姐和玲小姐，右侧是明小姐与光小姐。从容貌上，我分辨不开明小姐与光小姐，所以也不清楚她们俩谁坐在右边，谁坐在左边。如果能从表情或动作上判断出来也好啊，可是对于缺乏观察能力的我来说，还是有点困难，玖渚却能分得清她们两人（不必奇怪，她可是玖渚友啊）。然而，听说连她们的主人伊利亚小姐都区分不出来呢，两位当事人对此倒不是那么在意。

“各位，请举起手边的酒杯，干杯！”

伊利亚小姐高举玻璃杯，唱歌般地说道。包括我在内的所有人应声端起酒杯，不过，我和玖渚面前的杯子里不是红酒，而是果汁。

毕竟我和玖渚都还未成年。

圆桌上摆满了赏心悦目的菜肴，全都是天才厨师佐代野弥生小姐的得意之作。那么，我就从离我最近的这道菜开始为大家介绍吧。

香烤小羊排、卡布其诺甘薯汤、鹅肝酱配松露面、清蒸贻贝、比利时风味青汁鳗鱼、醋渍鲱鱼、鲸鱼生鱼片，接下来是酱汁意大利面饺、生鸵鸟肉片，然后是加入各种水果的马铃薯鸡蛋沙拉、橄榄油拌蘑菇。

看了一圈下来，搞得我一头雾水，这到底是什么风格的菜系。

看来，弥生小姐没有拘泥于某一种菜系，而是结合十二个人的喜好做出来的晚宴。其实，即便能说出菜名我也不懂其意啦，不过无所谓，名字又不会影响菜的味道。

反正我是这么认为的。

之后还会再上些甜点，仔细想想，分量还真是惊人。再加上弥生小姐做出来的菜实在太好吃了，让人忍不住吃了一口又一口，早把控制体重的事儿抛到九霄云外去了。不过，不用担心，弥生小姐已经替大家调配好了摄入的卡路里。

“在计算着卡路里的情况下还能把菜做得如此美味，天才名不虚传。”

我用只有自己听得见的声音不知道感叹了多少回。

说到这儿，我想起了午餐时和弥生小姐的简单交流。当时，餐厅里偶然只有我跟弥生小姐两个人，于是我便趁机问了一下关于她的那些传闻。

简单一句话，就是这样一个问题，不管什么菜，她总是比别人做得好吃，到底使用了什么不得了的技术？

听了我的问话，弥生小姐奇怪地看了看我，笑着说：

“遗憾啊，我的答案恐怕要让你失望了。我可不像姬菜小姐那样具有超能力，我只能依靠努力和实践。”

“真的就只是这样？”

“不过，我大致能猜到为什么会有那样的传闻。这么说吧，与他人相比，我有一点，不，该说是特别之处，我的味觉和嗅觉非常敏锐。”

弥生小姐说着忽然吐了一下舌头，然后接着解释：“要用逸闻来比喻的话……对了，你知道海伦·凯勒，对吧？虽然她双目失明，但是据说她可以凭体味识别他人。我跟她有点像啦，只是嗅觉没她那么厉害。不过，其他的嘛……"

弥生小姐冷不防地突然拉过我的胳膊，迅速在我的手背上舔了一口。我做梦也没想到她会有这样的举动，差点惊叫出声，好不容易把快要冲出喉咙眼儿的惊呼强行咽了下去。

弥生小姐依然伸着舌头（活像爱因斯坦那张著名的伸舌头微笑照），笑着说道："原来你是AB型的啊，而且，血型还是Rh阴性，没错吧？"

她的话让我震惊万分，我猛然想起领护照时，保健医生的确曾说过"你这血型还真少见呢"这样一句话。所以，弥生小姐说得一点都不错，可是这也太神奇了吧。

"这种事，只是舔了一下皮肤就可以知道？"

"正确来说，我舔的是'汗液'。我的舌头可以将大约两万种味道分为二十个强弱等级。嗅觉的话，大概是它的一半吧。"弥生小姐微微歪着头，很是娇俏可爱。

"我没有园山小姐的才智，也没有姬菜小姐的超能力，既不像伊吹小姐那样精通艺术，也不像玖渚小姐那样擅长电脑，什么才能都没有，只有这个生来就有的一点点特别之处，如果要发挥这项长处，就只有当厨师了。"

那就是说弥生小姐拥有所谓的"绝对味觉"。

就好比是"绝对音感"的味觉版，但又与绝对音感不同，"绝对味觉"无法通过后天训练取得。总而言之可以这么说，佐代野弥生小姐就是被上帝选中的那种人。能力超众者可以分为两种：被选中的人和自己主动选择的人，或者说有价值的人和创造价值的人。当然，弥生小姐也是经过后天的努力和锻炼才取得了目前的成就，但基本上可以说她是属于前者的天才。

换句话说，弥生小姐并不是自己主动选择当一名“厨师”，而是因为她先天就具有这种能力，才注定了她将学习烹饪技术，并远赴欧洲更大限度地发挥这项长处。

归根结底，味道来自于个人味觉的品鉴能力，而烹饪技术的高超与否，很大程度上取决于到底能够将多少味道变成自己的东西加以发挥和活用。这么一想，就不难理解弥生小姐为什么做菜比别人好吃了。

哎呀，东拉西扯这么多有什么意义呢？简单一句话，就是弥生小姐做的菜非常美味。

如果将圆桌看成一个时钟，把伊利亚小姐的位置当作十二点，那么一点和两点是千贺明、千贺光她们两位，佐代野弥生小姐刚好坐在三点的位置。

四点的位置上是逆木深夜先生。不愧是一直跟在加奈美小姐身边走南闯北的人，即便在这种场合也看不出丝毫卑怯的表现，反倒是一幅堂堂正正、光明磊落的模样。

深夜先生旁边的五点钟位置是伊吹加奈美小姐，餐椅后面放着她的轮椅。看上去她并没有不开心，但表情也没好到哪里去。

六点钟位置是玖渚友，也就是说，宅第主人赤神伊利亚小姐与玖渚友是正对面的布局。虽然这并不代表什么，但这样的面对面总归会让人紧张吧。不过，我再怎么紧张也没有任何意义，因为在当事人玖渚的字典里根本就没有“紧张”这个词。

幸运数字七点的位置，坐着我这个小跟班。

我左侧的八点钟位置，是“七愚人”园山赤音小姐。此时，赤音小姐正专注地享受着弥生小姐做的菜，没想到她还是个食欲旺盛的人呢。话说回来，如今让人仰目的赤音小姐，在成长为学者以前，也是一个普普通通的人（或许她本人会否定这个说法吧），当然得吃五谷杂粮才能生存。即便避开这些不谈，她也算是个食量大的人。她那种大快朵颐的吃相，我作为一个旁观者看着都不禁心情好起来，如果弥生小姐看到自己的作品如此受人欢迎，想必一定会有莫大的成就感吧。

赤音小姐的旁边，九点的位置是天才占卜师，ESP 型超能力者姬菜真姬小姐。她不知何时换了衣服，跟早上的风格完全不同，里面是一件条纹吊带衫，外面搭配一件淡粉色羊毛开衫，下身穿着一条印有小羊图案的七分裤，发型也换成了双马尾。大概是注意到我的视线，她对着我挑衅般地不屑一笑，一口咬住了一块小羊排。那副“我知道一切但就是不说”的神情，让我心中慢慢翻滚起不安。

哎呀呀，真让人头疼呢。

接下来的十点钟位置，坐着的是千贺照子小姐，也就是明小姐与光小姐的三胞胎妹妹。她戴着一副黑框眼镜，一句话也不说，脸上也几乎没有什么表情，只是机械地往嘴里塞着食物。享受着这等美味佳肴，竟然没有任何反应，难道照子小姐没有味觉？

十一点的位置是女仆领班，伊利亚小姐的心腹，明小姐她们三姐妹的顶头上司——班田玲小姐。与青涩稚气的明小姐三姐妹不同，玲小姐像是一位成熟、精干的职业女性。虽然我几乎没与她打过什么交道，但打眼一看就知道是一位比较严厉的人，而且也听光小姐哭诉过几次。

一共十二人。

我的位置竟然是幸运数字七！

就凭我？

真是戏言。什么幸运不幸运，那种东西有什么意义？就比如说现在，显然就只有我显得格格不入，就像是误入了不属于自己的地方。话说回来，在我迄今十九年的人生里，我何曾有归属感呢？无论是在神户、休斯敦还是京都，我从来都是格格不入的那一个，尤其是在这座荒岛上。

在这广袤的世界中，我是孤独的。

不过，无所谓啦。

我喜欢孤独。

这不是装腔作势。

就算是，也影响不到任何人任何事。

“对了，有件事跟大家说一下。”

伊利亚小姐展开了一个新的话题。在这张桌子上，话题的主导权永远掌握在伊利亚小姐手中，千金大小姐的强势做派表现得淋漓尽致。

伊利亚小姐清丽悦耳的声音继续传来。

“大家可能已经听到了一些风声，那我就正式宣告一下吧，关于下一位客人，也就是下一位即将到来的天才。”

她的话成功吸引了大家，众人一起看向她。啊，不，只有玖渚这丫头置若罔闻地继续吃着鲸鱼肉。想要引起这丫头的兴趣，可是颇为困难的事。

“我可以明确告诉大家，预计一周后造访本岛的人，绝不逊色于在座的各位，具有卓越的才能。我一定要好好款待他，也请各位多多协助。”

众人反应各异，尤其是“绝不逊色于在座的各位”这句话明显在大家心中激起了涟漪。在互相较劲儿般的暗流涌动中，一道声音突兀地响起。举手发问的人是深夜先生，这个并非天才的小跟班。

“这个人到底是何方神圣？我只是听说过一点儿，了解不多，好像是一个无所不能的全才。”

“这个嘛，我只见过他一次，不过，对，一次就足够了。这么说吧，那个人就是我的英雄。”

伊利亚小姐抬头仰望着窗外的星空，像是回想着什么。

“是的，在我心目中，他就是英雄般的人物，就像推理小说里的名侦探，或者怪兽电影中的怪兽。”

怪兽？

我不由自主地蹙起了双眉。伊利亚小姐竟然用“怪兽”形容她心目中的英雄，这个比喻恰当吗？一般不会用这个词来形容人吧，即便是用在人的身上，也绝非褒扬之词呀。

“看来你对此人评价极高啊，嗯，值得期待哦。”深夜先生情绪很高的样子，夸张地哈哈大笑起来。“既然是无所不能的全才，难道说那个人也会画画？”

“我虽然没有亲眼见过他画画，但他不可能不会，对他来说，画个画还不是信手拈来？”

深夜先生挑起的这个话头果然激起了加奈美小姐的不满，她有点，不，应该是极其不忿地，话里带刺地询问宴会的主人。

“可以请教他的尊姓大名吗，伊利亚小姐？那么厉害的人物一定是声名远扬的吧。”

白天面对加奈美小姐时，我就有了这种感觉，这个人的自尊心非常强。自尊心强不是什么坏事，但也不是什么情况下都能带来好的结果。不过，这是加奈美小姐自己选择的生存方式，作为外人我不便多做评论，反正我做不到那样生活。

伊利亚小姐好像完全不知道加奈美小姐为何生气（她是真的不知道吧），一脸不解地看着加奈美小姐，神色如常地回答：“哀川大师啊。”

这个名字从伊利亚小姐口中说出来后，空气中隐隐流动的抵抗、不甘好像一下子消散了。

或许大家都在心里暗暗后悔，为此而心生怒气，真是傻到家了。

“由于工作繁忙，哀川大师只能在这儿停留三天，请各位一定要友好待他噢，拜托了！我非常喜欢哀川大师，简直都要爱上他了呢。”

伊利亚小姐娇羞地说着，双颊飞起两朵红云。看着她那小女生似的举止，众人的情绪更加平和了。怎么说好呢，伊利亚小姐身上似乎天生有这么一种魅力，不管她说了多么蛮横的话语，对方都会忍不住原谅她。

难道这也是血统的缘故?

哀川?

闻所未闻的名字，反正，孤陋寡闻的我从来没听说过。我偷瞄了玖渚一眼，但看不出她是不是知道哀川这个人，这丫头依然埋头在眼前的美食中。对于自己没有兴趣的事物，玖渚向来都是这种态度，比小孩更难讲道理，比动物更难对付。不过，至少到现在她还能老老实实地坐在椅子上，已经很难得了。

“啊啊，真是万分期待啊，哀川大师竟然愿意再度大驾光临，幸亏我没有放弃，不断地发出邀请。哎呀呀，像做梦一样。啊？如果是一场梦，怎么办呢？”

伊利亚小姐完全陶醉在自己的精神世界和幻想中。从她的神情来判断，伊利亚小姐对这个叫哀川的男人相当迷恋啊，那种口吻就像是在诉说自己一直以来爱慕着的男子，而且，说出那个男人的名字时，似乎还带着某种敬意。

“啊，对了，玖渚小姐。”伊利亚小姐将话题带到玖渚身上，“说起来，玖渚小姐在他来之前就要离开了，对吗？”

“嗯？嗯，嗯嗯。”听到自己被点名，玖渚简单地回应着，然而双手中的筷子依然没有停下来。欸，从她双手拿筷子这点大家就能看出来了，要想让这丫头遵守餐桌礼仪，那可是天方夜谭呢。

“是的呀，还剩四天哟。”。

“那真是太可惜了，这么难得的机会。我非常希望玖渚小姐能够见见哀川大师，而且我也非常希望能将玖渚小姐这样的人才介绍给哀川大师呢。不能改期吗？”

“不行，不行，人家可是一旦定下来就绝不更改的人噢，不然怎么能被称作会动的时刻表呢？当然，阿伊也是哟。”

哎？干吗又扯上我？话说回来，我的时间表上明明没有来荒岛这一项，可现在还不是……

“这样啊。”伊利亚小姐遗憾地点了点头，接着又试探着问道。

“莫非玖渚小姐在岛上玩得不开心？你几乎都不离开房间呢。”

“人家就是喜欢待在自己房间里啦。开心，很开心，超开心的噢！无论何时、何地，人家从来都是开心的啦。”

玖渚的话让我微微一怔。她说的一点都不夸张，两耳不闻窗外事，一心只顾构建自己世界的人，哪顾得上不开心？然而，一个人从来没体会过“开心以外”的感受，究竟算是什么情况呢？不管什么时候，无论身在何处，都只有开心，这又是多么的可悲啊。

我已经深深了解到这一点。

“唔？真的吗？”伊利亚小姐耸了耸肩，“可是，玖渚小姐，我认为你要是能跟哀川大师见一面，一定会有意义噢。见了那样的人，绝对会有所启发的。”

“启发？真是无聊！”

就在此时，就像一直在等待时机一样，加奈美小姐突然插话进来。

“受他人影响，我认为是平庸、无能的证明。无聊至极！虽然我不清楚那个人到底有多了不起，但我认为跟那种人见面没有任何意义。”

“哎呀哎呀，是那样吗？”

此时，跟加奈美小姐唱反调的人，毫无疑问就是园山赤音小姐了。

“我在 ER3 组织里，跟地球最顶尖的头脑朝夕相处了五年多的时间，可以说没有那段经历就不会有如今的我。与优秀的人相处，当然能够提升自我。”

“什么 ER3？！可笑，不，根本就是愚蠢！受那种集团的约束，我才不会干那种傻事！”

“哪有什么束缚？大家都是自由发展，彼此影响，相互提升而已。”

“自由？请你别玷污了自由这个词，没有制约的组织还能叫组织？说到底，你园山赤音也只是等级制度中的一份子。说的倒是比唱的好听，我跟你在这座岛上的相处时间也不算短了，我可没觉得自己有什么提升，反倒觉得被拉低了呢！”

两个天才针锋相对。当着这么多人的面，怎么会如此失态，像两个不成熟的孩子，我多少有点错愕。

女仆们惶惑不安，想要出声打个圆场，但看到主人伊利亚小姐一副看好戏的模样，最终还是退缩了。我的身份决定了我不适合插手，弥生小姐毫不关心的样子，真姬小姐则是一副事不关己的态度，而深夜先生像是早已司空见惯，完全无动于衷。没想到这么多人，竟然没有一个挺身出来劝架的。

不，有……吧？

还有一个人呢。

“不管怎么说，人类就是群居生物，你不能否认吧，伊吹小姐。像你这种耍无赖又有特权意识的人，真该好好反省反省自己。”

“反正，你不跟别人搅和就活不下去，是吧？人类又不是回游鱼。况且，我不是有特权意识，只是不愿自我贬低罢了。合理、诚实地评价一切，这就是我的生存之道。”

“是那样吗？”

“说什么‘是那样吗’！啊——又来这一套，自以为这样模糊问题就可以了吗？不阐明自己的观点，采取暧昧的态度，你是不是觉得这样别人就会认为你很聪明？完全就是‘啊，好的好的’这样敷衍塞责的态度，我好佩服你啊，你可真是冰雪聪明呢。”

“不想听了！”

一声喊叫响起，是玖渚。

她就像个闹别扭的小孩子，嘟起嘴，看向加奈美小姐。

“吵死了！加奈美、赤音！”

众人一起看向玖渚，好像都很震惊玖渚会说出这样的话。

只有我泰然自若，因为以前有过这样的经验，刚才也不是没预想到会出现这种情况。玖渚这丫头非常讨厌别人在她面前吵架。从她平常对任何人任何事都漠不关心的态度来讲，做出这种举动的确令人有些意外，但仔细想想也不是不能理解，因为她最喜欢开心啊，当然不愿碰触不愉快的事情，道理就这么简单。

“对不起，我说得有点过头了。”

没想到先开口致歉的是加奈美小姐，实在有些意外。这样一来，赤音小姐毕竟是有相当身份、地位的人物，当然不能继续吵下去，她有点窘迫地闪躲着眼神，表情不自然地致歉。

“我也是，抱歉啦。”

然后，两人都沉默着低下了头。空气中虽然还飘荡着一股尴尬的气息，但这一波不愉快总算是平息了。

然而，刚刚恢复的平静又被真姬小姐的一句话激起了波浪。

“好像还有一场风波喔……”

真姬小姐脸上浮现出一丝高深莫测的微笑，冷冷地说道，声音不大，却足以让在座的每一个人听清。这个占卜师在搞什么啊，好不容易恢复了平静，她为何又口出此言？

只见伊利亚小姐“腾”地站起身，两眼放光地追问。

“这是预言吗，姬菜小姐？是什么样的风波呢？告诉我吧，快说，太令人兴奋了。”

“我不会说的哦。我，什么，都不会说。”姬菜真姬说着，眼神“嗖”地转向了玖渚，又慢悠悠地吐出来一句话。

“原因嘛，因为我可没有想要干预全世界的那种傲慢思想呢。”

“什么意思？”我忍不住出声反驳。然而当事人玖渚此时却已经开始专注地品尝着面前的美食了，看来她刚才真的只是嫌吵。

我还是忍不住再次追问。

“真姬小姐，你这是什么意思？”

“什么意思也没有，就像你的行为没有任何意思一样。你啊，咦？原来还是会为了不相干的人生气呢。我觉得这可不太好哦，虽然不能说坏，但绝对不好。”

“是吗？为什么呢？”

伊利亚小姐插话进来。啊！正确来说，是我插入了她们的谈话才对吧。

“我倒觉得能够为不相干的人生气，是一件很了不起的事呢。如今这世道，很难找到这样的人喽。”

“因为，可以为了别人发泄情绪的人啊，要是出了什么事情，就会把责任推到别人身上。我呢，最最讨厌你这种人了！”

我很久没有被人这般当面叱责了。

真姬小姐缓缓转过头来，定定地看着我。

“你是那种随波逐流的人，跟着众人闯红灯的类型，是那种严重的摇摆不定的人。我们不是常说‘和而不同’嘛，少年，那你就是‘同而不和’。不过，我可没说那样不好，我也不会说那样不好。一个人的主体性并不代表个体就有价值，比如飞驰在铁轨上的列车就是比停驶的列车有价值，但也不能说停驶的列车就不好，所以，我对此不予置评。但是，我讨厌那种人，极其讨厌！因为那种人总是怪罪他人，不愿担负起自身的责任。”

随波逐流吗？

的确，那是我的生存方式。但是再怎么样，你一个外人……我讨厌被指责，尤其是与玖渚重逢后，打心里不愿被人如此对待。

“你！姬菜真姬小姐，你没有理由这样指责我。”

“呀呀呀，生气了？想不到你的沸点这么低呢。容易沸腾，也容易冷却吗？”

“够——”

够了！

够了！够了！

够了！够了！够——了！

够了！你这个……

“阿伊！不要为了这种事情生气哦。”

在我怒身而起时，玖渚用力扯住了我的衣袖。

我回头看了看，一脸平静的玖渚友。

“知道了。”

我感觉涌到头顶的血慢慢往下回流，体温也迅速降了下来，全身的力气仿佛被一股外力抽走了，不能说是虚脱感，更接近于一种身心疲惫的感觉。我颓然跌坐到椅子上。

真姬小姐极其温柔地看着玖渚，笑了。

“对不起了，开个玩笑而已。”

第三天的晚餐，就这样不欢而散。前两天虽然不能说一点波澜也没有吧，但至少是和谐的，可今天出现在伊利亚小姐口中的“全才”打破了表面的平衡，难免让人担忧“哀川大师”登岛以后，会出现什么情况。反正到时我已经离开了这里，不管发生什么都和我没有任何关系了。

可是，让我想不通的是，真姬小姐为何一直针对我。诚然，我给她留下的第一印象可能不是太好，但我有种预感，原因并不单单只是这一点。真姬小姐毫无疑问是真的讨厌我，可也不至于不停地找我麻烦啊。

爱的对立面不是憎恶，而是漠视，所以如果只是纯粹的厌恶，她还不至于如此关注我，百般纠缠。若是针对其他天才，倒也罢了，可我就是一个普普通通的小跟班。一般来说，我和她之间，应该没有任何交集才对。

我百思不得其解。

脑子里一直纠缠于此，所以忽略了预言家姬菜真姬口中的“风波”。倒也不是说如果当时留意了她说的话并认真思索，就能对后来发生的事情产生多大的影响，只是事后回想起来，总是后悔不已。

那也是没有办法的事情。

毕竟能够做到未卜先知的，这座岛上只有姬菜真姬一人。

2

回到玖渚的房间，我借用她的浴室冲了个澡，等我洗漱完毕出来时，已经晚上十点多了。玖渚依然坐在计算机前面的转椅上，但三台机器的电源都已经关闭，她只是在椅子上转来转去地玩着。这丫头的半规管功能还真强大。

“你也去洗个澡！”

“不要。”

“今天不想洗就算了，明天一定要洗。”

“不要。”

“明天，就算剥掉你一层皮，绑也得把你绑进浴室。要是不想那样的话，就自己乖乖去洗，听到没？”

“唔——真麻烦！”

玖渚挺直身子，伸了个懒腰。“人家好羡慕小鱼儿耶，它们一生都不用洗澡的啦。哎呀，也不好，冬天会有点冷吧？对了，阿伊，你听过这个故事吗？那个，鱼不是养在水槽里吗，如果慢慢提高水的温度，就是不让鱼儿发现那样一点点地、一点点地、慢慢地、慢慢地加热，这样水槽中的水最后不就变成热水了嘛。但是，因为小鱼儿的身体已经慢慢适应了缓慢升高的水温，所以不知不觉地在沸腾的热水中也可以继续游来游去噢。听上去像是胡说八道，却是如假包换的事实哟。那么，阿伊，我们从这则故事可以得到什么启示呢？”

“地球的温室效应不会影响人类的生活。”

“答对喽！”

玖渚兴高采烈地手舞足蹈。真是个元气满满的丫头，我不由得扬起了嘴角。突然，“咣当”一声，玖渚冷不防地一头摔倒在地上，没有任何防护动作，整个人就那样迎面扑向了地板。

我在旁边看着都一哆嗦，心里直打鼓。

“好痛！哎哟——”

当然痛了，怎么能不疼？

“你在搞什么鬼？！”

“肚子好饿啊。”

“刚才不是吃了那么多？”

“和刚才吃的没什么关系啦，人家今天早上、中午可都没有吃东西噢，嗯，一定是吃的量不够。睡觉嘛，白天已经睡够了，所以一直到明天不睡也没关系啦，但饿着可不行。人类如果不吃饱喝足可是不行的噢。”

“人类的身体才不是那样。”

“那人家就不是人类咯。喂，阿伊，我们去吃点东西吧。不过，在这之前你要先帮人家梳辫子啦。”

“我觉得弥生小姐肯定已经回房间了。她每天起得很早，应该已经睡了。”

再怎么说，也不能把她叫起来做宵夜吧，毕竟弥生小姐也是应邀而来的客人。

“小光可能还没睡。小光做的菜也很好吃啦，别有小光的味道噢。唔，如果小光也睡了的话，那就……嗯，那就阿伊好啦，对，阿伊你来做好啦。”

“为什么是我？”

“因为，因为阿伊做饭的背影可爱啊。”

“呵！呵呵呵！”玖渚趴在地上坏笑着。

“好，好，好！知道啦！不过，先得给你梳好辫子，过来！”

“了解。”①

我解开玖渚凌乱的头发，再帮她编好两条辫子，然后我们离开房间，前往客厅。

“啊，对了，刚才抱歉。”

“什么？哦，你说的是真姬的事吧。唔，没什么了，原谅阿伊。不过，跟以前相比，阿伊也变得圆滑了呢，本大人也没想到一句话就阻止了你。怎么？你在休斯敦都遭遇了什么？”

“还好吧。不过，在那种沙漠里住上五年，价值观当然会改变的吧。怎么说呢，或许跟沙漠也没什么关系。”

“找个时间一定说给人家听听啦，你在那里发生的一切。”

“你也变了很多。哦，我说的不是外表，说的是内里。”

“世上哪有不变的东西呢？就像 Panta Rhei。”

“班田玲？”

“哎呀，什么跟什么呀，我说的是万物流转啦。奇怪，阿伊的脑袋那么聪明，怎么什么都不知道呢？”

“哎，哎？说什么呢？我只是记忆力不好而已。欸！我也希望至少拥有正常人的记忆力啊。”

是啊，我想拥有至少不会忘记那些人生乐事的记忆力，起码可以让我认识到人生中有许多美好。

“啊，明小姐在那边。”

玖渚向前跑去。我顺着她的身影望过去，还真是明小姐。其实，就算距离没有这么远，我也辨别不出到底是千贺明还是千贺光，也有可能是碰巧摘下眼镜的千贺照子。不过，既然玖渚说是明小姐，应该就是千贺明了。

玖渚跟明小姐说了几句话，看我还没过来，又跑回到我身边来，明小姐则向走廊的那一边走去。这么晚了，明小姐还要工作吗？要是这样的话，还真是辛苦，我在心里随意地想着。

“你们在聊什么？”

“明小姐说小光在客厅呢。”

“哦？是吗？那可真是太好了。”

然而，人世间的事，又有多少能尽如人意呢！！

客厅里除了光小姐以外，还有逆木深夜先生，以及我的对头——姬菜真姬。三个人分坐在呈U字形摆放的沙发上，喜笑颜开地在谈论着什么。

茶几上摆着酒、酒杯，还有一大盘干奶酪，看起来是配着红酒吃的。光小姐首先注意到我们，举起手来打招呼。

“啊，友小姐！”既然被发现了，那就没办法了，我们只好向沙发走去。

不走运的是，玖渚跑到光小姐旁边坐了下来，我只能挨着真姬小姐坐了。若此时离开，无异等同于夹着尾巴灰溜溜地逃走，我可不愿意给她留下这样的印象，临阵脱逃可不是武士的作为。真姬小姐仿佛洞穿了我的心思，促狭一笑，若无其事地来了一句：

“欢迎来到真姬俱乐部。”

“刚才真是抱歉啊，怎么说呢，好像戳到了你的痛处。”真姬小姐假惺惺地道歉，“我真的觉得很不好意思哦，那样被人直戳痛处的话，任谁都会生气的嘛。”

“其实也并不是什么痛处。”

“是吗？还真是让人可怜呢。”

真姬小姐嗤嗤地笑着。她喝醉了？不，这个人即使没喝醉，也是这种态度这幅腔调，说不定喝醉了还能稍微收敛一些。她将红酒一饮而尽，然后把酒杯伸向我。

“来！你也喝一杯，少年！酒精可是好东西，能让人忘掉烦恼哦。”

“我没有什么需要遗忘的烦恼。”

“也没有想要记住的快乐。”她侧头对着我嘻嘻嘻地笑着，“你其实并不是因为记忆力不好才记不住人生的快乐。人生哪有那么多的悲喜？什么都没有，空空如也，嗯，空白比黑暗更可怕。啊哈哈哈，人生可真快活！”

难道她能回知过去，还会读心术？

看来她并不是徒有虚名，是不是一会儿还要对我展示她的千里眼？

“饶了我吧，真姬小姐。你这可是在欺负人了。”

“我就是在欺负你呀，哈哈哈。来来来，喝一杯！”

“不能喝酒，我还未成年。”

“哟，还是乖孩子呢。没意思。这么冷漠！难道你想让我这么赞美你‘哇，阿伊，你太酷了！’喊，简直是大夏天也能被你冻死的冰山男。”

真姬小姐无趣地将杯子拉回自己面前。

玖渚不知是不是真的饿了，狼吞虎咽地吃着下酒的干奶酪，双手并用。太丢人了！我早已知道跟她讲什么礼仪礼节等于对牛弹琴，所以此时也压根儿不想再多费口舌提醒她什么。

“这是至尊，这是瓦朗塞，这种是马罗瓦勒，这是奶酪森林[2]。”

光小姐热情地向我介绍着奶酪的种类，据说哪一种都跟红酒非常相配。我拿起一块放入口中，的确很好吃。但能做到猛吃奶酪却一口水不喝的，也只有玖渚这丫头了。

“你觉得加奈美怎么样？”

过了一会儿，深夜先生拿起一块奶酪似无意地问我。我总觉得他的语气中带有一丝幸灾乐祸的意味。

“给她当模特的事儿，还顺利？”

“嗯，还好，没出什么事儿。”

“那家伙脾气很差吧。”

明明是他的主人，深夜先生却毫无顾忌地如此说道。

“不，不，不像你说的那样。”

“是吗？反正我没见过比她脾气更臭的女人。”

你没见过，可我见过呀，那个女人此刻不就坐在我身边大口喝酒吗？

“并没出现什么问题。哦，不过，就是被她突然砸画的举动吓了一跳。”

深夜先生摆出苦笑的表情。

“啊？啊啊，你说那个啊，对，对，我刚进画室，她就指示我‘把这个垃圾处理干净！’真是的，你以为你是毕加索啊！不好意思，让你见笑了。那家伙就那种做派，不要放在心上。她呢，几乎没费什么工夫就获得了成功，所以才会如此心高气傲，简直是不耍威风就活不下去。”

“派头？”

“是啊，摆出那种派头，看起来才更像一流艺术家嘛。对了，她有没有说那些艺术家派头的话？嗯，肯定有吧，那家伙就是那样，就善于装腔作势。”

“嗯，算是说了一些。不过，那是加奈美小姐的真实想法吧，我是这么觉得。”

“当然是真心话啦，百分之百是真心话。不过，那种话没有必要非说出口吧？真正的艺术家是不会说那种话的。加奈美虽然是天才，但跟艺术家差得不是一星半点，她那样只不过是在摆架子，至少我是这么认为的。所以，我真的希望加奈美能够摘下面具做回真实的自己。”

深夜先生略带惆怅地说着，又呷了一口红酒。看他喝酒的样子，我脑子里突然飞出了一种感觉，这个人跟红酒十分相衬，让人有点羡慕。正分神时，深夜先生的声音又响起来。

“说实话，突发奇想让你给她当模特儿，也是基于那种想法。那家伙很少画人物肖像。”

“是吗？可是她跟我说，她画画从不挑题材。”

“不挑是不挑，可依然存在着好恶呢。那家伙讨厌画人物，不管画谁，不管怎么画，就是一味地抱怨。以前是眼睛看不见，现在是腿脚不方便，最主要的是她那种性格，跟谁都处不来。”

“天才就那样啊。”

善于跟人打交道的天才，我只听说过德国天才数学家高斯一人。据说文艺复兴三杰之一的米开朗基罗就相当不受人欢迎，不过，好像是他自身不喜欢与人相处，才被人嫌弃的。

“有的人啊，不是什么天才，也不知道怎么跟人相处呢。”旁边的真姬小姐讥讽地插嘴说道。

咳，咳，或许正如她所言吧。

“那家伙一直是孤身一人走到现在，她也一直为此引以为豪。大概就是因为这一点，才会跟园山小姐处不好的吧。”

的确，在ER3组织里激发潜能、发挥所长，与其他成员相扶相携共同成长起来的赤音小姐，与极端的个人主义者加奈美小姐是完全不同类型的天才。这样的两个人针锋相对、水火不容，也算不上什么稀奇事儿。

“教加奈美画画的人就是我。”

深夜先生说道。

“那家伙的眼睛后来治好了……但是当时的她可谓一无所有，没有家人，也没有什么一技之长，所以我才教她画画。本来只是想着让她有个精神寄托，没想到仅仅过了一个月，她就完全超越我了。”

“深夜先生也画画？”

这，我可是头一次听说。

深夜先生不好意思地耸了耸肩。

“被加奈美赶超后，就自己放弃了。你听说过这样的逸话吧，韦罗基奥发现自己被学生达·芬奇超越后，便再也不绘画了。那一刻，我终于体会到了他的心情。是啊，既然身边就有这么厉害的家伙，我还有什么提笔的必要？”

听深夜先生说这些，我忽地想起他今天早上对我说的“你跟我还真像”那句话。当时，我不明白他的意思，现在，我懂了。

伊吹加奈美之于逆木深夜，就犹如玖渚友之于我。

现在，我也同样明白了，纵使嘴上讲得再难听，但深夜先生对加奈美小姐绝对是抱有好感的。

“没想到深夜先生也是一心为他人着想的人呢。”

仿佛又一次解读出我内心的想法（真是讽刺的比喻），真姬小姐在一旁酸溜溜地说道，“不过呢，与某人不同，我倒是相当喜欢深夜先生的作风。”

“哎？为什么？”

“因为深夜先生不会把责任推给别人啊。”

这人说话还真是句句带刺。

“那，那个，”光小姐一脸为难地打着圆场，努力地想缓和我和真姬小姐之间的气氛，“喝点什么饮料吗？”

“果汁之类的，什么都可以。”

“好的，请稍等。”

光小姐跑向客厅一角的小冰箱取出一瓶姜汁汽水，然后又跑回我身旁，笑眯眯地递过来。

“请喝吧，快喝。”

光小姐真是爱操心的热心肠。此刻我要是再跟真姬小姐吵起来，总觉得有点对不起光小姐，因此拼命压制着心中翻滚的怒火。

啊——啊，我的确是把责任推到了别人身上。

可恶！

一股被人玩弄于股掌之上的屈辱感升腾而起。

“小光，人家也想喝果汁啦。”

“好的，马上。”

光小姐立刻跑向玖渚那边。真姬小姐看着她们说道：

“说起来，玖渚也是未成年呢。”

“不过那又怎样？让她来一杯如何？就一杯。”

“请不要诱导她喝酒。”

“哎呀呀，又来了，又摆起监护人的架子了。”真姬小姐怪笑着，“好，真好！年轻真是太好了！”

“真姬小姐也很年轻啊。”

“我，已经二十九岁了！”

真姬小姐淡淡地应道，可是我却有点小小的吃惊。她老是打扮得跟小姑娘似的，我以为她顶多跟伊利亚小姐差不多大。

“哟！那你跟加奈美同岁。不过，姬菜小姐，你们的确还年轻着呢，不像我已经三十二了。人啊，过了三十岁，就会感觉到岁月不饶人了，跑个步都累得跟什么似的。”

“光小姐多大了？”我赶紧顺势提出了这个问题。

“我二十七岁。”

“哦，那也就是说明小姐也是二十七？”

“嘻嘻，这个问题。对呀，我们是三胞胎嘛。”

二十七，二十七，这个数字不停在我脑海中盘旋。二十七岁，明小姐、光小姐她们都已经二十七岁了啊，说句失礼的话，可真看不出她们这么大了。难道这座岛上流动着让人青春永驻的神秘空气？

可是，怎么可能？

又不是什么神秘岛。

“我记得赤音小姐是三十岁，弥生小姐也差不多这个年龄。这么说来，大家都很年轻啊。伊利亚小姐一定是喜欢年轻的女天才。”

“那还真是诡异的趣味。”

“对呀，对呀。”玖渚随声附和，还不忘继续往嘴里塞奶酪。好像吃到了辛辣口味的，她猛地拿起汽水瓶对着瓶口猛灌，结果不慎呛到了，又开始咳个不停。这丫头，到底在搞什么吗？！

深夜先生“欸——”地叹了口气，感慨万千地诉苦。

“我本以为带加奈美来这座岛上过几天孤独的团体生活，或许她能稍微有所改变，就跟带那些逃学的孩子去露营一样的道理。可是，看来我的愿望是要落空了，我也不知道该怎么办了，没辙了。那家伙可能一生都只能那样活着了吧。”

一直那样活着吗?

不被人理解。

不求人理解。

不依赖他人，只靠自己。

靠消耗自身生存，直到耗尽的那一天。

“那也是一种生存方式啊。”

“你在说谁？”

听这毫不客气的语气，不用说就知道是谁在说话了吧。

“对了，姬菜小姐为什么来到这座岛上？”深夜先生问道，“我之前就想问问来着，该不是单纯来度假的吧？”

“是，就是来度假的呀，因为在这儿可以享受快乐嘛。白吃白住还有钱拿，真是一个世外桃源呢。而且，利用网络，在这里一样可以进行占卜，实在是太方便了。快乐！快乐！超——级快乐！哈哈哈。”

真是无可救药的大人。

而且已经病入膏肓了。

虽然我没有发出任何声音，真姬小姐似乎又读出了我的内心，直接反问。

“你有什么资格批评我？”

接着又毫不留情地反唇相讥。

“要批评别人的话，先想想自己又是来做什么的。不要说什么‘玖渚叫我来，我就跟着来了’的鬼话，鬼才相信！”

这是什么人呢，真够了！明明知道答案，还非这么说。

真是的！为什么一直跟我作对？难不成真的是没有任何目的、任何理由，只是单纯地戏弄我？嗯，很有这种可能性。

“猜错喽！”

她像是听到我内心独白似的，马上进行了反驳，接着又转向玖渚。

“算了，算了，反正你这种家伙怎样都无关紧要。玖渚！小玖渚，你是来这里做什么的呢？”

“一时心血来潮啦，心血来潮！本大人才不会为自己的行动找这样那样的理由呢。”

“果真如此？”

真姬小姐意味深长地笑了笑。这样的性格，我想不出大家是怎么忍耐的，可是除了我以外，她跟其他人都处得不错，包括玖渚在内。

“其他人不像你这么愚钝。”

我实在无语了。

“怎么？吓傻了？啊——啊，是放弃抵抗了吗？呵呵呵，不过我可不会放手哟，因为我还没玩够呢。”

完全是一幅虐待狂的嘴脸。

我感觉自己就像一只陷入猎人陷阱的困兽。

“心电感应吗？你还是一如既往的厉害啊，姬菜小姐。可是，别逼人太紧了，适可而止吧。”深夜先生无奈地帮我解围，“有多少天才都是因为忌惮你的超能力，所以早早逃离了此岛。反正他已经快走了，你用不着这么急着赶人吧。”

“真没劲，每次我想玩一玩的时候，就会遭到大家的反对。抗议！这是歧视超能力！”

超能力……

尽管大家说得煞有其事，可我还是心存疑问，那种东西当真存在吗？ER3 组织既然提倡“大统合全一”，当然也进行关于超心理学，即超能力方面的研究，诸如念动力（Psychokinesis）、超感觉（Extra Sensory Perceptio）、皮肤视觉（Dermo Optical Perception）、空中飘浮以及隔空移物（Teleportation）等等。关于这些既无法解释又无法观测的所谓超能力，我参加 ER 计划时，曾经多次看到相关的论文，甚至还亲眼见过自称拥有超能力的人（虽然最后证明那人是个大骗子）。

通过这些，我得出的结论就是“不可轻信”，相关论文不过是给那些“无法解释”的现象随意做出了没有科学依据的主观解释。总之，就是一些毫无价值的文章，通篇都是科学家们的肆意演绎，可能比较吸引人，但也只是有趣而已，绝对缺少说服力。

“那是因为你的价值观太狭隘了。”

“你，你不知道有个词叫‘隐私’吗？”

“没办法喽！能看到的东西不想看也能看到，能听见的不想听也会听见。而且，你也不用指望着逃跑，逃也逃不掉的噢，因为不管你身在何处，我都能感知到。哈哈哈。”

“那就是说，真姬小姐你有千里眼、顺风耳咯。”玖渚兴奋地说，“人家也有很多超能力朋友啦，不过我是第一次见到有这么多超能力的人耶。多面手！多面手！好棒，好棒！”

自己的过去、未来以及内心世界说不定都已经被对方全部掌握了，但此刻，玖渚仍旧一副悠哉悠哉的模样。莫非玖渚没有任何担心被别人获悉的秘密？

“其实我还非常想拥有念动力，我现在只是 ESP 型的。如果再能够隔空移物什么的，那可就无敌了，哈哈哈。”

念动力，又称为 PK，跟 ESP 是不同类别的超能力。现今的超心理学主流认为，PK 是否存在暂且不论，如果局限于 ESP 的话，超能力是不可以验证的。其根据就是 PK 属于非人类的能力，但 ESP 说到底是人类感知能力的延伸。

“ESP 能力大概也只能用来占卜，其实是没什么太大用途的能力。”真姬小姐感叹道。

说起来，在实际生活中，ESP 确实只能用来占卜。但是，我还是对此持怀疑态度。

“真姬小姐能够证明自己拥有超能力吗？”

“有必要证明吗？就说你吧，如何向别人证明‘我就是我’？给别人看证件吗？那么，如果我给你看超能力证书，你就会相信我具有超能力了吗？反正怎样都无所谓，真的能怎样，假的能怎样，或者其他的又能怎样？反正事实就是如此，一切都不会改变。就像我，就算我知道一切又怎样？该发生的还是会发生，什么都改变不了。”

“是吗？”

“你的疑心病还真是严重呢。要不这样吧，我再为你占卜一回如何？”真姬小姐突然如此提议，笑眯眯地看着我。

糟糕！这可不是我想要的结果。

“第一天让你狡猾地躲过去了。对，就这么办，来吧。机会难得哦，我可是很少给人免费占卜的。”

“不用麻烦您了。”

“回绝得还真快，看来你是真的不愿意。哈哈哈，不过在我面前拒绝是没用的，我师傅给我的教诲就是——坚持别人讨厌的事。就这么办，听好喽！”

“根据我的拙见，您师傅的教诲大概不是这个意思。”

“你经常撒谎，”真姬小姐无视我的话，自顾自地开始了发言，“不喜欢表露情感，可是又不善于控制情绪，所以经常事后后悔。虽然经常遵从他人意见，但其实自身的主体性相当强。遇到困难时毫不犹豫地拔腿就跑，还算聪明。嗯，我明白了，所以你才不喜欢跟别人正面交锋，对吧？”

“你这只不过是心理学上的冷读技巧（Cold Reading），”我试着抵抗，“那种套话，全凭你一张嘴，爱怎么说就怎么说，套在任何人身上都适用。”

“是吗？或许吧。这样的话，那就不说你了，说说你和玖渚的事吧，就是算算你俩的相性如何。嗯，本来你和玖渚都是不需要朋友的人，可为什么偏偏你们两个会在一起呢？理由嘛……哎呀呀，你这小子相当不地道哦。你之所以待在玖渚身旁，是因为非常、非常羡慕玖渚。你非常羡慕她能够随心所欲地表达自己的情感，但另一方面她看起来一点也不幸福，明明拥有自己想要的一切，明明看似不可能的一切也都做到了，却依然感觉不到幸福，你看着这样的玖渚，就觉得心安。唔，怎么说呢，就是认为自己的愿望无法达成也无所谓了的那种放心感。”

“真的吗？”玖渚不可思议地歪头看着我。

不管是不是像她说的那样，这些话也不该当着玖渚的面讲啊。我摇摇头回答。

“不是那样的。”

“真姬小姐，你似乎误会了。我的人格没有那么复杂，其实我这个人非常简单。”

“或许吧，可能是这样，也可能不是这样。”

“喂！真姬小姐。”玖渚挪到真姬小姐旁边。“那人家为什么会跟阿伊在一起呢？”

“不好意思，我没办法解读你的内心，也无法回知你的过去。”

真姬小姐缓缓地耸了耸肩。

“偶尔会遇上你这样的人，也许是相性的问题吧。这种人周围好像包裹着一种暧昧不清的气息，让我有点伤脑筋，就像到了一个微暗处，内心隐隐不安，结果弄得情绪不佳。”

所以就把气儿撒到我的身上吗？

真差劲！

“姬菜小姐，正好碰上这么个机会，我也问个问题吧。预知未来，读取人心，到底是一种什么感觉？”

深夜先生开口问了这样一个问题。

“声明一下，我这样问别无他意，纯属个人的好奇。”

“唔，你这个问题呢，就好比问蜘蛛是怎么样用八只眼睛感知外界的。简单说吧，就跟看电视一样。你想象一下，一个房间里到处挂着电视，播放着不同的画面，而我手上没有遥控器，无法关闭电视，又没其他事可做，所以只能看看这个画面，再看看那个画面了。相当于比普通人多了几个能够同时工作的大脑。听明白了吗？”

鬼才听得懂！

“啊啊，话题被那边的某个傻瓜转移了。话说回来，玖渚，我还不知道你为什么要来这座岛上呢。”

“刚才不都说了嘛，一时兴起啦。”

“不对。虽然我无法解读你的内心，但我知道真正的原因肯定不是你说的那样。”

“欸——！”玖渚叹了一口气，好像有点无奈。虽然我很反感真姬小姐那样的质疑方式，但那同样也是一直盘踞在我心中的疑问，玖渚究竟为什么会来鸦濡羽岛的呢？明明一直以来都是那么极度的自闭。

“既然这样，那就说出来好了。”玖渚用舌头翻滚着奶酪块，像是做了某个决定般说道，“人家对这座岛上以前发生的事件感兴趣啦。”

3

可惜，接下来的事情让我们失去了听到玖渚那句话的下文的机会。

“事件？怎么回事？”

我本欲如此提问，刚一开口却差一点咬到舌头，结果再没机会说话。其实，当时就算奇迹般地说出来这句话，估计玖渚也听不见，在座的其他人也不可能听见，甚至就连我自己也听不到吧，因为所有声音都淹没在一个骤然响起的巨大声响中。

摇晃，眼前的一切都在摇晃。

短暂迷蒙后，大家马上反应过来，地震！地震了！

“哇！”惊叫出声的是深夜先生。

基于任何情况下都必须保持沉着冷静的女仆职业性质，光小姐马上提醒大家：“请镇定！”但实在没有什么效果，大家乱作一团。

只有真姬小姐，仿佛早就预知到会发生地震一样，依旧镇定自若地稳稳坐在沙发上。

我想起中学一年级，当时还在日本时学到的地震知识：先是微小的摇晃，然后会有剧烈的晃动。至于哪个是S波，哪个是P波，什么是垂直震动，什么是水平震动，脑子已经转不过弯来了，不过想起那些又有什么用呢。

总之，在微震之后，会出现激烈数倍的强烈震动。身旁的玖渚一副“完全不知道发生了什么事”的呆滞表情，我急忙将她推倒在沙发上，并扑上去护住她。枝型吊灯就在玖渚的头顶上方，万一掉下来，娇小的玖渚……我是想到这些才本能地做出了如此举动。

但那种担心似乎是杞人忧天，摇晃很快就停止了。不过，虽然“很快”本身是一种绝对性的时间，但相对于此时如同“双手架在火炉上”的无比惊慌的我来说，“很快”被慢慢拉扯成了五分钟之久。

实际上的摇晃时间应该不到十秒钟。

“停止了？”我护着玖渚问道。

“结束了！”回答的人是真姬小姐。

既然预言家这么说了，应该可信吧。脸埋在沙发里的玖渚痛苦出声，我赶紧抬起身子。

“地震吗？不小的地震呢，震级有多大？”

深夜先生一面四下环顾，一面说道。茶几上的杯子和酒瓶东倒西歪，光小姐条件反射地开始收拾起来。

“对不起，光小姐，能借电话用用吗？我有点担心加奈美。”

深夜先生指着内线电话询问，得到光小姐的同意后，向橱柜旁边的白色电话走去。

“光小姐，有没有收音机什么的？地震强度……小友，网络上可以查到吧？”

“马上会有快讯吧。那个，从区域上来讲，这里好像属于京都，不是吗？”

“这座岛上的震度应该是三级或四级。因为位置比较微妙，所以没法确定震中，不过基本就在舞鹤附近，那里的震度是五级。”真姬小姐自信满满地说着，“市中心应该没有灾情。”

“你怎么知道？”

虽然我觉得问她这个问题很愚蠢，但还是忍不住问出了口，不过这不正是普通人的正常反应吗？真姬小姐先是“哎呀哎呀”一声，接着又针对我口出爆言。

“那还用问？我就是知道。你虽然聪明却没有理解力呢，也没有记忆力。咦？那不等于脑筋不好使嘛，哈哈。总之，用一个成语来形容的话，就是‘洞若观火’咯！嗯，伊吹小姐跟其他人应该都没有受伤。”

“啊啊，千里眼、顺风耳呀。”

这样的话，距离就不是问题了。既然可以越过茫茫大海看对岸的电视，当然也能预知那里发生的事情了，这就是ESP的复合技巧的威力了。

不过，就如今的状况来说，纵使真姬小姐信口开河，我也没有办法确认。因为她说的，不管怎样都能说得过去。

这幢宅第应该没有发生重大灾情，目前能够知道是这样已经足够了。

深夜先生打完电话，向我们传达了加奈美没事的信息。

“她在画室。只是柜子上的油漆罐倒了，有点麻烦。不过，加奈美她本人没事。”

“你不去看看她吗？”

毕竟深夜先生是加奈美的看护，即便不是看护只是同伴，也该担心行动不便的加奈美小姐吧？

没想到，深夜先生两手一摊。

“不去也没关系。”

继而又补充一句。

“我想她也不希望我去。”

“为什么会这样想？”

“因为她叫我别去。”深夜先生苦笑着说，“加奈美那家伙好像正在工作。对了，就是在画你的肖像。她说要集中精力画成一幅旷世名作，叫我别去打扰她。”

“就算是伊吹小姐，就算技术再高超，但是如果模特儿不好的话……”

“喂！你是真的很讨厌我？”

“嗯！”真姬小姐竟然认真地点了点头。

哎呀呀……

欸！也罢，反正我的人生也就这样了。

我转过脸向光小姐询问。

“这座岛上经常发生地震吗？”

“说不上是经常吧。不过深夜先生倒是经历过好几次了呢。”

“是的。可是这次最强烈。”

“不知道家具什么的有没有歪倒？我有点担心。”

“搬家具的话，我可以帮忙。”

“不，怎么能让你干这活儿呢。我们明天会按照玲小姐的指示收拾的，放心吧。”

光小姐嫣然一笑。如果有这样的妈妈，小孩子一定能够健康快乐地成长的。我不由得又胡思乱想起来，假如不是在这种地方，以这种方式相遇，说不定我会真的爱上她。其实，我是知道这种事绝不可能发生，才这么瞎想一下。

“呜哇哇，好久没遇上地震了。”玖渚终于回过神来，从沙发上爬了起来，一边用手拨弄着蓝发，一边唠叨，“本大人的宝贝计算机没事吧？嗯，没事吧。若是震中在舞鹤的话，那我的公寓肯定也没事。说起来，大地震还真令人怀念呢。阿伊，上次那场还记得吗，不过，那时你已经去了休斯顿了，对吗？”

“嗯，大概吧。”

好像在休斯顿的小屋里看过新闻报道，又似乎没有。欸，我这记忆力，记不清了。

“那次，本大人可惨了。因为当时就在神户嘛，计算机几乎一瞬间全都完蛋了，害人家吓了一跳。”

那场地震，只是“吓了一跳”这种程度的打击吗？

“你不担心房间里的计算机吗？吃了那么多奶酪也该过瘾了，

走了，回房间了。”

我觉得此刻是个好时机，决定离开客厅。如果再跟真姬小姐纠缠下去的话，很难继续保持冷静，此刻就是一个离开此地的千载难逢的好机会。

真姬小姐一副“我早看穿你的老套伎俩了”的表情，不怀好意地扫视着我，刺得我后背生疼。我用尽全部心力无视那道目光，拉着玖渚返回了房间。

玖渚房间里的三台计算机（不对，是两台计算机加一台工作站），因为一开始就牢牢地固定在架子上，所以一点问题都没有。

玖渚打着哈欠伸了个懒腰。

“那今天就早睡吧，一吃饱就犯困。阿伊，帮人家解开头发啦。”

“这种事可以自己干吧。”

“自己很难解开啦，再说了，人家身体这么僵硬。也不是不能自己干，可是身体会痛的，有一次还因此骨折了呢。”

“好啦好啦，你这丫头耍赖就是了。”

我从辫子上取下发圈，拿梳子帮她梳理头发。“嘻嘻嘻！”玖渚友发出诡计得逞的坏笑。我刚放下梳子，她就直接朝床上扑去。一头扎到白色的被褥上，满足地滚来滚去。

“脱掉大衣！你说说我都说过多少次了，再说了，穿着大衣睡觉不热吗？听见没有！”

“不要！这可是充满回忆的大衣。不脱！不脱！”

“是，是，回忆。”

到底是怎样的回忆呢？连那个 ESP 型占卜师——姬菜真姬都无法解读玖渚友的内心与过去。是“集团”时期的回忆吗？

“阿伊，虽然不像加奈美跟赤音她们俩那么明显，不过阿伊跟真姬的关系真的很差耶！”

“不是关系好不好的事，其实是她一直在找我麻烦。”说到这儿，我忽然想起加奈美小姐也说过类似的话。“从我这边来说，我并没觉得真姬小姐讨厌。”

“本大人想着也是这样的啦。阿伊对别人可不会有讨厌啦，憎恨啦这样积极的情绪，就算有感情，也顶多是‘郁闷’这种程度吧。”

“哎？你这形容还真是……”

“玩笑，开玩笑的啦。”玖渚仍然怪笑着，“阿伊，你是不是从来没有真正喜欢过或爱上过一个人？”

“没有。”

“嗯，人家最喜欢的就是阿伊这一点啦。”

玖渚笑着说了这么一句。

不对劲！我感觉此时的玖渚有点无理取闹的小情绪，莫非她刚才喝的不是汽水而是红酒，有点喝醉了？我没见过玖渚喝酒，想象不出她喝醉后会变成什么样子。

“小友，那个……”

“唔？什么嘛？”

“你相信世界上有超能力吗？”

“有吧。就算有，本大人也没什么好担心的呀。”玖渚笑嘻嘻地说，“虽然本大人并不奢望拥有什么超能力，但有梦想总归是好事。比如圣诞老人，有总比没有好吧，同样的道理嘛。”

“你还真是个乐天派。”

就算有超能力，也一点都不担心吗？

嗯，的确如此吧，或许正如她所言。那种东西有也好，没有也好，基本上跟自己的人生没有什么关系。如今这种情况，只不过是个例外罢了。

因为在这座岛上吗？

对，就是因为在这座岛上。

“我也要回房间了，明天见。既然你现在准备睡了，那明天早上我来叫你起床，一起吃早餐，听到了没？”

“喂，阿伊！”

我正准备离开，仰躺在床上的玖渚忽然喊了一声。

“我们‘那个’吧！”

她一面招手，一面暧昧地说。

“不行！”

我一愣，马上做出拒绝的回答。

“讨——厌！什么嘛！没出息！胆小鬼！胆小鬼！”

“是是是。”我将玖渚的埋怨关在门后，走下楼梯，朝自己睡觉的那间仓库走去。心想着千万别在走廊上遇见真姬小姐，兴许上帝听到了我的祈祷，我一路平安地回到了住处。也许真姬小姐今晚打算跟深夜先生聊个通宵吧。

站在仓库门口，发现门上挂着一把锁。原本这里就是仓库，平时锁上门倒也很正常。可是不知怎么，我忽然想到了另外一点，如果在我睡觉的时候谁在外面锁上了门，那我岂不就出不来了？因为仓库的窗户太高了，就是踩着椅子也够不着，要是真被锁里面的话，那可就是蹲监狱了。转念又一想，我这不是杞人忧天吗？我一个小跟班能损害到谁的利益，谁又能想着把我给关起来？

走进房间，钻入被窝，瞪眼望着天花板，思绪又飘回到地震前，耳边想起真姬小姐的话。

“哎呀呀，你这小子相当不地道哦。你之所以待在玖渚身边，是因为非常、非常羡慕她。你非常羡慕她能够随心所欲地表达自己的情感，但另一方面她看起来一点也不幸福，明明拥有自己想要的一切，明明看似不可能的一切也都做到了，却依然感觉不到幸福，你看着这样的玖渚，就觉得心安。唔，怎么说呢，就是认为自己的愿望无法达成也无所谓了的那种放心感。”

可恶！真被她说中了。

七愚人赤音小姐认为我跟玖渚的关系是“共存”，但说真的，还是真姬小姐看得更透彻。

对我而言，玖渚友也许就是我想成为的人吧。

不对！不是这样！对我来说，玖渚友，就是、就是……

就是？

就是什么呢？

回国后，没有去神户，而是特意选择京都的大学，不就是因为玖渚搬到了京都吗？就连从休斯敦回日本的决定，也不能否认她是其中一个重要的原因。

可是，自己为什么会这样做？

正如玖渚所说，我没有讨厌、憎恨这样积极的情绪。即使有人来找麻烦，也只当是淋了一场雨般的不顺，并不会有什么特别的感受。就算真姬小姐再讨厌我，就算加奈美小姐再怎么恶言相向，我也不会因此而情绪波动。

有时自己都忍不住怀疑，我真的是人类吗？

完全不了解别人的心情。

如果世上真的有，真的存在真姬小姐的那种超能力，我会很想拥有吧。

不，不会想要的。

我又马上推翻了自己的想法。

别人的心情，知道的越多，烦恼也会越多。潘多拉的盒子打开后的那些灾难和折磨，我可应付不来，我没有那么坚强的神经和意志。

全部都是戏言呀……

旅行真是折磨人，老是想一些乱七八糟的事情。不知道自己是不是真的想多了，反正总是不由自主地想一些可能会毁掉自己的危险事。

还剩四天了，还有四天就可以离开了。

倒也不是不能忍耐。

我并不抗拒忍耐。

至少已经习惯了忍耐。

苦也好，痛也罢，早就习惯了。

话虽如此，但忍耐毕竟不是让人心情舒畅的事。

真是的！真想早点回到大海对岸的正常轨道上去。

我在胡思乱想中，慢慢随黑夜陷入沉睡。

然而，第二天一早，我才发现这三天算得上是非常、非常正常平静的生活，而这种平静已经一去不复返了。

【注释】

① 日语原文用的是《小双侠》里的答复台词。

② 至尊、瓦朗塞、马罗瓦勒、奶酪森林都是奶酪的品种。

第四天（1）——斩首之一

0

人外有人，天外有天，但高处不胜寒。

1

眼前是一片难以用语言形容的凄惨景象。

如果非要用什么来比喻的话，怎么说呢，对，大家可以想象一下格鲁巴·诺贝特的那幅名画《河流》。那种令人毛骨悚然的大理石色调的“河流”，此刻就横亘在加奈美小姐画室的门里侧。

可能是昨天地震造成的，各处都是滚落下来的颜料罐，就连铁管搭成的简易架子也翻倒在地上。没错，基本就是这样的情况，地震导致架子歪倒，上面堆放的颜料罐四处滚落，导致里面的颜料流出来，最终自然形成了这样一条“颜料河”，犹如名画《河流》的再现。

尽管眼前的这一幕已经十分令人震惊，但更为可怕的是“河”对岸的景象，让人不禁屏住呼吸，停止想象，大脑逐渐丧失推测的能力。那绝对不是地震的结果，世界上不可能有造成那种灾难的地震。

一具人形躯体俯卧在地上，但是颈部以上完全消失。

一具没有头的尸体。

一具被斩首的尸体。

不管如何表达，事实就是如此。

那个头部缺失的身体，穿着跟昨天加奈美小姐一模一样的小礼服。一看就很高档的小礼服，昨天加奈美小姐还鄙夷地对我说即便穿着它画画也绝不会弄脏的小礼服，如今却被鲜血染成了红黑色，失去了作为一件衣服的价值。

而且，本该穿着它的人，也已经不在了。

照眼前的景象来看，正确的描述是本该穿着它的人，已经死了。

“太残忍了。”

我忍不住低呼。其实没有必要特别说出口，可我实在按捺不住心中的震撼。

一股稀释剂的味道飘来。

距离趴伏在地上的加奈美小姐不远，轮椅翻倒在地上。远端还有一个立着的画架。距离有点远，细节看不太清楚，但还是能一眼看出画布上的人是我。

那是一幅惟妙惟肖的画作。即使隔了一条“河”的距离，即便距离这么远，我也毫不犹豫地断定那是一幅旷世奇作。不仅大脑，我的整个躯体都为之震颤。从某种意义上来说，那幅画比无头尸体给我带来的震撼更加强烈。

我想起加奈美小姐昨天说过的“挑选鉴赏者的作品，我不认为是艺术”那句话。原来就是现代的感觉啊，眼前的这幅画无可挑剔。

伊吹加奈美不愧是绘画天才。

连我这样的门外汉都不禁为之惊叹。

所以，心中才更加惋惜。我波澜无惊的心中已经很久很久没有涌起过“惋惜”的情感了，此时，我真真切切地感受到了痛惜。

对加奈美小姐的死感到痛惜。

对伊吹加奈美的死感到痛惜。

怎么会？

纵然再不相信也无济于事，伊吹加奈美，死了。

一个人，不管在什么地方，不管是什么样的人，头被砍掉了，都不可能再继续活着吧？就算是俄罗斯帝国的神秘主义者拉斯普钦，被砍掉脑袋以后，结果也是难逃一死吧，更何况加奈美小姐只不过是一个凡身肉胎的普通人。

“总之，不能这样搁置不管。”

一直没人开口，我便说了这句话。我瞧了一眼旁边的玖渚，她张着嘴巴，吃惊地望着加奈美小姐的尸体，一副不可思议的表情。是有什么想不通吗？不过，现在也不是考虑她为何会露出这种表情的时候，再说了，假如非要对玖渚的一举一动都找出理由来，那我就什么都不用干了，整个人生都要耗上了。

我收回思绪，正要向前迈步，这时，玖渚一把拉住了我。

“阿伊，等一下！”

“什么？怎么了？”

“油漆还没干呢。”

“嗯？”我蹲下身用手指抹了一下，“啊！是啊。”

确实如她所言，手指染上了颜料。

“可是，现在也顾不得这些了。”

相对于眼前的无头尸，鞋子沾上油漆又能算什么呢？

“所以，人家才叫你等一下嘛。”

我刚寻思她要干什么啊，结果玖渚已经脱下身上的宝贝黑大衣，抛向颜料河的正中央，就像在河里放了一块垫脚石。

“那不是充满回忆的大衣吗？”

“此一时彼一时嘛。”

玖渚竟然如此爽快地舍弃了自己的“宝贵回忆”，感动之余，我想表达一点谢意，但的确如她所言，现在不是谈话的时候，更何况事已至此，说什么也晚了。于是，我先跳落在大衣上，然后跳过颜料河。

“呕……”

喉咙一阵发紧。

毕竟很长时间没靠近无头尸了。我脱下上衣，盖住加奈美小姐的上半身。

然后，回头对站在门口的众人缓缓摇了摇头。

大家自然心知肚明。

“各位。”岛主伊利亚小姐终于开了口，“大家请移步餐厅，我们必须商量一下接下来的事情。”

说完，伊利亚小姐率先走出了房间，班田玲、千贺明、千贺光、千贺照子四位女仆慌忙跟上，其他人也紧随其后离开了加奈美小姐的画室。

最后只剩下我、玖渚，以及深夜先生。

脸色煞白的深夜先生呆滞地注视着加奈美小姐。

“深夜先生。”我踩着大衣再次回到门边，“我们也过去吧，待在这里也……”

我实在说不出口“没有任何意义”这几个字。

“啊？嗯，说得也是啊。”

他有点心不在焉。深夜先生虽然回应说要离开，但脚下一动也没动，依然直挺挺地站在那里，仿佛无法理解眼前的事实，又好像在极力地抗拒相信眼前的事实。

我理解他的心情。

换成我，假若是玖渚遭此变故，我一定也会是眼下的深夜先生的反应吧。不，岂止是如此，或许整个人都要崩溃，还可能会放声痛哭。对于真姬小姐口中“行尸走肉般活着”的我来说，那绝对是难以想象的，但我觉得我会那样做。

从这个意义上来说，此刻的深夜先生非常伟大。

虽然面色苍白，但仍临危不乱，还能听进去我的话并做出回应。尽管情绪已到临界点，可以说是到了极限，却依然保有理性。

这就是我这个毛头小子远远不及的。

深夜先生是成熟的大人。

深夜先生与加奈美小姐到底是什么关系？只是一个看护吗？看护以上？看护以下？我无从判断。

但是，我眼前又浮现出昨晚深夜先生那双寂寞的眼睛。

再望着此刻的深夜先生，有点理解他为什么会有那样的眼神了。

“我们先走吧，阿伊。”

玖渚好像怕我不走，特意拉住了我的胳膊。

“嗯，走吧。”

平静的小岛生活就此拉上了帷幕。

同时，刺激的下一幕即将开启。

2

第四天早上，普通得再正常不过的早晨。

我像往常一样醒来，步入玖渚的房间时，发现那丫头已经起来了，坐在计算机前面，好像在查阅电子邮件。听到我的动静，这丫头连声早安也没有直接就说：“快帮人家梳头！”我走过去给她在头顶上绑了两个马尾，就是俗称羊角辫的发型，我想这样她自己也能够很容易就解开了吧。

“人家今天要吃早餐啦。”听她这么说，我们便起身向餐厅走去。中途路过客厅，发现真姬小姐跟深夜先生还在面对面地坐着喝酒，看来这两人真的是喝了通宵。也不看看自己多大年龄了，还这么胡来！当然我只是心里这么想，并没有说出口。

我客套地说了句“一起吃早餐吧”，没想到两个人都没异议。于是，两个人的队伍变成了四个人，一起向餐厅走去。餐厅里除了赤音小姐，竟然还有伊利亚小姐的身影。

“哎呀，真难得。”伊利亚小姐也颇感意外，“这么早大家就聚在一起，感觉冥冥中自有天意一样。机会难得，干脆把全员都叫来吧。偶尔一起吃个早餐也不错嘛。”

伊利亚小姐如是说，唤来侍奉在左右的明小姐，让她去喊待在厨房里的弥生小姐以及其他女仆。

“那，我去叫加奈美那家伙吧。”深夜先生说，“按理说工作应该结束了，说不定此时正在睡觉。不过，还好，那家伙起床时倒不会乱发脾气，虽然平时脾气挺大。”

说完，自己也觉得有点忍俊不禁，然后看着我边往外走边说道。

“喂，少年，期待你的画吧。”

说起来，这还是我和玖渚来到岛上以后第一次跟所有人共进早餐。然而，这温馨和谐的一幕最终也没出现，而且永远也不可能再出现。

返回餐厅的深夜先生，带来的不是加奈美小姐本人，而是她的噩耗。

“加奈美，被杀了。”

当时，深夜先生是这么说的。仔细想来，能让人这般明确地做出死亡断定的情况并不多见。不管怎么说，脖子以上全然消失，不可能是病死，也不可能是遭遇什么事故，更不可能是自杀。

但是……

尽管如此……

毫无疑问，这是一起杀人事件。

而且，不是普通的杀人事件。

“我，嗯，是这样的。晚餐以后一直跟玖渚在一起，借用玖渚房里的浴室冲了澡，后来玖渚说她肚子饿了，我们就去了客厅。对了，途中遇到了明小姐。我们碰到了你，对吧，明小姐？当时，客厅里有光小姐、真姬小姐，还有深夜先生。然后，地震，对，发生了地震，这个大家应该都知道吧。也就是说，地震发生以前我一直待在客厅，之后送玖渚回房。然后就回自己房间睡了。今天早上六点起床，一直都跟玖渚在一起。”

在众人的注视下，我尽力平静地叙述了自己的行踪。

这是不在场证明调查。

我也不明白为何要从我开始。既然宅第主人伊利亚小姐命令说：“好！就从你开始。”那我只得照办。看来在伊利亚小姐眼里，我的嫌疑最大。

餐厅里，大家默默地吃着已经开始冷掉的早餐。

不过，或许是因为刚刚看过被斩首的尸体，大家都不太有食欲。

我亦如此，可是弥生小姐的手艺太好了，我做不到一口不吃。

巨大的餐桌，以伊利亚小姐为首，玲小姐、明小姐、光小姐、照子小姐、赤音小姐、真姬小姐、弥生小姐、深夜先生、玖渚友和我，大家都坐在自己固定的位置上。然而，只有五点钟的位置——加奈美小姐的位子，是空的，而且，将会永远轮空。

伊利亚小姐听完我的叙述，微微侧头看向一点钟的位置问道："小光，他说的是真的吗？"

"是真的。"

光小姐点了点头。

"的确，在地震发生之前，呃，是一点钟吧？嗯，应该是一点钟。包括我在内的五个人在聊天。这一点，我可以保证。"

"那么，中途有人离开吗？哪怕只是离开一会儿。"

"没有。"在伊利亚小姐的追问下，光小姐略显不安地点了点头。"我记得是这样。但如果让我百分之百地保证，恕我无法做到。"

"没有啦。"这时，玖渚出手相助，"本大人的记忆力可是无敌的，绝对不会记错，没有人中途离开客厅啦。"

"是吗？"伊利亚小姐闭上了眼睛。

"那么，也就是说地震之前，你、玖渚小姐、逆木先生、姬菜小姐，还有小光，可以相互作证不在场。可是地震以后呢？"

"我一个人在睡觉，无法证明不在场。"

"谢谢。接下来，首先由我来说明自己的情况吧。昨天晚上，我跟小玲、佐代野小姐三人在我的房间聊天，因为昨天的晚餐格外可口，于是就想请教佐代野小姐制作方法。没错吧，佐代野小姐？”

不知是不是没想到自己会突然被点名，弥生小姐显然愣了一下，但旋即点头说：“嗯，是的。”

不知为何，玲小姐做了一个微微耸肩的动作，但终究什么也没有说。发生了这么严重的事件，仔细回想一下，发现她还真够冷静的。照子小姐就不必说了，玲小姐似乎也比我想象的更加沉默寡言。我分辨不出她这是忠于职守，还是天性使然。

“发生了地震，然后我就回自己房间了。”弥生小姐回想着什么似的喃喃说道。

“是这样的。”伊利亚小姐点了点头，“弥生小姐走后，我和小玲继续商量举办趣味活动的事儿，就当欢送会了，因为玖渚小姐快走了嘛，这也是本岛的老规矩了。结果聊起来就错过了睡觉的时间，最后决定干脆不睡了，直接来吃早餐。”

那也就意味着伊利亚小姐和玲小姐有无懈可击的不在场证明，而弥生小姐跟我和玖渚一样，不在场证明只限于地震发生以前。

“深夜先生和我的不在场证明也没什么问题哟。”真姬小姐接过话头说道，“地震之前，玖渚等人可以作证。地震以后嘛，我和深夜先生一直在喝酒，可以互相作证咯。对了，酒不错噢！”

醉鬼的证词有几分可信呢？真姬小姐似乎又看破了我的想法，斜睨了我一眼，这次倒是什么话也没说，而是马上转过头去征询深夜先生的同意：“对吧，深夜先生？”

“啊？是的，没错。”深夜先生神色恍惚地点头回应。

“是吗。小光，你地震后干了什么？”

“我回房间了，当时明和照子都在。然后就睡了，今天早上五点起来干活儿。”

“那么小明和照子什么情况？小明，你说。”

“晚餐后，我俩就没什么活干了。”明小姐双手托腮，一边回想一边讲述。“我和照子一直在房间里，然后发生了地震，不一会儿小光回来了，于是我们就睡了。”

“你们三人住一间房吗？”

明小姐似乎没想到我会插口提问，讶异地看了我一眼，最终还是回答了我的问题。

“是啊，我们三个人住一个房间。有什么不对吗？”

“不，没什么。”

纯粹好奇而已。我对着明小姐行了个点头礼，虽然很想再问问她们是不是盖一床被子，终于还是忍住了没有开口。

这么说来，明小姐和照子小姐在地震之前也有不在场证明。地震以后，既然都睡着了，那就不能互相作证了吧。

明小姐说完，照子小姐只是轻轻点了点头，依然一句话没说。她似乎不着痕迹地表达了自己的意见，却令人觉得神秘莫测。

“这可就不好办了啊。”

伊利亚小姐看向最后一位——园山赤音小姐。

“你呢？昨晚干什么了？”

赤音小姐双臂交叉抱在胸前，一直默默注视着事态的发展。听到伊利亚小姐终于问到自己，索然无趣地“哼”了一声，半睁着一只眼。

“刚才各位的谈话中从未出现过我的名字，答案不是已经非常明显了吗？是的，我没有跟任何人在一起。”

赤音小姐愈发理直气壮地做出叙述。

“晚餐结束后，我一个人在自己房间里用计算机进行模拟化作业，具体内容就不给你们这些人解释了。计算机登录记录应该还有，查一下就能明白。不过，你们可能会说那种记录可以造假，算不上不在场证明。”

“哦，我对计算机不太擅长。玖渚，你怎么看？”

玖渚“啊”了一声猛地抬起头（这种时候竟然还能开小差，真服了这丫头）。

“唔，这个嘛，如果有一定的技术，要篡改登录记录也很简单。嗯，不知道赤音小姐对计算机熟知到什么程度呢？”

听到这个回答，赤音小姐也忍不住苦笑。

“让我自己回答这个问题，没什么意义吧。”

“嗯，也是啊。”玖渚连连点头，“不过，使用软件的话，哪怕是外行也可以更改登录记录的，又不是什么高难度的操作，而且，软件随时都可以从网上下载啊。”

“那有没有办法查出登录记录是否被更改过？”这个问题是我问的。

“有啊，可是也有隐藏更改痕迹的方法呀。反正，只要是关于计算机的，一切都有可能啦。想要用它来证明不在场的话，有点困难呢。”

玖渚友，以“集团”首领的身份受邀来到此地的工程师。既然她都这么说了，那么基本就确凿无疑了。也就是说，赤音小姐没有任何不在场的证明。

赤音小姐“哎哎哎”地叫喊了起来。

“我可不能不为自己辩解一下，毕竟有关我的声誉和清白。郑重声明，我不是犯人。的确，我不喜欢画画的，但他们可没有值得我下杀手的价值。因为他们活着也跟死了没什么区别，所以我没必要特意出手。因此，我不承担‘没有见过’的罪名。”

这语言水平简直让人无语，她想说的应该是“莫须有”的罪名。赤音小姐的态度里没有虚张声势，也没有逞强的成分，实在不像是在演戏。

“嗯，那个，各位，请等一下，容我理理思绪。”

“抱歉，在这之前请等一下。”尽管这样的对话有点诡异（在“等一下”之前又要再“等一下”），我还是截断伊利亚小姐的话头问道：“伊利亚小姐，你打算做什么？”

“怎么了？”

“从刚才开始我就觉得怪怪的。当然了，这是你的岛屿，你的宅第，而我甚至算不上客人，没有资格随便说什么，但是我还是想问问您，伊利亚小姐，你究竟准备怎么做？”

“怎么做？当然是推理啦。”

伊利亚小姐温柔一笑，接着开口。

“看过画室就能明白吧。伊吹小姐是被人谋杀的，而且杀人犯就在这里，就是在座的某一位。你说得没错，这里是我的岛，我的宅子，我邀请来的客人却在这里被杀害了，而杀人犯就在我们之中，你说我能置之不理吗？”

说完，伊利亚小姐依然微笑着，扫视了一圈众人。

正如伊利亚小姐所说的那样。这里是鸦濡羽岛，茫茫大海中的一座孤岛，无人岛，与世隔绝的空间。共有十二人，其中一个人被杀害，那么犯人一定就在剩下的十一个人里面。这是连小孩子都会计算的加减法。

“欸，居然又有人死了。”伊利亚小姐叹了一口气。

什么？

又？她刚才说“又”……

“而且又是被斩首。难道这座岛被诅咒了吗？姬菜小姐，你能帮着占卜一下吗？”

话音未落，真姬小姐的声音就响起来。

“被诅咒的是伊利亚小姐！岛只是普通的岛，如果说谁被诅咒了，没有其他人，就是伊利亚小姐。”

真是直白刺耳的话，伊利亚小姐却仍然面不改色，只是似笑非笑地说了句：“大概吧。”

啊啊，原来如此。我一直奇怪她的态度和语气如此恶劣，却怎么能与除我之外的人相处融洽呢？现在终于明白了，原来这座岛上的人根本就不在意别人的言论。

“不过，这次的事件很简单，连推理都不用推理，大家肯定也是这么认为的吧？因为事件发生的时间已经限定了。”

“是吗？”

“对啊。你不是也看见了吗？地震导致颜料洒了一地，伊吹小姐的尸体就在对面。你觉得那条颜料河有多宽？”

我见无人回应，只得自己开口。

“粗略估计，大概三米左右吧。”

“对啊。虽然不是很宽，但也不可能一下子跳过去。所以，可以断定杀人事件必然是发生在地震之前。”

地震把架子震倒，颜料洒出，形成了那条大理石色河流。那代表着什么？只是表明地震比想象的更强烈吗？不，绝对不只是这一点。

颜料河，颜料河，那条河真正表明的是……

“请等一下。”赤音小姐突然插嘴，她的表情有些难看，“你这么说下去，对我可是大大不利，伊利亚小姐，因为……”

因为……

哦，因为除了赤音小姐以外，其他人都有地震以前的不在场证明。

我一直和玖渚在一起，光小姐、真姬小姐和深夜先生也是一样。明小姐和照子小姐，伊利亚小姐、玲小姐和弥生小姐，每个人都有自身清白的证明。

伊利亚小姐分析得没错。因地震而倾洒的颜料汇集成一条颜料河，河的宽度不是人可以一步跨越过去的距离。如果要到河对面去，不可能不踩到颜料，那样势必会留下脚印。

这样说来，犯罪行为必定是发生在地震之前，而无法证明那段时间自己不在场的人，只有赤音小姐。话题的延伸的确对赤音小姐很不利。赤音小姐皱起眉头轻轻咂嘴。

“伊利亚小姐，什么话都不用掖着藏着了，你是不是认为我是犯人？”

单刀直入的质问。

“是呀。”对此，伊利亚小姐也爽快承认，“你觉得除了你以外，还会有别人吗？”

赤音小姐将视线从伊利亚小姐身上移开，沉默下来。或许她也想反驳吧，可是在这种情形下，纵然有七愚人的头脑，一时也想不出任何有效的辩解。我跟赤音小姐有一点渊源，哪怕只是那一点点的牵连，也想帮她说句话，可是连七愚人的她都不知如何应对，我这半途而废的普通人又能想出什么对策呢？

餐厅内沉寂无声，尴尬的气息流动在十一个人之间。最后，玖渚打破了沉重的氛围。

“不对，不对。你的想法有点错误噢，伊利亚小姐。”

“哎？哪儿不对呢？”伊利亚小姐没有不高兴，反倒兴奋地看着玖渚，“啊啊，我知道了，玖渚小姐是不是想说可能有共犯？嗯，的确有那种可能呢。这样一来，不在场证明就不完全了，是吗？”

“不是啦。不考虑什么共犯的问题，伊利亚小姐的想法也不对噢。对吧！阿伊。”

“欸？”我压根儿没想到话题忽然转到我头上来，没忍住冲出嗓子眼的惊诧，惊呼出声。“啊？不对吗？”

“是啊，不对。阿伊，你把昨晚的那件事说给大家嘛。”

“昨晚……什么事？”

玖渚吃惊地看着我，一副“我真不知道该说什么了”的表情。能让她呈现出这种表情，可真难得。

“没办法啊，我跟你不同，记忆力不好。”

“真受不了你了。不记得了？那，阿伊不是记忆力不好，而是根本没有记忆力。那么重要的事情，怎么能忘了呢？地震以后的事啊，想想，地震之后，深夜先生不是给加奈美小姐打电话了吗？”

啊！啊！啊！

三道惊呼同时响起，光小姐和深夜先生也恍然大悟地抬起了头。

是啊，地震之后，深夜先生马上给加奈美小姐打了电话，而且确认了她平安无事，确定她毫无异状。

原来如此，难怪玖渚说是很重要的事情。这么一来，咦？怎么回事？怎么变成了这样？

“也就是说，加奈美是地震以后被杀害的啦。”

“等、等等！”伊利亚小姐有些慌乱地向玖渚摇晃着手臂，“可是，颜料河……”

“所以呀，伊利亚小姐，事情就是这样的啦。”

玖渚停了一会儿，才又补充说道。

“别忘了，那间画室是密室状态。”

一瞬间，众人面面相觑。

一般人要跳过那条颜料河，的确是不可能的事情，毕竟有将近三米宽。这样的距离，要是冲刺跳远的话，倒也不是不可能，但是画室里根本没有助跑的空间。这么说来，理应是伊利亚小姐推理的那样，案件发生在地震之前。然而，深夜先生在地震后的举动又直接推翻了这个推理，他和加奈美的通话证明地震后，加奈美小姐并没有被杀，更没有被斩首。

“逆木先生，”伊利亚小姐转向深夜先生，“当时与你通话的真是伊吹小姐本人吗？”

面色苍白的深夜先生好像不明白伊利亚小姐为什么会这么问，但还是马上点了点头。

“嗯，那绝对是加奈美，不可能有错。当时她说正在画画，还说颜料罐倒了真麻烦什么的，对，她就是那么说的。所以，我只能说地震后加奈美还活着。”

“我也听到逆木先生打电话了。”光小姐对自己的主人伊利亚小姐补充说道，“他说有点担心，想借电话跟伊吹小姐联系一下……所以，伊吹小姐那时应该还活着。”

“对！那个时候，还活着啊。”

深夜先生双手抱头，痛心疾首地附和道。

“那个时候，要是我能再上点儿心，直接去画室看看的话……该死！我怎么那么混账，简直混账到家了。”

我不想发表任何评论。说到底，真正可怕的不是地震，不是雷电，也不是火灾。事实如此也不便多言。

后悔这种行为可以让人心安一点。凡事只要后悔，便可以逃离眼前的问题，将错误全部推给过去的自己。所以，那算不上真心的自责，而是利用后悔的行为让自己心安理得地存在于世人面前。

因此，深夜先生的想法并非罪不可赦，作为一种生物，人类的思想本就是如此形成的。要说罪大恶极的，反倒是如此揣测人心的我吧。

“这样的话，事情可就变得很奇怪了。”赤音小姐摸了摸下巴说道，“从深夜先生、光小姐以及玖渚小姐的证词来看，犯罪时间只能限定在地震后。可是，地震以后才形成了不可跨越的颜料河，照这么推理的话，根本就没有人能杀害她了。如果是这样……”

“是啊，赤音小姐，这可真是太奇怪了。”玖渚撅着嘴说道。

别人或许不了解，我可知道那是她对某事开始产生兴趣的标志。

“你刚才说的密室，就是这个意思吧。”伊利亚小姐了然地点头说道，“那些颜料，现在好像还没有干呢，那么要越过那条河进入房间的话，不可能不留下脚印。对了，小明，画室的内线电话在什么位置？”

“在窗户旁边的电话台上。”明小姐应声回答。

“嗯，那么……”伊利亚小姐双手抱臂思索着。

“玖渚小姐，既然你提出了这样的问题，应该已经知道答案了吧？是不是已经知道谁是犯人了？”

“我不知道耶。”虽然嘴上这样说，可是玖渚的笑容里却是藏不住的自信。

我当然也不知道。

没有人知道。

“窗户呢？凶手有没有可能从窗户潜入房间？”

深夜先生提出了新的疑问，但立即被光小姐否定了。

“画室可是位于二楼哟，我觉得不太可能，而且那扇窗户是从里面上锁的。”

“那扇窗户，不管怎样都从外面打不开吗？”

对于我的提问，光小姐肯定地回答。

原来如此。窗户不行，房门也不行，不是地震前，也不是地震后。这样的话……

完了！事情完全陷入了僵局。

众人再度陷入沉默，然而这次不约而同地都把视线投在了赤音小姐身上。

对此，赤音小姐有点意外。

“不会吧！我还以为我的嫌疑已经解除了。”

“还没有解除。”伊利亚小姐说，“从物理学上来讲，一般人不可能跳过那条颜料河。所以，犯罪时间应该还是在地震之前。”

“那深夜先生的证词怎么解释？”

“我认为那是某种骗术，例如幻听之类的”。

幻听？荒谬，荒谬至极！

于是，我忍不住提出质疑。

“我觉得这种推断太牵强了。”

但伊利亚小姐无视我的意见，满不在乎地继续推理。

“我不觉得哪里牵强了。就算不是幻听，也有可能是他搞错了。毋庸置疑，那条颜料河是谁也不可能跨越过去的，所以犯罪时间只能是地震之前，这个推理合情合理。这样的话，罪犯除了赤音小姐，还能是谁？”

“真让人头疼呢。”看来赤音小姐是真的无计可施了，只能苦笑不已，“能否再让我申辩一句？我认为明小姐和照子小姐的不在场证明也很可疑。亲属之间的证词，在法律上不具有任何效力。”

伊利亚小姐斩钉截铁地发出驳斥。

“我们不是在讨论法律问题。”

赤音小姐仿佛早预料到她会有如此反应，只是点点头说了一句“好吧。”

“可是，用消除法来决定罪犯，合适吗？简直愚蠢透顶！而且强行无视深木先生他们的证词，这也能算是合情合理的推理，伊利亚小姐？你那是选择性思考。”

“选择性思考？”

赤音小姐朝我看过来，像是在提醒我做出解释。

“就是确认偏误（Confirmation Bias）。”为了不在“前辈”面前丢丑，我拼命地在脑海中检索研修时学过的知识。“简单地说，就是遇到一个命题时，人们往往倾向于采用有利于支持自己观点或者结论的事实和数据，而忽略那些不利于支持自己观点的信息，把它们看作是例外性错误。比如在超能力实验中……”

说着，我不由自主地朝真姬小姐看去。

“这种思考方法经常出现在超能力实验中，记得有一个专用词，好像是 Dry love。就是只关注证明超能力存在的证据，而忽视那些非超能力的证据，按照自己的理解和期望来编造故事……”

“我听不太懂。”我还未说完就被伊利亚小姐打断了。

好不容易有件事能记得如此清晰和详细，结果伊利亚小姐却不肯听到最后，我不禁生出一丝挫败感。

赤音小姐“欸——”地一声长叹。

“诚然，我和伊吹小姐的关系是不太好。”

我想起昨天晚餐时她俩在餐桌上的激烈争吵，给人留下的印象太过深刻。我想，伊利亚小姐之所以怀疑赤音小姐，并非单纯是因为没有不在场证明，也包括这个原因吧。

当然，伊利亚小姐的心情也不是不能理解。如果采纳了深夜先生的证词，那就连赤音小姐这唯一的嫌疑人也不能怀疑了。

那样就变成了不可能实施犯罪行为的状况，变成没有嫌疑人的结果。可是，明明有人被杀害了，嫌疑人却为零，世间怎么可能有如此情况？所以，为了打破这一死局……

“逆木先生的证词很让人生疑呢。”伊利亚小姐偷瞄了一眼深夜先生，“就算没有说谎，也可能是妄想、做梦或其他什么原因吧。”

“可是，我听到他在打电话。”

伊利亚小姐对着说话的光小姐摇了摇头。

“你和玖渚小姐她们并没有听见伊吹小姐的声音吧，只有逆木先生直接听见了伊吹小姐的声音，所以……”

“可是……”这次出声抗议的是深夜先生，但终究找不出反驳的确切说词，于是又马上无奈地低下了头。

“嗯？看来嫌疑犯只能是我了。从你的思想出发，这种推理或许也是成立的吧。”

赤音小姐平静的语调像是在评论他人的事，没有虚张声势，也没有丝毫的做作。ER3组织的七愚人——园山赤音，大义凛然的模样，宛如在明告众人这样的战斗场面她早已习以为常了。

“可是，证据呢？毕竟你没有任何确凿的证据，伊利亚小姐。就算你是这座海岛的拥有者，是这幢房子的主人，但只要没有证据，你就不能认定我是犯人。你说不讨论法律上的问题。好，没问题，那就不说法律上的事，可你也不能随意编造迂腐的推理故事吧。用等式根本不成立的消除法和选择性思考就判定我是罪犯，你没有这种权利！别说是你，任何人，都没有权利和资格这样做！”

“话虽如此，不过，园山小姐，你也无法证明自己不是犯人呢！”

“要求被怀疑人履行举证义务，根本就是无稽之谈，而且证明不可能证明的事情，这样的行为怎么能算是证明，有什么意义呢，伊利亚小姐？你要知道，只有怀疑人有举证义务，被怀疑人没有此义务，伊利亚小姐。”

“你说的这些也是法律上的问题。”

"哎呀呀。"

赤音小姐无可奈何地摇了摇头。

"你准备怎么办呢，伊利亚小姐？行，如你所言，我是最大的嫌疑犯，就算是吧；地震之前只有我一个人没有不在场证明，算你说得对；地震以后谁也不可能进入那间画室，也算你说得没错；另外，质疑逆木先生的证词，或许你也是对的。好，好，好，你说什么就是什么吧。那么，你想怎么办？"

是啊，这种情况下，该怎么办？

"怎么办呢？"

伊利亚小姐突然面露难色，求助似的望着大家。看来她似乎并没考虑到这种结果，没想到事情会发展到如此令人为难的地步。这时，赤音小姐拨了拨额前的头发提出方案。

"你把我交给警察还是怎样，随你便吧。"

警察？把 ER3 七愚人之一的园山赤音交给警察？

"我讨厌警察。"伊利亚小姐望着天花板不耐烦地说道，"怎么办好呢？"

餐厅中的气氛再次凝重起来。

我悄悄地对玖渚耳语。

"喂，小友。"

"怎么了？阿伊。"

"你有办法结束这场魔女审判吗？"

"有啊。"

“真的吗？”

“有是有。”玖渚看着我，“不过那不该由本大人来说，要由阿伊说出来啦。”

“也是呢。”

我心下了然，于是向伊利亚小姐举起手。

伊利亚小姐先是难以置信地看着我，然后才准许我发言。

太好了，如果被她无视，那可就太难堪了。

“我有个提议。”

“怎么说？”

“是这样，我现在住的那个房间，只能从外面上锁，那就暂时将赤音小姐保护在那里，如何？”

“保护？”赤音小姐诧异地看着我，“你这家伙，那应该叫做监禁吧？”

“不是监禁，绝不是监禁，只是暂时隔离一下。伊利亚小姐，现在我们最怕的就是演变成连续杀人事件。加奈美小姐被杀害了，这个事件已经完结，结束了。尽管这样说有点过分，但的确已经结束了。可是，接下来如果再有人被杀害，那可就不妙了。所以，现在最有效的处理方式就是将最大的嫌疑犯隔离起来。假如，我是说假如赤音小姐是杀人犯，被隔离后当然无法再杀人。如果是其他人使用某种诡计，设计在地震后杀死加奈美小姐，那么在这种情况下他也不敢再轻举妄动，因为他一旦有所动作，就等于替赤音小姐洗脱了嫌疑。”

我在此稍稍停顿了一下，观察众人的反应。

“总之，就是营造一种势均力敌的局面，迫使犯人无法为所欲为，当然这不只是针对赤音小姐，而是包括我们在座的所有人。其实，如果考虑到合伙犯罪的可能性，刚才那些所谓的不在场证明根本就没有任何意义。再说什么密室状态，密室不也是为了被打开而存在的吗？诡计，也许存在，也许没有，有没有都无所谓了。罪犯可能是赤音小姐，也可能另有他人，比如我、你、他、她，都有可能是罪犯，也可能不是。反正一切对我们来说都是未知，所以，在这种情况下，最好的办法就是营造出一种彼此制约、相互抗衡的状态。”

“原来如此，原来是这样啊。”

我没想到首先开口回应的竟然是弥生小姐。“我明白你的意思了。总之，我赞成你的提议。不管怎么说，我认为怀疑园山小姐的证据很薄弱，也觉得伊利亚小姐的想法有点随便了。”

“你这么认为？”伊利亚小姐看向弥生小姐。

弥生小姐并没有理会，继续说道。

“所以，我觉得这个提议很不错。不过，也不能一直这样下去吧，总不能把园山小姐一直囚禁在那么恶劣的环境里。”

恶劣的环境？我可是每天都睡在那里的。哎呀，想什么呢？满脑子享乐主义。

“那就等警察到来为止吧。就算是孤岛，一两天的时间也能到了。”

“不会叫警察来的。”伊利亚小姐断然打断了我的话。

什么？她知不知道自己说的什么荒唐话？这个大小姐！

“眼下报警，一点意义都没有，不是吗？他们只会把园山小姐当作罪犯草草结案。哼！警察……警察还能做点什么正经事呢！”

不可思议。但是真正让我觉得不对劲的不是伊利亚小姐说的那句话，而是她的表情。“哼！警察……警察还能做点什么正经事呢！”为什么会说出这样的话，为什么会露出那么可怕的表情？

“可是，也不能不报警吧。如果不叫警察来，那么制造势均力敌的局面还有什么意义？”

“也不尽然。只要在势均力敌的状态下进行推理就好了。只要用确凿的证据和理论逼出真凶不就行了？”

“由伊利亚小姐来推理吗？”

说实话，听了她刚才的一番“理论”，只会让人觉得不安。

没想到伊利亚小姐摇了摇头。

“当然不是我啦。你忘了吗？我昨天才说过的呀。一个星期以后，不，现在只剩六天了，有一个才华横溢的天才会来这里。”

哦，就是推理小说里的名侦探，吸引了伊利亚小姐芳心的那个英雄。

“哀川大师，一定能够彻底解决这次事件的。”

彻底？还真敢说。不过，伊利亚小姐的表情倒是一点不像夸大其词的样子。

“还有六天吗？”一直沉默不语的赤音小姐松开交叉的双臂，讥笑道。

“好吧。算了，算了，算了！反正现在已经这样了。我虽然自认为自己是清白的，但如果照你们说的做能够改变现状的话，那我也只好照办了。伊利亚小姐，那个叫哀川的人可以信任吗？”

“那是当然了！”

伊利亚小姐自信满满地点头，那副神态让人觉得她对心目中的英雄有一种绝对的信赖和崇拜。面对这样的伊利亚小姐，赤音小姐只能无奈地发出一声叹息。

“好吧，那就照你们说的办吧。”

3

餐厅的集合结束之后，我们便回到了玖渚的房间。

“那样真的好吗？”

我一边拨弄着玖渚的头发，一边低语。

她抱怨头发全都梳到头顶上，发辫太重，静不下心来做事，让我给她重新绑。虽然我觉得梳两个马尾很可爱，可人家本人不喜欢又有什么办法呢。

“我觉得那样挺好呀！跟本大人的想法差不多啦。赤音小姐应该会感激你吧。与其一直进行无谓的争吵，这的确是很完美的解决办法喽。”

“是吗？”

我提出一个近似监禁的方案，作为当事人的赤音小姐绝对不会心情愉悦。我的心情莫名也有点沉重起来。虽说那是目前唯一的办法了，但还是忍不住会想，难道只能这样，就没有其他选择了吗？

“梳好了。”

“谢喽！”

玖渚手脚并用地爬到计算机工作台边，背对我坐在转椅上，打开电源，开始敲打键盘。

“怎么说呢，有点对不起赤音小姐。”

“或许吧。不过，那也是没办法的办法呀，阿伊。”

早餐结束之后，赤音小姐自行去了我睡的那间仓库。三餐由明小姐她们送到房间，若需要洗漱、如厕则打内线电话呼叫明小姐她们帮忙。

赤音小姐只要求给她一盏台灯，看来是准备阅读自己带来的书来度过这六天的时间了。

六天……客观来讲，那个房间的环境也不算太差。但是既不能从里面打开锁，也不可能从窗户爬出来，因为窗户离地面太高了，从这点来说，还是形同监禁。

要在这样的监禁中度过六天，还是有点漫长了。

“如果伊利亚小姐愿意报警，那不就不用这样做了吗？真是的，她到底怎么想的？这么大的事件，难道想就这样悄无声息地压下去吗？”

“可是，伊利亚小姐说得也没错呀。就算警察来了，也还是会把赤音小姐当作犯人对待，草草结案。即便不结案，那赤音小姐也还是嫌疑犯。阿伊，你也是想避免这种结局才提议的吧？堂堂的ER3七愚人竟然成了杀人事件的嫌疑犯，传出去也太丢脸了耶。”

“小友，你对ER3很了解？”

“哪有，只不过认识几个朋友啦。要说了解，阿伊知道的比较多咯。”

“即使是七愚人，赤音小姐也没有免罪特权。”

“可是，事情要是闹大的话，本大人也会糟糕的，弥生小姐和真姬小姐也是有一定地位的天才，大家都不想惹上不必要的麻烦吧，当然对伊利亚小姐来说也是如此咯。所以，选择不报警是很正常的想法。”

“正常……吗？”

不正常的是这座岛屿本身。然而，尽管如此，从伊利亚小姐的态度来看，我总觉得事情没有那么单纯。怎么说呢，就是明显感觉到伊利亚小姐根本就不愿意报警。

“难道伊利亚小姐有什么讨厌警察的隐情？”

“你可以去问问她呀。”

“我觉得她不可能告诉我。”

“或许吧。不过，无所谓了。只要伊利亚期待的那个“哀川”到来，事情不就能迎刃而解？只有六天了，忍忍就过去了嘛。”

“可是……”

如果岛主伊利亚小姐坚持不报警，那谁也无法反抗。既然已经把赤音小姐监禁起来，起码不会再发生杀人事件，但是……

“喂！小友。”

“怎么了？阿伊。”

“我有事拜托你。”

“答应你咯，什么事？”

“关于那间密室，你应该有办法吧？”

“人家也不晓得有没有办法啦，不过既然是阿伊的请求，那就来想想办法吧！”

对！还有六天的时间，不能袖手旁观。既然监禁的方案是我提出来的，那就必须承担起思考解决问题方法的责任。

“嗯，我们要赶快想出解决办法，这样就不用再监禁赤音小姐，不管她是不是罪犯。”

玖渚“嗖”地将椅子转向我，招着手让我过来。

我应声起身向计算机那边走去。

“看，人家正在整理大家的不在场证明噢。”

伊吹加奈美　　被杀

园山赤音　　地震前 ×
　　　　　　地震后 ×

玖渚友　　地震前 ○（阿伊，光，真姬，深夜）
　　　　　地震后 ×

佐代野弥生	地震前 ○（伊利亚，玲）
	地震后 ×
千贺明	地震前 △（照子）
	地震后 ×
千贺光	地震前 ○（阿伊，友，真姬，深夜）
	地震后 ×
千贺照子	地震前 △（明）
	地震后 ×
逆木深夜	地震前 ○（阿伊，友，真姬，光）
	地震后 ○（真姬）
班田玲	地震前 ○（伊利亚，弥生）
	地震后 △（伊利亚）
姬菜真姬	地震前 ○（阿伊，友，光，深夜）
	地震后 ○（深夜）
赤神伊利亚	地震前 ○（玲，弥生）
	地震后 △（玲）

“你看，大致就是这样啦。”

“圈圈叉叉我懂，圆圈代表确认不在场，叉叉代表没有不在场证明，但三角形什么意思？”

“代表不确定呀，就像赤音说的那样，亲人之间的证词没有法律效力。伊利亚、小玲、小明、小光和照子五个人基本上等同于亲人，所以暂时用三角标记起来咯。不过，真的很乱耶，说是不在场证明，其实总觉得靠不住。”

玖渚滚动屏幕，重新确认表格。

“先不考虑合伙犯罪的可能性，怎么样？”我提议道，“同时采纳亲人间的证词。这样的话，绝对没有嫌疑的人就是深夜先生和真姬小姐了，另外还有玲小姐和伊利亚小姐。”

这样一来，就排除了四个人。换句话说，有嫌疑的还剩下七个人。

“如果深夜先生的证词没有问题，那问题就出在那间洒了颜料的密室上。但是，要是他撒了谎，那罪犯只能锁定赤音小姐了。”

“实在想不出深夜撒谎的理由呢。”

“所以，只能这么想了，就算他没有撒谎，也可能是搞错了。”

不行！打住！怎么竟然跟伊利亚小姐说同样的话。

“客观地讲，还是赤音小姐最可疑啊。”

“是的，从这个表格来看也只能这样说啦。不管公平不公平，毕竟只有赤音没有任何不在场证明。唔，如果不是这样，她也不会接受监禁的提案吧。”

“的确如此啊。喂，小友，你觉得赤音小姐是犯人吗？”

“人家可没那样说噢。就像赤音说的那样，没有任何证据证明她就是犯人，仅用消除法是不能决定谁是犯人的啦，况且还没有验过加奈美的尸体呢。”

“是吗？难道说还是密室杀人？”

“假如考虑到密室这一点的话，别说是赤音了，根本就没人能够实施犯罪行为呢。阿伊，你有什么想法吗？”

“倒也不是没有。”我边动脑筋边说，“只要再仔细想一想，应该能想到什么吧。小友，你呢？想到什么了吗？”

“很多很多啦。只要再仔细想一想，就能找到问题的焦点了吧。啊！对了，对了，阿伊，还有啊，不管有没有深夜的证词，本大人都认为犯罪时间是在地震以后噢。”

“欸？为什么这么说？”

“画室里不是有阿伊的画像吗？那样一幅画，你觉得地震之前能画得完吗？反正本大人觉得不太可能啦。”

“那……”

我倒觉得很难如此断言，因为加奈美小姐不仅是个绘画天才，也以快手而著称。但万一事实像玖渚说的那样，那么密室杀人的结果就更明朗了，那可不是大家乐见其成的发展。

“接下来就是无头尸体的问题了，阿伊。”

“嗯。”

先不管罪犯是谁，他（她）究竟为什么非要砍下加奈美小姐的首级呢？

“无头尸的话，那就有调包的嫌疑了。不过，目前没有必要考虑这种可能性，因为岛上一共有十二个人，一个人确定被斩首，没有其他人失踪，仍然剩下十一个人，而这十一个人的身份都很明确。”

“唔，是呀。假如被杀害的是三胞胎女仆中的一个，必定要考虑到调包的问题，那样事态可就变得复杂了。现在遇害的既然是加奈美，那就可以不考虑这个问题了。可是，假如岛上还有其他人存在的话，可就不好说啦。”

“我们不用考虑这么多吧？要是真有第十三个人，甚至第N个人存在的话，那么现在做的推断嫌疑犯啦，推翻不在场证明啦，就没有任何意义了。不管六天后到来的那位名侦探会怎么考量，我们暂且就把嫌疑犯限定在剩下的十一个人中吧。”

“说得也是呢。”玖渚仰头看着天花板附和着我的话。

“如果考虑到共犯和远程操控这两种可能性，那目前能够摆脱嫌疑的，就只有本大人和阿伊啦。”

“你排除自己也就算了，为什么我也没有嫌疑？”

“因为人家相信阿伊呀。”

说着，玖渚翻了个筋斗跳下了转椅，接着又说道：

“可是，为什么要斩首呢？又不是要调包，为什么非要把头砍下来？不过，砍头并不是真正的死因哟。”

“啊！对啊。如果是斩首致命，不可能只出那么点血，一定会血流成河的。当时我也没仔细看，但好像没有其他刺伤，看来是毒杀或者绞杀。呀，这些只是推测了。”

“杀她很容易吗？”

“应该吧。加奈美小姐行走不便，虽然视力复明了，但毕竟不能跟常人相比。如果犯人偷偷潜到她身边，不，不用偷偷摸摸，即便光明正大地走到她身边，杀她也是轻而易举的事儿。而且，砍头也花不了多少工夫。”

只要不迟疑，数分钟即可完成，我直觉认为那个犯人多半没有任何迟疑。只是，我心中还是充满了疑问。

“实在想不出罪犯的杀人动机。为什么一定是加奈美小姐呢？”

“谁都没有必须被杀的理由呀。不过说得也是，为什么呢？除了深夜以外，大家跟加奈美应该都是在这座岛上第一次见面。啊！也不一定呢。如果是在上岛之前有什么关联，那就没什么不可思议的咯。”

“以前的关系也要考虑在内吗？”

如果是那样的话，我们推理来推理去又有什么用？

玖渚沉吟了一下说道。

“好啦，好啦，到此为止，不考虑这些事啦。有没有联系，有什么联系，以后慢慢调查吧。”

“怎么查？”

“你忘了本大人是谁了？”玖渚调皮地坏坏一笑。

对啊，我怎么忘了这一茬。

这个蓝发少女的背景……

玖渚拿起身旁的数码相机。

“OK！接下来让我们去感受现场取证的刺激吧！”

4

前往加奈美小姐的画室途中，我们跟弥生小姐擦身而过。尽管想出声打招呼，可一时竟不知该说什么好，结果这么一犹豫就错过了开口的时机。弥生小姐面无表情地走了过去，明明我们正面相对，她却一副看不见我们的样子。

玖渚侧着头看着她的背影，露出疑惑的表情。

“弥生怎么了？总觉得她怪怪的。”

“感觉她在烦恼什么，好像遇到了什么想不通的问题。”

“唔，她从那个方向过来，说不定刚才一直在加奈美的房间呢。估计她和我们想的一样，自行展开了调查。早点搞清问题，就能早点回去了嘛。”

“是吗？弥生小姐可是资历最深的客人，我觉得她不会轻易离开的。”

“是吗？本大人可是讨厌透了发生杀人事件的岛啦。”

“你是这样想的，弥生小姐未必这么认为。”

刚才大家离开餐厅时，伊利亚小姐说了“六天后哀川大师会来这里，在这之前，请各位不要随意离开本岛，因为大家都有嫌疑，包括我在内”。

换句话说，被监禁的不只是赤音小姐一个人。所以，玖渚才这么积极地想赶紧解决这起事件，并非纯粹出于好奇心，实际上，玖渚只是希望按照原定时间回家。虽然她很懒惰散漫，但对定下来的计划安排却异常执着。

“不过，就算真是那样也无所谓。即使事件是由弥生解决的，本大人也没什么问题啦。”

“看起来又不像是那样。总之她很忧郁，不，可以说是阴郁的感觉，不会是去毁灭什么证据了吧？”

“那样可就麻烦了。”玖渚调皮地透过相机的镜头看着我，“快走，我们赶快去确认一下吧，阿伊。”

加奈美小姐房间的门还是那样敞开着，首先映入视线的是对着门口的区域，好像没有什么人。赤音小姐被囚禁在仓库，其他人此刻在做什么呢？脑子里忽然冒出这个疑问，随即我又放弃了继续猜测。大家应该都在可行的范围内做着自己喜欢的事吧，即使是在这座岛上，也没有什么不同。

房里依然弥漫着稀释剂的臭味，不过颜料干得差不多了。加奈美小姐，不，应该是加奈美小姐的躯体，跟今天早上一样，以同样的装扮、姿势趴在同样的位置。

“总觉得……”

我觉得被斩首的尸体非常滑稽。尸体之所以令人毛骨悚然，是因为脸皮僵硬，没有表情。所以，少了那种令人恐怖的头部，尸体变得不再那么可怕，反倒让人觉得有点滑稽，就像看到不可能出现的东西，或看见缺胳膊少腿的塑料模特。

眼前还是那条大理石色调的颜料河，玖渚今天早上抛出的大衣依然还铺在河流的正中央。

“那件大衣多少钱？”

“两件一万元左右吧。”

“美元？”

“不是呀，日元啦。”

我有点意外，这么便宜吗？

“那，我们先进去看看吧。”

我刚抬脚，玖渚和今天早上一样又拉住了我的衣袖。

“这次又怎么了？”

“跳跳看啦”。

“欸？”

“唔，实验，实验一下啦。就在这个空间稍微助跑一下，看看能不能跳过这条颜料河。阿伊的运动神经应该没有那么差吧。”

“没你想的那么发达。”

“试试看嘛。”

“好吧。”

我用力一跃，果不其然，根本没办法跨越过去，只跳到了超过正中央一点点的位置，双脚便同时落了地。

“就是这样了。”

玖渚干脆跳也不跳了，踢踢踏踏地踩着自己的大衣边走边说。

“阿伊不行的话，那这座岛上有可能跳过来的就只有深夜咯，而且也只剩他一个男的啦。”

“或许吧。不过，单论体力的话，那几个女仆也很厉害啊。你忘了，你的行李，那些电脑和工作站可都是她们搬上来的。那些计算机很重吧。”

“可是小明她们几个身材娇小，跨不出那么大的步子噢。啊，不过，也可能出现那种情况啦，不是常听说有人遭遇火灾时会突然爆发出惊人的力量嘛，要是那样的话就很难说啦。言归正传，看看加奈美到底是什么情况？”

玖渚拿着数码相机走近加奈美小姐的尸体。

玖渚似乎对加奈美小姐的尸体比较感兴趣，而吸引我的却是画布。室内有几幅画，其中就有加奈美小姐自己砸坏的那幅樱花，还有另一幅重画的樱花。看着那两幅画，我仍旧忍不住浑身战栗。虽然我对艺术，对美术毫无兴趣和鉴赏能力，但如此“高价”的作品硬生生摆在我面前，我不可能没有任何感觉。

另外，还有我的那幅肖像画。虽然当时加奈美小姐表示要送给我，但我怎能接受这么贵重的东西，我还没神经大条到可以承受那种压力。

“当时应该只是戏言吧。”

我刚想拿起画布，但赶紧又缩回了手，暗想要是留下指纹可就糟糕了。不过，即使留下指纹，或许也不要紧。

咦？

“喂！小友。”

“怎么了？”

“你不觉得这幅画有点奇怪吗？”

“这不是阿伊的画像吗？哪里奇怪了？就是一幅很普通的画嘛。”

竟然说这幅画很普通，看来玖渚的审美能力也就那么回事。但我想说的不是这个，而是觉得这幅画什么地方有点细微的偏差，倒不是说作品本身如何，而是总感觉哪里不合逻辑。

“总之你先帮我拍下来吧，怪怪的。”

“好吧。我这边倒没发现什么奇怪的地方。”

看来玖渚是在查看加奈美小姐的尸体。

我回了一声转向玖渚，朝加奈美小姐的尸体走过去。

“哎呀，人家也不是专家嘛。死因不明，死亡时间也没办法确定，又没有验尸官，没辙了。伊利亚要是医术天才就好了。怪医黑杰克，快来吧！那样可就一切顺利了。不过，没有首级也很难确定死因吧。”

“结果就是我们一无所获？”

玖渚淡然地抱起加奈美小姐的身体，她以前就对碰触尸体没什么抵触。

“啊，突然有点怀念呢，阿伊，五年前总做这些事的。”

“那是你，我可没有那种感觉。我怎么觉得好像是第一次看见尸体一样，从刚才开始就有点紧张。”

难以形容的不安感，怎么说呢，就像突然在自己身上发现没有印象的伤口那样的感觉。“你那是‘旧事如新（Jamais vu）’现象啦。”

“什么意思？”

“就是‘似曾相识（Déjà vu）’的相反感觉啦。明明经历过好多次，却有种初次发生的感觉。人在神经麻痹或压力状态下很容易产生这种感觉啦。”

哦，若是这样的话，那我的神经早就麻痹了吧。因为在没来岛上之前，也发生过很多次这样的事情。

“总之，可以确定没有刺伤，所以大概率是绞杀。是不是凶手为了隐藏勒痕就把头砍掉了？”

玖渚继续说着检查结果。

“听起来还是很奇怪啊。虽然不知道砍头的凶器是匕首、斧头还是柴刀，但既然带着那种工具，为什么不直接用它杀人呢？”

“说不定就是用它杀的耶。毕竟只是身体上没看到伤痕，说不定是用它刺杀的头部呢。”

“说的也有道理。话说回来，头部到底在哪里？凶手究竟把头部带到哪儿去了？反正，肯定是带到某个地方去了。”

“岛上一半都是森林，应该是埋在哪里了，要不就是丢到海里去了？反正不难处理啦。”

“这样一来，又回到为什么砍头这一点上了。”

可是，话题转回来后，还是一个死胡同。

“还有一个问题哦，阿伊。来，你看这里，尸体的头部是从脖子根部砍下来的。为什么这样做呢？一般来说，砍头的时候，不是应该瞄准脖子的正中下手吗？”

听玖渚这么一说，我才意识到砍头的位置确实很不自然。不过，我并没觉得这是什么重要的问题。

我双手抱臂沉默下来。还说要享受现场取证的刺激呢，结果却一无所获，唯一搞清楚的，还是原本就推测到的无法跨越颜料河这一事实。这是进步？还是退步？

玖渚走到窗边的电话台，拿起话筒。

“嗯，这里也没什么异常。”

“你觉得电话有问题？”

“嗯，有可能通过更改内线的线路，把外面打进来的电话转接到其他房间啦。可是这个电话还可以正常拨打出去，那就排除了这种可能性，外观看起来也不像被人动过手脚。”

“电话啊。对了，那个什么，深夜先生打来电话的时候，加奈美小姐说了什么来着？”

“颜料罐倒了呀，别来打扰她工作呀什么的。不过，就算加奈美说不让他过来，深夜还是该来房间确认一下啊。这样说虽然有点要求高了，但那不是看护的责任吗？”

“你说得没错，可是如今已经是这样的结果，再说什么也没用了。”

不管怎么说，深夜先生从今往后都不得不背负着那个责任和无尽的懊悔度过余生，我们没有理由再去苛责他什么，而且也没这个必要。是的，我们必须为自己做的事情负起相应的责任，但这个世界上不合理、不公平的事情太多太多，有时候即使不是自己做的事情，也不得不承担责任。

“有没有可能事后再将内线的线路复原？”

“嗯，也不是完全不可能。不过，本大人觉得很难啦，因为不像插头‘拔下插上’那么简单噢。”

“是这样啊。那么现在只能朝那个方向考虑了，可那是密室……”

“你的意思是我在说谎？”

一道声音冷不丁地从身后响起，我惊慌失措地回头一看，深夜先生提着一个橘色的袋子站在门口。

“但是我的确听见了加奈美的声音，绝对没有骗人。”

他整个人看上去很憔悴，声音低沉。不过，这也应该是很正常的反应。

“别误会，我并没有说深夜先生在撒谎，也没必要那样做。不过，深夜先生，假设，我是说假设，电话那端有没有可能不是加奈美小姐？”

“绝不可能！”他立即否定了我的假设。“我跟加奈美认识也不是一天两天了，我怎么可能听不出加奈美的声音！你在怀疑我？”

“我不是那个意思。再说了，深夜先生也不可能杀害加奈美小姐吧。”

“这你可就不知道了，说不定我们之间有深仇大恨呢。”

深夜先生虚虚一笑，踏着干涸的颜料缓缓走了过来。走近了，我才看出深夜先生手里的橘色袋子是什么，那是一个睡袋。

迎着我疑惑的眼神，深夜先生说："总不能就这样扔在这里不管吧。放心吧，我已经征得伊利亚小姐的同意。我准备把加奈美葬在后山。伊利亚小姐并不打算报警。再者，这里毕竟是伊利亚小姐的宅第，我也不便说什么。所以，我唯一能做的，只能是让加奈美入土为安了。"

"我们来帮你吧。"

听了我的话，深夜先生似乎想说什么，可能又觉得三个人总归要比一个人轻松，最终只是动了一下嘴唇，什么也没说出口。

我和深夜先生抬起加奈美小姐的身体，默默装入睡袋中。加奈美小姐的身体已经冰冷僵硬，这也没什么可疑的，尸体理当如此。

"深夜先生，准备挖掘工具了吗？"

"她们给我找了一把铁锹，就放在玄关那里，那就麻烦玖渚小姐帮忙拿过去吧。咦？那是数码相机？"

"嗯。"玖渚点点头，"为了让即将到来的名侦探能够了解案发现场的情况，必须记录下来哟，反正尸体也不会找我要肖像权啦。"

这句话说得有点过分，不过深夜先生倒也没有太大的反应，只是苦笑了一下。

"那，我们走吧。"

"那个，深夜先生，这幅画……"

"嗯？啊啊，是加奈美画的。真是一幅杰作啊，可惜以后再也看不到她的作品了。对了，她好像说过要送给你，那你就收着吧。"

"这样好吗？"

“我尊重那家伙的遗愿。”

遗愿。

是啊，加奈美小姐已经死了，遗愿未了就……

“你抬脚，我来抱头……”

深夜先生的话戛然而止，大概是想起头部已经不见了吧。我没说什么，只是依照他的吩咐托住了脚部。

对深夜先生来说，他肯定希望能将加奈美小姐全尸安葬。可是，被砍下的首级目前去向不明，应该是被凶手藏在了什么地方，或者像玖渚说的那样，被扔进了深山或大海里。

我抬起了脚部，尸体很重。一般来说，丧失了意识的人，无法支配自己动作的人，抬起来都是超乎想象的重。虽然一个人也不是抱不动，毕竟还是两个人一起抬比较轻松。

我们三个人谁也没说话，只是沉默地抬起加奈美小姐离开了宅第。来到后山后，依然沉默地挖着墓穴。

装着加奈美小姐身体的睡袋，一个廉价的橘色睡袋，被当作安睡在另一个世界的棺材，不免有点滑稽。不过，人类的死亡，本身不就是一件滑稽的事吗？无可奈何的滑稽。

人终究要死。我深知这一点，想起来就极度厌恶，极度反胃，玖渚也是再清楚不过。深夜先生作为一个成年人，也不可能从来没有经历过他人之死。

或许正是因为如此，三个人才沉默不语。

最后，还是深夜先生先开了口。

“你们先回去吧。我想在这里待一会儿。”

我本来觉得是不是该说些什么，可最后还是什么也没说，只是牵起玖渚的手离开了那里。接下来深夜先生会做什么呢？痛哭？不哭？不管怎样，我和玖渚都不便继续待下去，对深夜先生和加奈美小姐来说，我们毕竟只是外人。

“这样草草埋葬真的可以吗？”玖渚此刻才说出了这句话。

“没关系吧。记得加奈美小姐唯一的亲人就是深夜先生，既然深夜先生决定这么做，那就没什么问题，更何况也不能就那样搁置在画室里一个星期啊。”

“嗯，那倒也是。”

“小友，弃尸罪，大概会判多少年？”

“三年以下有期徒刑吧，此外，还有许多余罪，反正咱俩都会被判缓刑啦，因为人家和阿伊还未成年嘛。不过，不用担心啦，不管怎样还可以花钱买平安啊，用钱搞定咱们两个还是不成问题的哟。”

真是低级的对话。

不过，我原本也没打算谈什么高级的话题。

“一派戏言呢。”

听见我的低语，玖渚露出不可思议的神情。

第四天（2）——0.14的悲剧

园山赤音 SONOYAMA AKANE 天才·七愚人

0

你究竟想做什么?

1

午餐是光小姐做的。听说弥生小姐身体不舒服，在房间休息。我想起刚才在走廊遇到她的样子，确实脸色不太好。

“我的手艺无法与弥生小姐相比，请各位多多包涵。”

光小姐有点害羞地留下这句话便离开了餐厅，餐厅里剩下我和玖渚，还有已经在享用午餐的真姬小姐。我竭力忽略她的存在，只是低着头将眼前的饭菜一口接一口塞进嘴里。玖渚似乎没有食欲，只是跟着我来到餐厅，百无聊赖地四处张望。

“喂！少年！”

躲也躲不开，她果真又开了口。

“你好像在做什么有趣的事。嗯？对吧？对吧？”

“你说的就是这件事吧，真姬小姐？”

“欸？什么事呀？”

“‘一场风波’！昨天晚餐的时候，你不是已经预言过了吗？真佩服您的先见之明。”

“怎么听着话里带刺呢，不过，我可是当作夸奖咯。”

“既然你能预知到事件的发生，为什么不阻止？”

“哎呀，那我可做不到，我能做的只有看和听。我想你是有点误解了，超感知能力可不如你想的那么神通广大。哎？我不是都跟你说过了吗？就跟看电视一样。你能做到干涉电视播放的内容吗？”真姬小姐不急不躁地嘻嘻笑着，坦然地将食物送入口中。

看着她的样子，我突然觉得这个人与玖渚有些相似。精神上非常幼稚，可有时又给人跳出事外看透一切的感觉。明明身处杀人事件的漩涡中，却一副毫不在意的样子。不，也许世界上根本就没有能让她“在意”的人和事？

“那么，就请真姬小姐预言一下接下来的发展吧。”

“没问题，前提是你肯付钱。”

真姬小姐突然脸色一沉，扔下这句话，“腾”地站起身快步离开了餐厅。她好像生气了，为什么呢？

“嘻嘻。阿伊，你可真是反应迟钝耶。”

“怎么了吗？”

“不——知道！吃饱了就回房间吧，还有事情要做呢。”

“啊啊，是啊。”

真姬小姐一定是那种阴晴不定的人，我当时只留下了这个乐观的结论，没再继续往下深想。面对足以洞悉一切的人，我也没有能力看透她内心的黑暗。

回到玖渚的房间，玖渚先用一条USB数据线将数码相机里的照片传到计算机，然后启动工作站，插入一张软盘。

“那张软盘里有什么？”

“软件呀，当然是本大人独创的啦，只能用这台工作站才能读取，即使丢了也没关系咯。好了，赶快干正事吧。”

玖渚现在打算做的事情，说到底是违法行为，也就是私下“调查”。

到目前为止，包括加奈美在内，这幢房子里一共住了十二人，除掉我和玖渚，现在要调查剩下的十个人彼此是否有关联。

加奈美小姐被杀害了，既然是被杀害的，就该有被杀害的理由。不可否认，也有人会在毫无利害关系的情况下杀人，但在现实生活中，当然还是有理由的杀人压倒性地占绝大多数。这十二个人聚集在海岛上，大家应该都是初次见面，但也不一定，或许其中就有很多种的可能性，但此时光胡乱猜测也是无济于事的。

所以，将上个世纪的网络世界闹得天翻地覆的“集团”的领导者——玖渚友登场了。

“你要怎么做？”

“首先要连接上本大人家里的高性能机器，现在这个家伙的功能还是不够哟。”

“都TB级的容量了，还不够？”

“我现在需要的功能跟容量没有关系啦。阿伊，嘻嘻，阿伊真的什么也不知道耶。”

“不要说得那么绝对嘛。虽然不能跟你相比，起码我还是懂一些的，在休斯敦也上过电子工学的课。”

“真的吗？吹牛！忘了以前你干过的事了？当时人家说‘能帮我拷贝一下这张盘吗？’你信誓旦旦地说‘包在我身上’，结果最后还不是拿着十元钱去便利店弄的？”

“喂，喂，那是去休斯顿之前的事好吧？”

欸！记忆力好的家伙真讨厌，再小的事都能记住。

“嗯，无所谓啦，反正阿伊就是这样的哟。”玖渚嬉笑着说，“不开玩笑了，接下来我要通过大约十个UG信息服务器联系小豹。”

“小豹？这名字我还是第一次听到。”

不过，可以想象得到肯定是那个“集团”的一员。我这么一说，果然玖渚点了点头。

“小豹主要负责信息搜索工作。可以这么说，只要是发生在银河系里的事，没有一件能逃过小豹的搜索噢。”

银河系吗？

简直是一群非人类的家伙。

“虽然他性格极其不好，但本性很好的噢。”

“哦？跟那个做OS的家伙不同吗？记得那家伙叫小恶来着。这个小豹，目前在哪里，做什么工作啊？”

“蹲监狱呢。被判了一百五十年，啊，不对！还要再加八年，是一百五十八年啦。集团解散以后，他还一个人继续活动，后来入侵了联合国G8的数据库，结果被抓了。虽然他突破了一道道防线，但在第八十七道防线上被揪了出来。太老练的人反而忽略了最简单的陷阱，哈哈哈。”

“你了解的还真清楚。”

“那当然咯，那道防线就是本大人做的嘛。”

这、这是什么情况？

“人家听说小豹想窃取联合国的最高机密了嘛，当然不能置之不理啦，于是召集了几个朋友一起防卫。当时可凶险了，差点被他突破，不愧是小豹，果然厉害呢。”

“所以进了监狱？那怎么能帮上忙？既然人都被关起来了，怎么能帮忙？他在监狱里也不可能上网吧。”

“凡事都有例外哟，小豹就是例外中的例外啦。而且也不用担心他不帮忙，小豹才不是那么斤斤计较的人，不会对我把他送进监狱的事耿耿于怀的。”

玖渚边说边噼里啪啦地敲着键盘。她究竟在做什么？欸！她做的事早已超出我的理解范围了。

“他为什么叫小豹？”

“他的网名叫猎豹，所以我们都叫他小豹啦。”

“怎么起了个这么奇怪的网名？”

“嗯，他跑得飞快，曾经追撞过车子，所以叫猎豹。”

“追撞？不应该是被撞吗？”

“是追撞啦！人跟车子发生碰撞事故，结果人却被判罚赔偿金，我想小豹是日本第一例了吧，哈哈。”

说他是非人类真没冤枉他。

玖渚和他，他们——这就是所谓的人以群分，类以友聚吗？

不，该是“友以类聚”才对。

“那个，千万别介绍我和他认识。”

那绝对是个只可远观，不可靠近的家伙。

“这你大可不必担心啦。”玖渚猛点头。

“我们之间有一个约定，就是不管发生什么事，绝对不可以把朋友介绍给彼此，因为朋友又不是情报信息啦。阿伊，你也是哦，也不可以把人家介绍给别人噢。”

“明白。那么调查的工作就交给你了。再者，你跟那家伙联系的时候，我最好不在场吧，正好我有点事要去办。”

“遵命！”玖渚调皮地向我敬了个礼。

我离开房间，走下旋转楼梯，先停下来做了一个深呼吸，然后才往走廊走去，目的地是伊利亚小姐的房间。因为事先问过了光小姐，所以没有迷路就顺利找到了。

在装潢豪华的这幢宅第中，这扇房门仍旧显出与众不同的奢华。凝视眼前如此厚重的房门，不禁让人怀疑敲门声能否能传到房内。我伸手敲了敲门，似乎没什么问题，因为我随后听到了一声“请进！”。

我推开门，走进室内。空间比玖渚的那间屋子大了一倍不止，像是电影中出现的那种宽阔奢华的房间，不，我根本就是走进了电影世界，感觉自己变成了被带进深海龙宫的浦岛太郎。

谒见。

我脑海中浮现出这个词。

女仆领班玲小姐坐在沙发上，伊利亚小姐站在她的身旁，她们似乎在讨论着什么。

伊利亚小姐歪头看见我，说了一句“什么事？那个……”脸上露出迷惑不解的神情，看来她想不起我的名字。不，话说回来，自从登岛以来，我还从来没提起过自己的名字。

“我有事想请教伊利亚小姐。”

“好啊。你请坐吧。”

没想到她如此爽快地答应了，我不禁为之一愣。按照她的指示在沙发上坐下来，感觉比玖渚房间的沙发更加高级，极其柔软，好像是坐在空气上一样。

“昨晚熬夜了，现在有点困，我准备睡了，麻烦你长话短说。”

伊利亚小姐一边说着，一边开始慢慢地脱着小礼服，似乎打算换上睡衣。看她这样，坐在我正对面的玲小姐忽然站起来，但好像又不敢对主人伊利亚小姐的行为有所指责，最后还是什么也没说出口。

啧啧，不愧是出身高贵的大小姐，丝毫不避讳我等小市民的视线。真是戏言啊。

“伊利亚小姐，为什么不报警呢？”

听了我的问话，伊利亚小姐猛然停下手上的动作，以冷淡的语气做出说明。

“我不是已经解释得很清楚了吗？叫警察来，他们只会把园山小姐当成犯人。”

“可是，现在不也是一样吗？我们擅自监禁了赤音小姐。伊利亚小姐，这样做可是犯罪！”

“犯罪？你说的是窝藏犯人、监禁，还有弃尸？”伊利亚小姐不慌不忙地又开始了手上的动作。“那又怎么了？杀人、盗窃才是犯罪吧。而且，也不是我们非要监禁园山小姐，你忘了，这是她本人自愿的？再说了，监禁的提议，不是你提出来的吗？”

想想，的确如此。

我无言反驳。

伊利亚小姐继续补充说道。

“集合在本岛的客人，对世界来说都是不可多得的人才，岂能让她们成为无趣的国家权力机关的牺牲品？谁也不愿意无端被人猜疑吧，而且……”

她停下来，嘴角扯出一抹笑意。

“而且，如果能够查出谁是犯人，我也不打算把他交由法律裁决，就算是动用赤神财团的力量，我也要保护那个人。”

“为什么？”

“因为天才在法律下不是平等的！”

不容置疑的语气。既然话都说到这个份儿上了，我也无法再继续表达自己的意见。但我同时也明白了，假如犯人是我或深夜先生，她是不会管我们死活的。

不舒服的感觉。

非常不愉快的感觉。

“你对天才的定义是什么？”伊利亚小姐忽然提问。

我思索片刻说出了自己的答案。

“恩斯特·克雷奇默曾经说过，天才具有持续且异常强烈地唤醒大众的积极性价值感情的人格。”

“我是在问你的看法！”

心中的反感愈发强烈。不过，伊利亚小姐并没有错。

“遥远的人……吧？”

我又想了一会儿，重新答道。

“对！”伊利亚小姐朗声回应，“这才是一语中的的答案！”

“我觉得你不肯报警应该还有其他理由吧。”

“你这是什么意思？”

“只是说说而已，没什么特别的意思。”

“那么，就到这儿吧。我困了。”

毫无结果，就像进行了一场不痛不痒的和谐讨论。我无奈地说了句“打扰了”，从沙发上站起来。玲小姐说着“我送您出去”也随之站了起来。

“不必特意做那种事，小玲。”

“不，这也是我的工作。那，小姐，我们告退了。”

我和玲小姐一起离开伊利亚小姐的房间。一股不被对手放在眼里，任其牵着鼻子走的郁闷淤积在心头，不过这不也是一开始就想到的结果吗？我心中暗想，看来伊利亚小姐不是轻易能说服的。

“您不用太在意小姐的话。”路上，玲小姐温柔地低声相劝，“她有时说话不太注意对方的感受。”

“啊？哦。”

想来这还是入岛以后，玲小姐第一次这么跟我说话。

“谢谢。我没有放在心上。”

“小姐真的很喜欢哀川大师，我想这也是她不报警的一个原因吧。”

“哀川？啊，就是六天后就要来这里的那个男人吧。”

“对小姐而言，这就好比是欢迎哀川大师到来的一项活动，因为哀川大师非常擅长解决各种事件。小姐把哀川大师说成是名侦探，绝不是偶然率性为之。”

原来如此，原来是想把这起杀人事件当成送给“哀川大师”的礼物。如果真是如此的话，那也太不像话了。

不，再说得直白些，对于伊利亚小姐而言，这起事件只是消磨时间的绝佳材料吧。赤神财团的继承人，虽然惨遭流放，但衣食无忧，愁的是大把时间无处打发，召集天才过来应该也是为了解闷，而这起事件更是打发时间的绝配。

想太多了，我甩甩头。怎么可能有这样的人？不管怎么说，这个世界也不会容许这样的人存在吧。

“我告退了。”

到了玖渚门前，玲小姐一鞠躬，转身折回来时的路。经过这次交谈，我发现玲小姐比我想象的亲切多了，我有点意外，这可不像是光小姐口中那个严厉的领班。

但光小姐又不像是会撒谎的人，我觉得事有蹊跷，但又想不出哪里不对。迷惑不解中推开房门，玖渚依然在计算机前面忙碌着，此外还有一个人。啊，竟然是天下无敌的占卜师小姐。这、这是什么情况？

真姬小姐原本在抽烟，看到我走进来，用食指尖将香烟按灭，然后从沙发上站起身，一语不发地从我身旁走过去。可是，中途又突然改变了主意，倒退回来用头顶住我的胸口，就这样一路把我顶出门外，并反手关上了门。

我讶异地看着她。

“嘿嘿嘿！”真姬小姐笑得像个恶作剧得逞的小孩子。可是，她只是一味地嬉笑着，完全没有说点什么的意思。

“怎么？你心情恢复了？”

“恢复的可不光是心情噢。说你笨好呢，还是说你冒失好呢？”

“干什么啊？没头没脑的。”

“你有喜欢的小说家吗？”

这思维节奏够跳跃……真是搞不懂她。

“没有。”

“艺人呢？”

“没有。”

“真是无趣的男人呢。举个例子吧，比方说尊敬天才的人，这样的人大致可分为三种情况。第一种是真心喜欢、憧憬、尊敬天才，想要变得跟他一样，希望自己也能有所成就，绝对是一种很纯真的崇拜。第二种呢，跟第一种类似，但是心中完全没有自己，只看到对方的了不起，凡事以对方为先。第三种则是企图借由喜欢“厉害的人”，借着崇拜对方的厉害之处，来提升自己的价值。将别人当作自己的生存价值，简直就是脑子进水、没有心眼的家伙。那么，你觉得你属于这三种类型中的哪一种呢？”

“这个，第二种……吧？”

“对！虽然你相当不地道，不过你对玖渚的奉献之心，连本小姐都深感佩服呢。”真姬小姐咧嘴一笑，“不过，尽管如此，可你实在是太愚蠢了。怎么能把玖渚一个人丢在房间里呢？万一我是杀人犯，怎么办？”

……

“假如真有什么东西想要好好珍惜的话，那可是一分一秒都不可以移开视线的噢。记好了，少年！”

“啪！啪！”真姬小姐用力地拍了我两下肩膀，哼着歌径直离去。

留下我一个人在空荡荡的走廊中。

“什么呀！”

可恶。

我在心中咒骂一通，推开门走进屋内。

2

岛上唯一的规章制度看来还在继续生效。晚餐时，大家几乎全都集合在餐桌前。

几乎。

我说几乎，是因为加奈美小姐自然不可能来，被监禁的赤音小姐也不可能来。此外，明小姐和照子小姐也没有出现。听说她们两人已经离开小岛，说是去联系那位名侦探“哀川大师”了。

“打电话或发电子邮件不行吗？”

“不行啊。”光小姐回答了我的问题。

“哀川大师出了名的难联系，而且工作繁忙，只听说这段时间在爱知县处理什么事务，所以小明她们明天才能回来。”

“你说工作繁忙，那位哀川大师是做什么工作的啊？”

“承包人。”

那是什么职业？

我没听说过这样的工作。

顺道一提，今天的晚餐全是中华料理。用味觉天才佐代野弥生小姐的话来说，中华料理最不费时间和精力。这种话也只有天才厨师弥生小姐这样的高手才能说说，对我这种人而言，实在没什么参考价值。

晚餐临近结束时，伊利亚小姐突然开口：

“对了，玖渚小姐。我看你白天好像在暗中调查什么，查出什么来了吗？我只知道你专攻的是机械，没想到还能做这种调查工作呢。”

“本大人无所不能耶。”嘴里塞满糖醋排骨的玖渚含糊不清地说，“人家最讨厌被什么专门不专门的东西束缚啦。”

好像在哪儿听过这样的话。

啊啊，对了！加奈美小姐说过。

那个不受画风约束的天才画家伊吹加奈美说过。

这也是ER计划的基本理念。纵使有擅长不擅长、能不能做到极致的说法，但本来也不该分什么专门领域。然而，在如今不加以分类就难以正常运行下去的世界中，要想如此洒脱生活，那是相当不容易，必须拥有像玖渚友、伊吹加奈美、园山赤音那样的才能，才能有所成就。

我是无论如何也做不到的。

“那么，你知道什么了？制造那间密室的诡计，还是凶手？”

伊利亚小姐的口气给人感觉她似乎并不希望玖渚发现什么，我又想起了刚才玲小姐说的话。在伊利亚小姐看来，如果这起事件在“哀川大师”抵达前就解决了，或许真是一件令人扫兴的事。

“本大人全部都知道咯。因为知道的太多了，所以要花些时间来甄选。”

看来是没人理解玖渚这句话的含义，众人除了露出诧异的表情之外，没有任何反应。

“姬菜小姐。”伊利亚小姐将矛头从工程师转向占卜师，“你来本岛以后，顶多是逗逗其他客人，还从来没有认真占卜过，那就正好趁今天这个机会预测一下接下来的发展吧，怎么样？”

“我要收钱的哟。”

这个人真是的！不仅在这里白住白吃白喝，而且还可以领到酬金，竟然还开口要钱！真是穷凶极恶的守财奴，我还从未见识过如此贪婪的人，简直就是魔鬼。

“凭什么这么说我？”

真姬小姐恶狠狠地瞪着我。

冤枉，我可根本就没有开口。

“没冤枉你，你不知道我能感知到你的内心吗？我靠自己的能力赚钱，有什么错？不用跟我讲什么人情道义，我又不是单纯的小姑娘了，尤其是心理年龄。”

道理是这个道理，可是她又不缺钱，估计她手中的万元大钞十个东京巨蛋都装不了，究竟还要贪得无厌地要多少钱呢？偶尔免费帮别人占卜一下能有什么损失？

“那是你自己的想法。”

真姬小姐“哼”了一声转向伊利亚小姐。

“我当然会付钱的。”伊利亚小姐在胸前双手合十，“拜托拜托！”

“马上就会结束。”

真姬小姐波澜不惊地吐出了这么一句话。大家还等着听她的下文呢，结果她已经沉迷在眼前的回锅肉中，就这么一句话就结束了。

“就这样吗？”伊利亚小姐也大感意外，神色微变，疑惑地看向真姬小姐。“这未免有点……”

“刚才是志愿服务，因为某个讨厌的家伙一直在那里腹诽，所以我才特别服务一下。不必在意，跟正题一点关系也没有。”

姬菜真姬。

洞悉一切却只字不提，到底是一种什么样的心理？对于一无所知的我来说，根本想象不出来。从这种意义来说，这座岛上最神秘的存在其实是真姬小姐，这也令颜料河造成的密室、无头尸体更加扑朔迷离起来。

直到最后真姬小姐也没再说什么，第四天的晚餐聚会就这样没有取得什么实质性的进展又草草结束了，只有玖渚和真姬小姐说了一两句模棱两可的话。

然而，当时还是有一件事引起了我的注意，深夜先生与弥生小姐在晚餐时一句话也没有说，甚至可以说他俩根本就没有听别人讲话，只是机械地将面前的食物送进口中，始终就是这个样子。表面看来并没有什么特别奇怪之处，可我总觉得两个人不对劲，如果说深夜先生因加奈美小姐之死而神不守舍还讲得过去，为什么弥生小姐也是那样呢？尽管午餐时曾说过她身体不舒服，但是……

3

晚上九点多，我独自待在玖渚的房间，看看那两台计算机，觉得自己勉强也能够操作，于是就打开查看在案发现场拍的那些照片。没有鼠标很难操作，倒也不是完全应付不了。

加奈美小姐的尸身、胸部特写、全身照、断头切面、颜料河。黑色大衣覆盖在颜料河上，已经和凝固的颜料粘为一体，硬扯的话也不是拿不下来吧，不过沾满了颜料终究是不能穿了。

此外……

此外，还有那幅加奈美小姐的遗作，就是我的肖像画。

跟玖渚一起现场勘验时，看着画布所感到的不自然再次涌上心头。

违和感。

总觉得与加奈美其人联系不起来。

虽说只是直觉，但强烈到不容忽视。

突然，脑子里一道闪念，我不禁低呼出声。

“啊啊，原来如此，明白了，明白了。”

原来如此。明白之后才发现竟然如此明显，其实就是“大家来找茬”的游戏，此时我的心中涌现出的就是那种恍然大悟后，对自己一直没发现不同的懊恼。多么简单明了，多么容易发现的问题啊。

“咦？”

想明白的同时，我心中又衍生出一个新的疑问。

为什么会是这样？明明不可能发生的啊，加奈美小姐这样的天才画家怎么可能犯这种低级错误？

正当我冥思苦想时，敲门声响起。

"哎呀，这个烦人的家伙。"

我猜想肯定又是真姬小姐来找麻烦了，甩甩头，暂时压下了心头的疑问，想着换个心情也好，于是起身朝门口走去。门外站着的却是光小姐，由于跟原来的预想落差太大，以至于我愣在原地，大脑出现了两三秒钟的短路。

"啊？啊，你、你好、光小姐。"我总算挤出了一句话，"哦，快请进。"

"打扰了。"光小姐客气地行了个礼，然后才走进屋内，四下看了一圈后询问。

"请问，友小姐去哪里了？"

"啊，玖渚吗？刚才被我绑住手脚扔到浴缸里去了。"

"哎？"

"别误会，是这么回事，她跟猫一样，不喜欢洗澡。那丫头的头发本来是更淡一点的蓝色，因为不洗头才变得那么深。她不太擅长挣脱绳索，一旦浑身湿透了也就不再抵抗了，所以估计等她洗好还得一段时间。"

"哦，哦，友小姐就像俄罗斯蓝猫（Russian Blue）一样。"

光小姐一本正经地随声附和道，我却不知所云，不知道她说的什么。算了，随她说什么吧。

"所以你要是有事找玖渚的话，那就不好意思了，请你稍后再……"说到这儿，我突然灵光一闪，心想现在不正是好机会，于是改口，"啊，对了！光小姐，你现在有空吗？"

“嗯，今天的工作已经全部结束了。”

“这样的话，能请你在这里待一会儿吗？我想出去一下，不放心留玖渚一个人在这里。”

想到真姬小姐白天的提醒，我继续向光小姐加以解释。

“虽然现在是彼此制衡，势均力敌的局面，应该不会出什么事，但不怕一万就怕万一，所以，拜托了！”

“我是无所谓。”光小姐语气中透露出一丝迟疑，“我当然愿意在这儿陪友小姐，可是，这样真的可以吗？那个，你就这么相信我？”

“没有歹徒会同时袭击两个人的。”

“不，不是这个意思。我是说，那个，你是不是对我太没戒心了？”

哦，是这个意思。

“没问题的。”我轻轻点了点头，“如果真姬小姐的话那就另当别论，但是，你值得我信任。”

说完，我向光小姐道谢，然后关好房门，穿过走廊，下了楼梯来到一楼。

在那里，我停下了脚步，自嘲地低语：“可是……‘相信’吗？”

何时开始我能够说出那样的话了？究竟从何时开始，我可以大言不惭地说出那样的话了？我扪心自问。

提问：相信是什么？

回答：被背叛也无所谓。就算被背叛也不后悔。

“不管怎么说，都是戏言啊……”

眼前是我原来住的那间仓库，现在是园山赤音的监禁室。

“是我。”我轻轻敲了敲门。

“啊啊，是你呀。”须臾，房内传来回应声，意想不到的沉静语调。“怎么了？怎么没有待在玖渚身边？这可不像你的风格呢。”

“那个……犹豫许久，我还是要向赤音小姐道歉。”

“为什么你要向我道歉？”门内的声音陡然冷峻起来，掺杂着不悦，“你那样做是为了袒护我吧。袒护我却又向我道歉，这不是在侮辱我吗？你是在嘲笑我是连你那点心思都看不透的笨蛋吗？现在，是我该向你道谢才对，除此之外没有任何能说得通的。”

我不知该怎么回应。

“其实我本该自己提出这个建议，可是那么做毕竟让人心有不甘，所以当你这样提议时，我真的很感谢你。现在，我就来表示一下谢意吧。”

停了一会儿，隔门传来赤音小姐的道谢声“谢谢！”

“不客气。”

这个人不愧是在ER3中攀登到七愚人之位的智者。要知道，ER3可不是简单的地方，不是说只靠勤奋、高智商就一定能出人头地的。

“对了，光小姐送晚餐时提到，你和玖渚一起在做各种调查，有结果了吗？有什么感觉和想法？”

“我个人，还推测不到凶手是谁。”

"'我个人'？呵呵，话里有话啊，不过，我喜欢你这种行事方式。好吧，我换个问题，关于密室，你是怎么想的？"

"赤音小姐是怎么想的？"

"*Post hoc fallacy*."

"你说的是英语吗？"

"不，是拉丁语，我也不知道用日语怎么表达，嗯，怎么说好呢？好像是'自作自受'之类的意思吧。"

我不禁喟然长叹。

看来赤音小姐已经彻底理解了密室的构成，尽管如此，可她为了维持暂时平衡的状态，依然选择被监禁在这里，真是一个顾全大局的人，太了不起了。

"呵呵呵。"赤音小姐自嘲似的笑了起来，"伊利亚小姐看上的那个什么，对，'哀川大师'，在那个人到来之前维持这种势均力敌的状态是最好的吧。反正也不是什么特别痛苦的事儿，我年轻的时候就常常闷在小屋里看书学习，跟那比起来，这间屋子算是很宽敞了。"

"赤音小姐已经知道犯人是谁了吗？"

"那倒不知道，我没有骗你，不知道就是不知道。我又不是破案专家，虽然也不是不看推理小说，可只当消遣而已。对了，你看武者小路实笃的书吗？"

没有任何征兆，赤音小姐冷不防改变了话题。怎么扯到了武者小路实笃，他是推理小说家？虽然满腹狐疑，我还是回答了赤音小姐的问题。

“只读过他的选集。”

“那你知道《真理先生》这部小说吗？”

名篇名作嘛，这个还是知道的。

“我起初以为是麻理先生，还忿忿不平地想这女人真是大放厥词，不过那不是重点了，也不是要评论什么人。我想说的是那部小说的开头，真理先生提到‘不能杀人的理由’，你还记得吗？”

“嗯。‘你有甘愿被杀的时候吗？如果你有甘愿被杀的条件，请告诉我。假如你不论何时都不愿意被杀，那至少你也不能杀人。’对吧？”

即便记忆力再差，这两句话还不至于忘记。

“没错。”赤音小姐说，“那么，我就借用真理先生的话来问问你，你有甘愿被杀的条件吗？”

“没有。”

“举个例子,比如玖渚的性命和你自己的性命,哪一个更重要？”

“我不愿意去想。”

“我想也是。”赤音小姐开怀大笑。

“说到底，原来你是那种人啊。你最讨厌选择了吧？极度厌恶‘选择’这种行为。昨天姬菜小姐也说过类似的话，一语中的！随波逐流，不喜欢竞争，讨厌事情一清二楚，你是个暧昧主义者。”

“我不否认。”

“不否认也不肯定。你之所以愿意跟我下棋，是早知道自己绝对会输吧。若非如此，你一定不会答应跟我对阵的。”

不是讨厌输，而是不喜欢竞争这种行为。

彻彻底底讨厌跟别人竞争。

因为不喜欢吵架，所以也不交朋友。

“你讨厌别人吗？”

“不会。”

“那么，会喜欢别人吗？”

“也不尽然。”

“我想也是。你的价值观根植于‘人应该一个人活下去’这种思想，不，应该是意志，由这种绝对的意志构成。尽量不与他人发生联系，竭力保护自己避免受伤。你认为人与人之间可以分享喜乐，但没有必要同苦同悲。”

这样想不对吗？我认为那些频频争吵却又不舍分手的情侣简直愚蠢透顶。

为什么不好好相处？

为什么不善待对方？

是根本做不到经营美好吧。

“赤音小姐什么时候变成心理学家了？”

“你忘了？我可是大统合全一学者，那种区别对我没有任何意义。呵呵呵，是了，毫不夸张地说，你真的很喜欢独自一个人吧。”

“不管怎么说，自己跟自己，毕竟是相交最久的老朋友啊。”

“那倒也是。不管是我还是其他任何人，最亲密的朋友就是自己。那么，玖渚呢？全部加起来，你跟她的交情短得连一年都不到吧？”

……

“你喜欢玖渚吗？”

很直接的问题。

这个问题，五年前也有人问过。

当时的提问者是玖渚的哥哥。

五年前我是这么回答的，五年后我还是如此回答。

“不，并没有那回事。”

绝望冰冷的声音，甚至连我自己都不禁怀疑“这真的是我的声音吗”？

为什么？

为什么我……会如此？

“哦？是吗？”赤音小姐似乎略感意外。

“可是玖渚很喜欢你啊，这一点毫无疑问。”

“应该是吧，她本人也说过好几次了。”

“谈论这种事情实在是没什么意思，不过你有没有想过世界上为什么会有那么多夫妇和情侣？”

……

“你不觉得奇怪吗？自己喜欢的人刚好也喜欢自己，这样的巧合和好事不可能常有，又不是少女漫画，可是现实生活中，一百个人就有一百种恋爱存在，你觉得是为什么？”

“我不觉得有什么理由，也从来没想过这样的问题。大概还是碰巧，大数法则现象吧。”

“不对，不可能有那么多的偶然。我觉得应该是，因为对方喜欢自己。你想啊，被人喜欢是多么让人愉悦的事情呢，所以只要对方喜欢自己，自己也会慢慢喜欢上对方的。”

赤音小姐口气十分肯定，我仿佛透过房门看到她上扬的嘴角。我逐渐压抑不住地心慌，有一种强烈的将要被碾压、击垮的预感。

“你到底想说什么？”

“呀呀呀，我在想，既然如此，你为什么就没有对玖渚动心呢？我毕竟是个学者嘛，职业病，一旦遇上不明白的事就不免有点焦躁，努力地想要搞明白。”

“那丫头谁都喜欢，真的是任何人都喜欢，所以陪在她身边的人并不是非我不可。”

我一字一句地说。

“说的是啊。”赤音小姐说，“你并不愿意被玖渚喜欢，也不期待发生那样的事。你只是希望被玖渚选中，成为对她来说独一无二的人。”

我无话反驳。

“可是，为什么是玖渚呢？虽然想不通，但我觉得肯定有一个明确的理由。你跟玖渚在一起，一定也有发生不愉快的时候吧。不对呀，按说你应该很排斥那种心怀恨意的女生才对啊。”

心怀恨意的女生？

她到底想说什么？

“你，想说的是天真吧。①

“哦，对，对！总之，跟那种女生，跟那种‘心理年龄幼稚的上位者’交往，是你这种性格的人所不能忍受的，更何况你还是个男生。”

“跟她在一起很快乐，不，也不是……”我谨慎地挑选着字眼，“不是那样的，对，是这样的，是我在她身边很快乐。”

我最喜欢的地方，是玖渚友的身边。

因为想要待在她身边，所以才返回日本。

“嗯。”赤音小姐随口应道，“看来你有点受虐体质呢。”

“因为小学时曾被同学欺负吧，基本算得上是个受虐狂了。”

“被欺负？不对！你应该是被疏远，疏远和虐待可不是一回事，小孩子会欺负弱者和说谎者，对异端则会选择孤立。不过，我很理解你的心情，因为我读高中时，也觉得好像是跟外星人一起上课。那帮家伙考试不是以满分为目标，而是满足于达到平均分，到跑马拉松时才会趾高气昂地吆喝‘一起跑吧’，因为马拉松没有及格不及格的规定啊。这就是平等主义，好坏不分，也难怪连圆周率都要变成三了。七愚人的其他六个人多多少少也有过那种不愉快的经历，0.14 的悲剧啊。正是由于这种绝对平等主义的存在，无法融入其中的人才会格外感到孤独。天才来自于异端，但不能说异端都是天才。”

“也就是说是必要条件，但并不是充分条件，对吧？比如我，就不是天才。”

“We are not genius 吗？或许吧。我觉得你应该能分得清忠告和强迫的区别，那就给你个善意提醒吧，如果你希望被玖渚选中，我劝你早点占有她。这样，你才能成为她独一无二的人，玖渚一定不会反抗的。就算你再怎么内向、内心再怎么阴暗扭曲、甚至阴郁到连青春期和逆反期都没有，但这点胆量还是有的吧。”

“没有。”

“真是黑豹呢。”

黑豹？这说的又是谁？

是玖渚口中的那个“小豹”吗？

啊！明白了！

“我没有自信。那个，刚才你是想说‘胆小鬼’吧？”

“嗯？啊啊，抱歉、抱歉。呵呵呵，我很喜欢你噢，你要是女生就好了。”

好好的谈话怎么拐到了这里？

我忽然有点不明白赤音小姐想要表达的意思了，不，不对，不是不明白，而是被狠狠地戳到痛处，一时精神有点恍惚了。

这样下去，这样下去的话……

“算了，不说了，反正答案很快就会揭晓，就把一切交给时间吧。对了，刚才说到下棋，你知道那个竞技理论吗？就是说像将棋、国际象棋这样的赛局中，必定会有一个最佳落子。”

“竞技理论……你是说致对方于困境的一步棋吗？”

“对，我说的就是这个。将棋的棋子走法有数学上的限制，所以一定存在‘最佳妙手’。说得极端点，在最初移动棋子之时，胜负已定。但是，这种理论只有在势均力敌的高手对决时才得以成立。由此我就想到这起事件，凶手会怎样？应战的‘哀川大师’又会如何？嗯哼，真是一个耐人寻味的问题呢。不过，在我看来，这不是棋盘上那种明面上的对弈，而是迷宫中的博弈。”

“迷宫？如果是迷宫的话，那不就简单了？只要将手放在一侧墙壁上，顺着往前摸索，一定能到达出口的，就是多花点时间罢了。”

“你说的这种方式只适用于单连通迷宫，如果是多连通迷宫就行不通了，我认为这起事件就好比是一个多连通迷宫。不过，话说回来，就算是多连通迷宫也一定有必胜法的，口头很难说清楚，有机会的话你可以去查查看。如果是一场没有必胜法的游戏，你想不想参加？”

没有必胜法的游戏。

必胜法……

她是说这起事件吗？是在暗示什么吗？

心里越发不踏实。

感受到一种从脚底根基被人撼动的不安定感。

情绪急剧恶化。

“仔细一想……”

赤音小姐还想继续说什么，还想继续这个令人反感的话题。

我已经快要难以忍受了，她还不肯停下来。

终于，我忍无可忍地开了口。

“那个，赤音小姐。我很想跟你继续聊下去，可是房间里还有人等着，我必须得回去了。”

忍着反胃的呕吐感，我硬是挤出这些话。

“啊，是吗？那真是不好意思啦。”

赤音小姐爽快地答应了，反倒让我有了一种一拳打到棉花上的无力感。

“有空再来哦，这可是消磨时间的好方式哟。”

“多谢！告辞了！”

我正打算离去，然而终究还是放不下一件事，最终还是再次敲响了房门。

“那个，关于一开始的问题。”

“嗯？什么？”

“赤音小姐有吗？甘愿被杀的瞬间。”

“瞬间？你说瞬间？不，我任何时候都是如此。”赤音小姐旋即干脆地回答，“应该死去的时刻就是死亡的最佳时机。我本人，园山赤音，无论何时、何地，不管被谁、以什么方式、基于什么理由杀死，都不会有半句怨言。”

听完她的这番话，我径直返回了玖渚的房间。

没想到，我与园山赤音——大统合全一学研究所ER3组织的七愚人、拥有最高声誉地位的日本女学者、具有最高智能、人称天才中的天才的绝代研究者的这段对话，竟成了最后的绝响。

4

“阿伊，欢迎回来。”

玖渚裹着纯白浴巾，坐在床铺上。光小姐则坐在沙发上，见我回来，长长地舒了一口气。的确，要与沐浴后心情飞扬的玖渚单独对话，对于不习惯的人来说实在是太煎熬了，我非常理解光小姐的心情。

“阿伊，你看，人家洗头发了耶，夸我，夸我！”

“很可爱哦。”

玖渚的头发变成了美丽澄澈的天蓝色，那才是原本的颜色。“劣性遗传基因的人很辛苦啊。”这是她本人常挂在嘴边的话。

“阿伊也去洗吧，说不定会有什么突发奇想，嗯，会不会变身为阿基米德，在房间里裸奔？吼吼吼。”

“那，那可不成。”

光小姐一本正经地说道。难道她真的认为我会做那种事？我没觉得自己给人留下那么怪异的印象啊。

“不过，阿基米德还真是怪人，天才都是那样吗？”

光小姐歪着头认真地思考着。她脑袋瓜里想的是宅第里的哪位天才呢？总觉得她想的是所有人，又好像不是任何人。

“在那个时代，裸体运动是很正常的事，光小姐，并不是只有阿基米德奇怪哦。”

“哇喔，阿伊真博学耶。”

“嗯嗯，的确是‘薄学’。光小姐，你有什么事？”

“啊？对了，小姐吩咐我来打探打探情况。”

真是个老实人。那种话如实明说出来，还有什么意思？被我这么一说，光小姐不好意思地低下头害羞地笑了。

“嗯，其实小明比较适合这种任务，可是她今晚不在岛上，要明天早上才能回来。”

“是去请名侦探了吗？”在好奇心的驱使下，我试探着问道，“那个名侦探是个什么样的人？听光小姐的语气，好像跟那个人见过，你跟他很熟吗？”

“嗯，是的，以前曾承蒙他照顾。发生了一点……那个事，就那个时候。”

光小姐含糊其辞，尽管听上去不像是什么秘密，但似乎又不愿意多说什么。

“哦？事件？在这岛上吗？”

“是的。那是小姐刚被逐出家门，尚未举办这种沙龙活动的时候的事。然后，请来了哀川大师，哀川大师干净利落地解决了那起事件。”光小姐感慨地说，“哀川大师这个人啊，脾气那可是相当暴躁，喜欢挖苦人、易冲动、愤世嫉俗，感觉他是凭着一腔怒气来处理事情的。”

那是什么人啊？

虽然光小姐努力斟酌着字眼，可事与愿违，她的说明不算成功，我根本想象不出“哀川大师”的具体形象。

"总而言之，就是一个易怒的人？"

"易怒……吗？怎么说呢，就是'一直在生气'的感觉，就算是笑着的时候，也是给人这样的感觉。他好像敌视一切。哎呀，不好意思，我不知道该怎么表达，也不知道怎么形容。反正，那个人就是一个'不能饶恕世界上的一切'的人。"

"哦，是这样的人啊。"虽然我丈二和尚摸不着头脑，但还是如此附和了一句，"我读过的小说中出现的名侦探，基本都是冷静沉着的形象，感觉他们经常把'连这都看不出来吗？'挂在嘴边，十句话里甚至有八句都是'你是白痴啊？'这样的话。可是听了光小姐的说明，感觉哀川大师是一个充满正义感的铁血男儿，不能容忍一切犯罪。"

"啊？不，倒不是这个意思。并不是说那个人不能饶恕犯罪者，而是看不惯世上的一切，不能饶恕一切。'世界、人类，明明可以比现在好上千万倍，你们到底在偷什么懒！'这是他最常说的一句话。"

好一个热血的人，如今这样的人太稀少了，跟我这种暧昧主义者的戏言跟班形成了鲜明对比。

"无法饶恕这个世界，所以总是不开心，但又不会因为那些懒于实现自我价值的人的所作所为而生气，只是冷眼笑看一切。就是这种感觉，反正跟您和友小姐完全不同。"

光小姐兴奋地讲述着名侦探先生，话里话外流露出藏不住的开心和自豪，好像在介绍自己引以为傲的好朋友，不，不是好朋友，应该说是英雄才对，没错，就是这种感觉，一如伊利亚小姐对此人的评价。

“是吗，嗯，那可太好了。”我敷衍地回应道，“是可以信赖的人吧？”

“是的，那是当然了。”

“有你这句话，我就放心了。如果这六天内我们不能解决这起事件，那个人也会替我们解决的嘛。”

“您好像没自信啊。”

“我这是慎重，不，也许就是胆小吧。再说了，反正怎样都无所谓了。”

“怎样都无所谓吗？”光小姐一脸复杂地看着我，“为什么……虽然以我的身份不该说这样的话，可是，为什么大家在这种状况下还能如此冷静呢？”

“这又是一个一针见血的提问。”

“对不起。可是，明明有人死了，被杀了，那个，大家为何那么……”

“可能是习惯了吧。”

至少我是如此。

尽管我也说不清楚到底是习惯，还是麻木了。

“错了！深夜和弥生的反应就非常真实耶。”

“也是啊。但话说回来，光小姐你们不是也很冷静吗？自己都是如此，那就没有立场说别人哦。”

“我们是被训练成这样的。”光小姐脸上突然浮现出落寞的神色。

看来，二十七年的人生并非一帆风顺、事事如意。

“啊啊，对了！”光小姐突然拍了两下巴掌，打破了室内一时静寂下来的尴尬，“小姐叮嘱我一定要问问两位，就是有关密室诡计的问题。小姐认为友小姐虽然说了‘知道的太多了，所以还不清楚’那种含糊不清的话，但其实绝对已经想明白了一切。”

密室诡计。

颜料河封锁隔绝的空间……

看来那个大小姐虽然不谙世事，感觉倒是非常敏锐。

“我们没有明说，并不是摆什么架子。其实是很简单的诡计，只要是常看推理小说的，很快就能想明白。只不过现在这样切身接触到事实，反倒一时不知所措了，也许是沉溺在血腥气息和死亡的味道里了吧。”

“哇哈哈哈，阿伊说得好奇怪，像个傻瓜一样。”

玖渚大笑起来，天真、毫无戒心、孩子般的笑容和笑声。

看着她的笑脸，我的思绪有点凌乱。

我，真的，想被这丫头选中吗？

“那个，友小姐。”光小姐狐疑地看了看突然陷入沉默的我，转向玖渚，“如果你真的知道，能告诉我吗？”

“嗯，告诉你也无妨咯。虽然甄别花了很多时间，不过我已经明白了噢。”玖渚重重地点了两下头，“唔？从哪里开始说明比较好呢？”

“对不起，在说明以前……啊，也许我有点要求过分了，但还是想请你告诉我那是什么意思？就是你说的‘知道的太多反而不清楚了’那句话。”

“就是自下而上与自上而下的差别。”我觉得玖渚根本无法解释清楚，便接过话来，“比如说，光小姐，假如那张桌子是一个沙场，要你尽可能地堆出一座沙山，你会怎么做呢？”

“从旁边往中间堆积，一层一层地堆上去。”

“对，我跟你的想法一样，但玖渚不会那么做，她会往桌面上倒满沙子。虽然最终完成的沙山形状跟我们的一样，但我们是一点一点堆积完成的，而玖渚则是铲掉，铲掉大量的沙子，做出最终的形状。这就是玖渚的理解方法，对吧，小友？”

“听不太懂阿伊的比喻呢。”

这么拆台，让我情何以堪？

但光小姐似乎是听懂了，频频点头，“原来如此，原来是这样啊。”

“既然已经弄清楚了，就麻烦友小姐告诉我那个诡计吧。”

“可以呀，如果小光你愿意回答人家的问题的话。”

光小姐一愣，不明白玖渚是什么意思。然而，玖渚当然不可能注意到这些细节了，自顾自地走向计算机台，站在我刚才打开的电脑前面，指着屏幕。

“那么我们就先回顾一下案发现场吧，当当当，这是画室耶。”

玖渚使用看图软件播放全景图，宛若阴间的大理石色调的颜料河，河对岸的无头尸身……真实还原了早晨的血腥场景，唤醒了我们脑海中的恐怖记忆。玖渚却面不改色地开始说明起来。

“碍事的，首先就是这条颜料河咯，地震发生是在半夜一点，当时架子震倒了，颜料洒了，造成了这样的状态，事实一目了然。这条河太宽了，跳是跳不过去的啦。假如加奈美是在地震以后遇害的话，那么凶手的潜入路径就是疑问咯。即便凶手是地震前就潜入画室杀人的，那离开的路径就是疑问咯。到这里能听明白吗？”

“嗯，能听懂。”

“当然，你要说凶手是手长脚长的妖怪，那就很简单了。可那种瞎扯出来的解说，明显是骗人的啦。”

光小姐似笑非笑，也许没听说过什么手长脚长的妖怪，也许听说过但仍然不失礼貌地暧昧微笑。不过，不管是什么心态都无关紧要。

“因此，结论只有一个咯，那就是杀人必定发生在地震之前。那样的话，不管是潜入还是脱逃，全都易如反掌，因为画室没有上锁，逃离时也不会留下足迹。照这么推理，把地震以前唯一没有不在场证明的赤音当作犯人，再正确不过了。但是，又出现了深夜的证词。地震后，深夜在电话中听到了加奈美的声音，换句话说，就是加奈美在地震以后，至少在那之后的数分钟之内还活着哟。好啦，分析到这里，小光，你怎么看呢？”

“这样也不对，那样也不对……”光小姐歪着头思索，动作娇俏可爱，“从窗户吗？除此之外好像就没有其他方法了，可是，窗户是锁着的呀。”

“从窗户，对，也有这种可能吧。有的人就说过玻璃这种东西不属于固体，从概念上来讲更接近于液体，所以锁不锁都没什么关系，这种观点也不能说是错误的。还有，说不定，说不定激发出了隧道效应呢。”

这都是什么乱七八糟的想法?

“哎呀，本大人都说到这个份儿上了，小光，你还不明白?”

“完全不明白啊。”

“*Post hoc fallacy* 呀，光小姐。”

我刚才一直在笑看她困惑的样子，但又觉得她好可怜，忍不住出声提醒。

玖渚也点点头。

“*Post hoc ergo propter hoc*，翻译成日语就是‘因果谬误’，是错误的三段论推理。是前提！前提！就是说世界的构成并不是那么有秩序的。”

“我不懂拉丁语……”

“那你怎么知道那是拉丁语?”

“因为，我听见了 Ergo 这个词。”

是想到了“我思故我在（*Cogito ergo sum*）”吗?

想不到光小姐脑子转得还挺快。

“举个例子吧，小光，这里有个百元硬币。我说‘正面’。听着，人家说了噢，然后抛出去。看！是正面耶！你怎么想? 一定觉得是偶然吧，一般都会这么想啦。但是，也有人不这么想噢，而是认为是因为本大人说了正面，所以抛出的才是正面，由此推论出本大人具有超能力什么的。”

其实，真相不属于她说的任何一种结果，因为怕出现意外，玖渚使用的是魔术硬币道具。

“喝了酒，感冒好了，所以酒可以治感冒；打开计算机，客人来了，所以计算机有招揽客人的能力；一个男人看着一个女人，这个女人也看向男人，所以这个女人喜欢这个男人；鲶鱼跳跃，发生了地震，所以鲶鱼引发地震……这些是不可能的啦，对吧，小光？总之，A 之后发生了 B，并不代表 A 和 B 之间就一定是因果关系哟。事情的发生出现了时间性、顺序性是自然而然的事，与因果关系没有必然的联系。好啦，小光，你再想想。发生了地震，出现了颜料河，两者之间一定有因果关系吗？”

“啊？啊，啊……”

光小姐一副茅塞顿开的模样。

“也就是说，那条颜料河并不是地震造成的。”

“嗯，架子本身可能真的倒了，颜料也真的洒出来一些，加奈美不是也在电话中提到了吗？但是，还不至于汇集成那么宽的一条颜料河哟，顶多是颜料罐散落，洒出来一点而已。再说了，颜料罐的盖子也不至于那么不结实，就算被震落在地上也不可能全部都洒出来吧。想想，是不是这样？加奈美坐轮椅，就算地上颜料不多，也不可能不留任何痕迹地离开画室吧。”

“原来如此，我知道接下来是怎么回事了。”光小姐兴奋地说，“真狡猾呢。凶手是在地震后潜入伊吹小姐的房间，杀害了伊吹小姐。离开时，故意将颜料罐里的颜料泼洒出来，然后把空罐子扔在周围。就是慢慢地，小心地人为制造出了那条颜料河，而且小心留意没有留下任何脚印。”

光小姐一边讲述，一边还模拟凶手抱着颜料罐边洒边倒退着往门口走的姿态。

是啊，起初我们想当然地认定那条颜料河是地震造成的，并以此为前提进行了推理。其实，即便没有天灾地震，就算不是天才画家加奈美小姐，无论是对绘画多么外行的人，要绘制出那样一条颜料河都并非难事。

因为那无需任何艺术性。

就绘制操作本身来说，轻而易举。

“可是，凶手为什么要那样做呢？”

“为了让我们误认为事件是发生在地震之前吧。”我接过话说，“犯人应该不知道加奈美小姐和深夜先生在地震以后通过电话，所以自认为只要制造出那条颜料河，案发时间自然会被推测为地震之前。当然，反过来说，也可能是犯人特意做出的伪装。”

“那，这样一来……”

“是啊，不管怎么说，”我双手一拍，又在胸前画了一个大大的圆，“这样，嫌疑犯的范围一下子就扩大了。”

地震以后，只有四个人有不在场证明，伊利亚小姐和玲小姐，真姬小姐和深夜先生，其他七个人就无法解除嫌疑了。

“既然如此，就没有理由再监禁赤音小姐了。”光小姐开心地说，“不是吗？因为又不是只有赤音小姐有嫌疑。那么……”

光小姐似乎对囚禁客人赤音小姐这件事深感忧虑。这个人果然很单纯啊，只会感性地看待事情。

相比之下，园山赤音这个人就极其理性。我决定把事实告诉光小姐。

“那个，赤音小姐早就解开密室圈套了，只是佯装不知。”

“为什么啊？”光小姐一副不明就里的样子，“这也太奇怪了吧。为什么要那样做呢？”

“为了保持目前这种彼此制衡的状态。的确是个聪明人呢，不佩服不行。”

为了大局而不惜置自己于最恶劣的困境中，虽然一般人理解不了她的思想，但绝对是值得敬佩的行为。

“那么，这件事还是暂时保密比较好吧。”

“对呀，因为毕竟还没办法锁定犯人，我觉得如果不慎把局面弄得一团糟，那就不好了。不过，伊利亚小姐有知情权，那就交给光小姐去转达吧。”

我不想插手那样的事。

“好吧。”光小姐一脸郁闷地低声回应。

“可是，还是觉得有点怪怪的。颜料河实际上不是地震造成的，这样的推理实在太过简单了吧，有种‘不就是这么一回事吗？’的感觉，总觉得根本算不上什么诡计嘛。”

看着光小姐那不以为然的扫兴劲儿，我忍不住替凶手说起话。

“确实，我也有点这种感觉。但是，诡计这种玩意儿，一旦被揭穿，都会给人‘不过尔尔’的感觉吧。我以前也见识过许多更没劲的诡计。跟那些相比，这已经算不错了。要都照你那么想，这世界上就不存在什么诡计了。”

“可是，刚发生地震，马上就能想出那样的诡计，这样的人真的存在吗？”光小姐似乎仍然难以信服，“而且，正好就发生了地震，实在太凑巧了吧？根本就是机会主义嘛。”

“那是大数法则哟，小光。”

“这又是什么？”光小姐对玖渚说出来的术语满腹疑惑，“大数的法则？”

“对呀。就是说看起来极其偶然的事，仔细想想，就发现并不是那么偶然。还是给你举个例子吧，看到那些买彩票中大奖的人，小光，你是不是很惊讶，觉得他们好——厉害，对不对？人们常说嘛，中一等奖的机会，比陨石砸中脑袋的机率还低。可是噢，仔细一想，那只是在只买一张彩票的情况下才会如此稀罕。但是，毕竟很少有人只买一次，而且只买一张彩票吧。再比如，找来二十三个人，其中两个人同月同日生的命中率高达百分之五十噢。然而，尽管如此，当我们发现两个人生日相同时还是会觉得很巧合，相当惊奇。这就是‘大数法则’理论。恰巧今天发生了地震，但就算是发生在明天也无所谓，而且也没有限定只能使用地震诡计呀。本大人认为犯人一定平常就在构思各种事啦。总之，就是这么一回事。”

“也就是说光凭结果，还是不能推导出过程吗？”

“对噢，对噢！这就是‘因果谬误’啦。”

说着，玖渚朝光小姐竖起食指摆了摆。

“好啦，小光，现在换人家问喽。”

“啊，是的是的，刚才约定好的嘛。”光小姐站直身体，点头说道。

“想问什么就问吧。请！”

“伊利亚为什么会在这里呢？”

随着玖渚的开口，屋内的气氛一下子冷了下来。

这里。

这座岛。

鸦濡羽岛。

为什么赤神伊利亚会在这里？

瞬间，光小姐那张总是令人倍感温暖的笑眯眯的脸庞骤然紧绷，表情僵硬，一眼就能让人看出她有多么不安。不是不知所措，而是一种单纯的、非常单纯的、极其纯粹的恐惧。

曾经发生了那么严重的事情吗？

“那、那个、那是……”光小姐声音颤抖地断断续续、语无伦次地说着，“那是因为，那个，因为……”

“不想告诉人家吗，小光？”

“只有这件事，请您见谅，友小姐。”光小姐仿佛真的很痛苦，肩膀塌了下来，脑袋低垂，好像下一秒就会瘫倒在地。

“换成其他问题，我一定知无不言。”

光小姐的那个样子实在太过悲痛，仿佛我们是强迫非法交易的恶魔，叫嚣着“就用你的灵魂交换吧！我要你最心爱的东西，哈哈哈！”

呀呀，我是在胡思乱想什么呢？真是荒唐戏言。

我赶紧站到对立的两个人之间，从中斡旋。

“不，没事，没关系。小友，你也别问了。”

“嗯，你说得对，阿伊。这种情况下也没办法啦。”

玖渚一反平日任性，竟然爽快地答应了。

“对不起哦，小光。”

“不，是我不对，只顾着自己追问……”

“告辞了。”光小姐转身准备离开，忽又停下回过头来。

“啊，还有一件事。”动作像极了神探可伦坡，但换成是这般可爱的女仆，一点也不令人反感，反倒让人觉得好笑。

“这跟小姐没关系，是我个人的提问，两位相信姬菜小姐的‘超能力’吗？”

相信吗？

真姬小姐的 ESP。

那种能够洞悉一切的超能力。

我思索片刻说：“除了常识以外，目前没有怀疑的理由。”

玖渚的答复跟昨天一样：“有也好，没有也好，本大人一点儿都不担心啦。”

“是吗？嗯，是啊。”

光小姐像是认可了我们的回答，点点头走出了房间。我目送她走出门口，又想起玖渚问到伊利亚小姐的事情时她那慌乱的模样。

算了，不想了。

应该跟这起事件一点关系也没有吧，实在想不出伊利亚小姐被逐出家门与加奈美小姐的死亡有什么关联。我收回视线转向玖渚。就在此时，工作站发出“梆——梆——”的奇怪声音。我好奇地瞧过去，玖渚似乎正要开始某种操作。

“什么，什么？出什么事了？”

“是邮件啦，有人发邮件过来了。哎？是小豹发来的耶，真不愧是快手小豹，难怪大家都说他是拿相对论当红灯闯的男人啊。”

中午才委托调查，现在就有了回复，速度确实不慢，更何况“小豹”还是在监狱里。

“哎，哎？姬菜真姬，本名竟然叫姬菜诗鸣，太让人意外啦。原名明明这么好听，为什么要用艺名呢？”

“真姬小姐的本名？喂！喂！那个小豹干吗调查这种无关紧要的东西！”

“是啊，人家明明让他调查大家互相的关联嘛，差劲！果然不好好教教他是不行的啊，真是的，小豹他根本不懂什么是人际交往，不过……啊！找到了！阿伊，快来看！”

我走到玖渚身旁，可是盯着显示器我也不懂什么意思，因为上面全是英文。

“为什么看不懂英文？阿伊，你是去哪个国家留学来着？南极？火星？”

“忘记了嘛，平时根本不用，过上三四个月谁还记得住？况且，先不说会话怎样，反正读写原来就不在行。”

“ER 计划的选拔考试不是一定要考英文、俄语和中文吗？你到底是怎么考上的？走后门？”

“那个时候还记得嘛。”

“骗人！好吧，翻译给你听。上头写着‘伊吹加奈美和园山赤音曾经在芝加哥的咖啡馆一起用过餐’，大约是在半年前，有目击者呢。唔，‘一起用餐’？怎么回事？加奈美跟赤音不是关系不好吗？”

“一起用餐？”

看来我们没有猜错，这些人之间的确有关联。但是，为何偏偏是赤音小姐和加奈美小姐？赤音小姐的活动范围是美国，加奈美小姐则是在世界到处游历，在美国相遇本身并没有什么好奇怪的，关键是加奈美小姐和赤音小姐，感觉不是那种巧遇后会相约用餐的朋友关系啊。

“嗯，而且并不是巧遇后共同进餐，因为那里是秘密俱乐部噢。”

“秘密俱乐部？”

故弄玄虚吧？

“嗯。”玖渚认真地点点头。

“真的，真有噢，日本虽然很少，但也是有的。就是政治家啦、艺术家啦、名人啦或者他们的子女们交际的地方，可以说是高级俱乐部，戒备森严，一般人是进不去的哟。”

我也无意问玖渚这些情报从何得来。在这个世界上，有些事还是别碰为妙。

“信息不会有误吧？”

“小豹不会说谎的，虽然有时候不会说真话，这点倒是跟阿伊很像呢。”

“嗯？我可是经常说谎的。”

嗨，说这些干什么呢？

园山赤音和伊吹加奈美的关联。

先不说重要不重要，但的确是一条让人不能忽视的信息。明天是不是去向赤音小姐求证一下呢？当时，我是这么想的，虽然它已经成为一个永远无法实现的计划，但我当时的确是这么打算的。

“另外也提到大家的近况呢，小抚还是老样子。啊！小兔最近好像有麻烦。小日，去向不明？嗯，我想也是。提督上班了呀，工作挺不错的嘛。小恶，在干那个啊。嗯，其他人也都过得不错，小豹本人也精气神十足。这样，我就放心了，毕竟心里还是有一点点罪恶感呢。”

玖渚沉浸在往日回忆中，我不禁生出一种被冷落的感觉，落寞地倒在沙发上对自己说“睡吧”。因为仓库给赤音小姐用了，我如今无处栖身，只能借宿在这个沙发上。

玖渚好像读完了小豹发来的电子邮件，关掉工作站电源，一下子扑向了床铺，然后立起身跪在被单上招呼我过去：“阿伊，今天就一起睡嘛！”

“拒绝。”

“晚上很冷，在那里睡觉会感冒的哟。这张床是特大双人床，又宽又舒服噢。”

“拒绝。”

“人家保证绝对什么都不做啦，就躺在床上睡觉而已。真的，只是睡觉，不会碰你，背对背也没关系。好吧？好吧？”

“拒绝。”

“求求你啦，人家好寂寞哦。”

坏丫头。

最近怎么老是纠缠不休?

我抬起身正面看着她。

“保证什么都不会做？”

“嗯嗯！”

“记得要说话算话，不然我再也不相信你了。”

“遵命！”玖渚开心地直点头，“人家绝对不会背叛阿伊的啦。”

这一晚，我又睡到了久违的、的确是久违了的床上。我并没有特别期待什么，玖渚似乎也决心信守承诺，不一会儿，背后传来轻微的鼾声。由于背靠背的原因，所以我也不知道她是不是真的睡着了。

睡不着，脑子里浮想联翩。

过去。

那时。

五年前。

五年前……吗?

耳边回响着玖渚甜甜的叫声“阿伊”。

自那时开始，玖渚就一直用这个昵称叫我。

玖渚对我敞开心房，丝毫让我意识不到我们之间五年的空白。

完全敞开，毫无保留。

五年的时间。

其实我非常不喜欢与昔日朋友见面。

不论对方有没有改变，

给我的依然只是孤独感。

然而，当我毅然决然返回日本后，我没有回自己家，而是毫不迟疑地去找玖渚。

还是记忆中的蓝发少女。

容颜依旧。

宛如五年岁月根本不曾存在。

想到这些，我闭上了眼睛。

一起躺在床上是好久以前的事。

赤音小姐的忠告在耳边炸响。

“早早占有她！”

“想要成为玖渚友独一无二的人，就那么做！”

“你不是期待被玖渚喜欢，而是希望被她选中。”

“真是戏言啊。”我在黑暗中轻声低喃。

如果……

如果我说自己早已占有了玖渚，赤音小姐会鄙视我吗？

而且那并不是出于爱。

纯粹是为了破坏。

“……”

可是，赤音小姐。

那种事一点意义都没有。

千真万确。

真的没有任何意义。

如果是这样的话，

那么，我该怎么办？

请告诉我。

【注释】

① “心怀恨意”和“天然”的日语发音相近。

第五天（1）——斩首之二

0

狼死，猪，亦死。

1

我被一阵急促的敲门声惊醒。昏昏沉沉地起身，刚打开门，光小姐就像一颗炮弹似的冲入房内，一把揪住我的胸口。

“你这个混蛋！”光小姐狂躁地怒声大喊。

不对，不是光小姐！这时，我总算清醒了。就算地球上的这一秒间轮回五千遍，光小姐也不会说出“你这个混蛋”这种话。吐出这样的话，甚至一把揪住我的胸口，按常理来说，这样的动作行为不可能发生在光小姐身上，她没有这样的气势。而且，也不可能是照子小姐，那就只能是明小姐了吧?

“都是因为你，你这个畜生！混蛋！”耳边的咆哮还在继续。

即使已经想清楚是明小姐了，可一时也难以接受眼前现实。

明小姐怒不可遏，一副要出手打我的样子。不，不是要出手，而是我的前胸已经挨了几拳，我只是被明小姐的极度反常震惊到了，一时忘了痛而已。

“这种事，我已经受够了。”明小姐双肩颤抖，气息不稳，“已经烦透了，已经看不下去了，已经很不情愿了，可是为什么、为什么、为什么啊？”

“请冷静一下，明小姐。”我用力抓住明小姐的肩膀，使劲摇晃，“发生什么事了？”

明小姐没有说话，只是瞪着我。

那是一种极度怨恨的目光。

是一种从心底喷涌上来的憎恨眼神。

同时，又让人感受到直透心底的哀伤。

她什么也不说，只是这样瞪着我。

我想起了昨天光小姐说过的话“我们是这么训练过来的”，按说光小姐接受的“训练”，明小姐不可能没有经历过，可是为什么竟然如此失态？究竟发生了什么事？

终于，明小姐缓缓摇了摇头。

“对不起，抱歉，让你看到了如此不堪的一面……”说着，明小姐颓丧地低下头，“明明不是你的错，这种事，明明不是你的错……”

“不，这倒没什么。发生了什么事？”

我再次问道。

“如果发生了什么事，请告诉我。”

明小姐猛然背转过身，只说了一句“请到一楼的仓库来”，便抬脚离去。

我一时反应不过来，愣在原地。

这是演的哪一出啊？到底怎么回事？

明小姐不是和照子小姐一起离开小岛了吗？什么时候回来的？我抬手看着玖渚帮我修好的手表（显示的是镜面文字，太难辨认了），啊！已经上午十点了。我竟然睡到现在，太丢人了。

重点不是这里，无论明小姐是何时回来的，还是现在几点，还是我有没有睡过头，当前都是不值一提的小事，比这些重要的是……

更重要的是……

“明小姐，刚才说什么来着？”我喃喃自语。

一楼的仓库……吗？

一种不好的预感直袭心头。

谁在那里？

心中涌起不安。

现在，这座岛上，又发生了什么事？

不安越发强烈起来。

而且，这种预感多半是正确的，一如以前，马上会一一应验。

“喂，小友，快起来！”

“唔？早上好，阿伊，帮人家梳头发啦。”

玖渚睡眼惺忪地抬起头。是做了什么好梦吗？小脸上满满的幸福还没有消散。

“现在可不是梳头的时候，快起来，小友。”

听了我的话，玖渚揉着眼睛，迷迷糊糊地说：“那，不洗脸也可以咯。”

2

一楼仓库，门大开着。

屋内，赤音小姐趴伏在地上，垂直对着门口。因此，那个截断面，肌肉、骨骼和血管的截断面，直逼眼前，一清二楚，这幅怪诞的画面忍不住让人感慨人类也不过是有机物的团块而已。

没错！无头尸体，又一具无头尸。

跟加奈美小姐的尸身一样，从颈根处被砍掉头颅。

那具尸身穿着套装，看上去价格不菲的灰色套装，但此刻已经满是血渍，彻底被糟蹋了。纵然可以再穿，但是跟昨天加奈美小姐身上的小礼服一样，本应穿着它的人已经不在了。

煞风景的房间。

我在此度过了三天。

赤音小姐连一晚都没过完。

空荡荡的房间里，只有靠墙放着的一把木椅、挂在墙壁上的内线电话、被褥、赤音小姐带来的几本书，以及一盏台灯。

“门是锁着的吗，小光？”

伊利亚小姐问道。

“是的。”光小姐声音颤抖，再一看，她那娇小的身躯也在不停地抖动着，“是锁着的，绝对没错。”

“这么说来，凶手是从窗户进来的？”

我的视线随着伊利亚小姐的声音向上移动。

对着房门的墙壁上，也就是我们目前正向面对的墙壁顶端，有一个长方形的窗户。但是，说是窗户，其实只是一个用来采光和换气的小窗，犯人要利用它来潜入和逃脱的话，那实在是太……

此时，窗户是开着的。

室内安装着控制窗户开闭的把手，但只能从室内一侧打开或关闭。窗户开合的空间，如果硬挤的话，或许也能容许一个人钻进来。

可是，那也实在是太……

“位置也太高了吧。”我自言自语。

从那里潜入的话，等于从二楼跳下来，可要是再想从那里离开的话，无疑是插翅难飞。本来就是想着窗户在那个位置，绝对无法从那里逃脱，才提议把这间仓库作为监禁场所的。

总而言之，可以说要从那扇窗户入侵基本是不可能的。然而，唯一能够进出的房门是锁着的。换句话说，这又是一起密室杀人事件。

第二具无头尸身，第二间密室。

第二次斩首，第二次密室杀人。

“咿呀！”玖渚在我旁边低呼。

我欲言又止。

眼前的无头尸身，竟然属于被我们怀疑是凶手的人。多么具有讽刺意味。这时，除了沉默，还能再说什么呢？

头部不见了。

那就意味着跟加奈美小姐的情况一样，绝对不可能是自杀或意外身亡。

“总之，看来许多事情我们必须重新考虑。”伊利亚小姐终于开口打破了室内的沉默，“各位，我们还是到餐厅集合吧。小光，把这个房间锁上。”

这次，伊利亚小姐同样还是率先离开现场，玲小姐默默紧随其后。

“必须重新考虑……”我自虐地自说自听。

的确如此，必须重新审视至今思考、推理过的一切，而且，需要加入新的考虑。

“所以，这是连续杀人事件。”我再度苛责自己。

连续杀人事件。

就是为了防止连续杀人案的发生，我才提议将赤音小姐监禁在这种地方。可是，结果却让她成为了第二个被害者。

不是说要制造势均力敌，彼此制衡的局面吗？我究竟在期待什么？对杀人的人类，对砍下别人首级的败类，我到底在期待什么？是在期待充分展示人类智商的高明算计和阴谋吗？

我天真地以为这样的提议和安排就能限制犯人的行动了。

于是，安心了。

彻底放松了。

完全懈怠了。

沾沾自喜，得意忘形，根本没把凶手放在眼里。

结果……

赤音小姐昨晚说过的话一一回响在耳边。包括她对我的感谢。这，还能被宽恕吗？

“真是戏言啊。”我转身背对现场。

就在这时，眼角余光瞥见弥生小姐。她脸色苍白如纸，气色比昨天更差。也是，接连两天看到被斩首的尸体，脸色当然不可能好到哪里去，那毕竟不是一头猪或一只鸡。

然而，奇怪的是，弥生小姐察觉我的视线后，像要逃避似的，突然转身向餐厅走去。

“欸？”我暗自奇怪这究竟是怎么一回事。

这时，玖渚拉住我的手臂说：“阿伊，快点走啦，伊利亚一定等急了。大家都已经走了，待在这里也没用的。”

“啊？啊，是啊。”我点点头。

必须重新思考，必须开拓思路。

不管怎么说，这是一个糟糕透顶的第五天清晨。

3

还是这个餐厅。

还是这张圆桌。

短短不过两天时间，就少了两个人。

天才画家伊吹加奈美，七愚人园山赤音。

前天晚餐时两个人争吵的画面仿佛还在眼前。此时，当时针锋相对的两个人已经不在了，已经死去了，而且同样被斩首了。

“半夜两点左右，”光小姐说，“园山小姐打电话给我，说她想看的书忘在房间里，希望我给她送去。”

“然后呢？”伊利亚小姐接上话，“于是，你就按照吩咐去做了吧？”

“是的。”光小姐点点头。“那本书是武者小路实笃的《马鹿一》，是那种有点陈旧的文库本。”

“是什么书无关紧要，也就是说，那时，赤音小姐还活着，脑袋也没有消失不见？”

“是的，那时还活着。”光小姐坚定地说。

这意味着赤音小姐是在半夜两点钟以后遇害的。我多少有点意外，原本以为自己是最后一个见到赤音小姐的人。不，确切地说，我只是跟赤音小姐隔着房门交谈，实际上并未看到她本人。

赤音小姐在早上九点半左右被发现遇害了，光小姐是第一发现人。赤音小姐向来起床很准时，而且一定在固定时间用餐，今天却没有任何动静，一直没接到电话的光小姐感觉事态有异，便去了仓库查看。

起初她以为因为换了环境所以赤音小姐睡过头了，结果却是……总之，如果光小姐所言属实，那么凶杀时间就限定在半夜两点到早上九点半之间的七个半小时里，由于赤音小姐的尸体看起来并不像刚刚被杀害的样子，因此可以推断凶杀时间应该是在半夜。

“那么，”伊利亚小姐环视了一周，“接下来，跟昨天一样，我们首先进行不在场证明调查吧。”

她的语气中听不出丝毫悲伤、焦躁，反倒像是在享受一场游戏。虽然我无法洞察到伊利亚小姐的内心世界，但至少可以确定哀伤、低落或无措这类感情都跟她沾不上边。

算了！不管是谁，无论何事，总归都是别人家的事，仅此而已。

“这一次，我没有不在场证明。”大家除了沉默还是沉默，于是我便先开了口，“光小姐晚上来找玖渚，大概待到十点或十一点左右吧，然后我和玖渚就上床睡觉了。”

“同一张床吗？”伊利亚小姐意有所指地笑问。

“怎么可能！‘上床’只是一个说法，我是睡在沙发上的。”

“是吗？如果睡着了，那对方偷偷溜出去的话也不会察觉吧。”

“喂，喂，本大人可做不来这种事。”玖渚的小手“嗖”地一下打横划过自己的脖子前，“案发现场的仓库可是在一楼噢，人家一个人可是无法下楼的。”

“什么？”

不仅伊利亚小姐，在场的所有人都吃惊地注视着玖渚。不，不是所有人，还有一个人，只有一个人，那就是真姬小姐，只有她一副“早知道了”的表情，无趣地看着众人。算了，她就是个例外，不能包含在所有人里面。

“所以人家才要阿伊陪着来这里的嘛。”

对，我并不是单纯因为无聊、出于好奇才来这座岛的，而是有明确的理由，是因为被玖渚友需要，才会陪她来，才会待在这里。

玖渚身上有许多给日常生活带来障碍的性质与特征，其中最重要的有三种，而其中之一就是她无法独自进行极端的上下移动。

那是一种原则。

与其说是玖渚的性格、性质或特征，倒不如说是深植在她脑子里的一种严格的、超然的、强迫性的原则。假如硬要强迫她改变原则，玖渚就会大哭大闹，让人束手无策，从五年前开始就是那样。我以为她已经摆脱了那种心魔，但现在看来事情并没有那么简单。

“是吗？”伊利亚小姐依然一脸惊讶，“我是第一次听到有这种事呢。”

“又不是什么特别值得一提的事。不过，如果大家稍微仔细点的话，也不是很难察觉的吧。自从来到这座岛上后，你们看到过本大人一个人上下楼吗？”

吃饭时都是和我在一起，除此之外，她就一直待在房间里。

这就是玖渚友在岛上的生活。

“这么一说，还真是的，每次都是他去房间接你。可是，我们也没办法确认这事的真假呀。”

“有医生的诊断证明。”我说，“是心理因素，换言之就是一种精神方面的疾病。我想医生的诊断书应该可以证明玖渚的清白吧。”

但是，那无法证明我的清白。

伊利亚小姐思索片刻，最后调转矛头转向真姬小姐。

“姬菜小姐，你呢？”

“我在自己的房间，喝了一晚上的酒。”说着看向深夜先生，“跟那位迷人的绅士一起。”

“是这样吗，逆木先生？”

“绅士我是担当不起，但事实的确如此。”深夜先生点点头，“原本只想打扰一会儿的，结果却一直喝到天亮。”

连续喝两个通宵？真是了不起的体力。不，或许对深夜先生来说，并不是体力的问题，因为加奈美小姐的事，可能只是借酒浇愁吧。

如今，我能理解加奈美小姐对深夜先生来说是多么重要的存在，亲自教她画画，精心培养，亲眼看着她青出于蓝。

绝对是心中最在乎的人。

绝对是心中最重要的人。

“我跟姬菜小姐都没有喝醉，因此可以互相作证。”深夜先生继续说道，“大概半夜一点左右，我翻来覆去难以入睡，毕竟发生了那种事啊。于是，我就起床去了客厅，结果碰到姬菜小姐也在。姬菜小姐约我到她的房间喝酒，我就上去了，结果一直喝到天亮。”

听上去似乎无懈可击。就算不是那样，至少两个人待在真姬小姐的房间应该是真的吧。总之，不管怎样，真姬小姐和深夜先生有确切的不在场证明。

“我一直在房间里睡觉。”还没有被问到，弥生小姐就像插队似的急急开了口，“我完全没有不在场证明。不过，早上六点起床后便开始做早餐，帮忙的光小姐起码可以证明这一点。”

很奇怪，弥生小姐说话有点含糊不清，一边说一边偷窥伊利亚小姐脸上的表情。总觉得很别扭，那种怪异的态度让人不想注意都不行。我不知该如何表达，反正那种感觉让人无法忽视，可我又想不出为何会生出这样的感觉。

“哦？”伊利亚小姐撅了一下嘴唇，转而问光小姐。

“小光，你呢？”

“我半夜两点的时候拿书送给园山小姐，然后就回房睡了，一直到早上起床为止，没有不在场证明。”

“是吗？哦，对了，我自己也要交代一下。我一整晚都在自己的房间里跟小玲谈话，我们在谈哀川大师的一些事，还有今后的事情。对吧，小玲？”

听到伊利亚小姐的提名，玲小姐没有说什么，只是默默地点了点头。

“昨天白天睡多了，晚上怎么也睡不着。我和小玲结束谈话时天已经亮了，心想现在再去睡也不好，接下来就发生了早上这些事，现在，就是跟大家一起来到餐厅了。我想这可以作为不在场证明吧，大家怎么看？”

伊利亚小姐说完，不知为何却独独看向了我，那是一种满含挑衅的眼神。

我耸耸肩加以回应。

“是啊，你说得对。顺便问下，明小姐和照子小姐是什么时候回来的？”

“九点左右。”

回答我的是刚才在玖渚房里揪住我的明小姐。此刻，她好像已经完全平静下来，但目光还是有点闪烁，不敢和我对视。

“九点吗？”

我忽然记起当时明小姐说了一句很奇怪的话，好像是“已经受够了这种事”之类的。她究竟“受够了”什么呢？当时明小姐的那副模样实在太过反常。

她不像是在说加奈美小姐的事。

“那么，小明和照子也算有不在场证明了。那么……”一圈询问下来，伊利亚小姐做了总结性发言，“有不在场证明的人是逆木先生和姬菜小姐，我跟小玲，以及小明和照子。对了，另外，玖渚小姐也算吧，一共七个人。”

换句话说，就是我、佐代野弥生、千贺光三个人没有不在场证明。然而，调查不在场证明固然很重要，但眼下还有一个更为重要的，不能忽视的问题。

“那个……光小姐。”

“怎么了？”光小姐疑惑地看向我。

“我问得可能比较细，请你仔细想想，夜里两点钟你送书过去的时候，仓库的窗户是开着的还是关着的？”

光小姐双眼看向半空，思索片刻后回答：“我记得是关着的。”

“是吗。那扇窗户可以任意开启吗？”

“可以，因为原本就是一个换气窗，只要这样旋转把手，就能任意开关。但是这种操作只能从室内完成，在室外是无法进行的。因为是被完全固定的。”

“这样啊……”

这么一来，问题就更加棘手了，而且推理几乎进入了死胡同。唯一的窗户离室内地面三米多高，如果不借助梯子，不可能从那里离开，要是想从那里潜入的话，更是难上加难。

总之，又是一间“密室”，又是一起密室杀人事件。

“还有，光小姐，那个房间的钥匙是怎么管理的？会不会有备用钥匙？”

“钥匙一直由我保管，没有备用钥匙，也没有万能钥匙。”

光小姐有点不情愿地回答。这种反应也正常，因为这个回答几乎等于在说有可能作案的只有她一个人。其实，从极端客观的角度来看，现阶段的确是这种可能性最高。

但是，我并没有指出这一点，因为在赤音小姐身上，我们已经因为这样的推论酿成了大错。

“钥匙是什么样式的？”

“普通钥匙。就是这样子一转，就能锁上的那种。正式名称叫什么来着？一时想不起来了，反正就是很普通的钥匙。”

“凌晨两点钟的时候，你送了书离开时，锁上门了吗？”

“锁了，确实锁了，我确认过好几遍。”光小姐有些委屈地回答，“我很肯定。”

“是这样啊。”

真是个老实人。

老实到几乎难以承受人生之重。

我根据光小姐的态度分析，她不会是犯人。如果光小姐是犯人，她不会把房间上锁的事，甚至是半夜被叫去送书的事，向众人和盘托出。不管是什么样的人，这点脑子还是有的。

当然也不能否认有另外一种可能性，那就是采用了特意给大家造成这种错觉的策略。但是，要是朝这方面考虑的话，那就没完没了啦，也无法推理出什么结论来。

我沿着刚才的思路继续提问。

“两点钟你去房间时，里面有没有其他人？毕竟房间很暗，也说不定有人藏在哪里……”

“我没有感觉到其他人的存在。”光小姐似乎没有领会我的意图，微微歪着头，困惑地回答，“不过，我也不能百分之百确定，因为我没有进房间，就在门口把书给了园山小姐。”

“你不怕吗？”突然，弥生小姐用细若蚊蝇的声音问道。她一脸不安地看着光小姐，又继续补充说道，“那位园山小姐，说不定是犯人。而且，大半夜的，你一个人去见她，不害怕吗？”

光小姐稍加犹豫，然后还是坚定地回答。

“不，我不害怕，因为我相信园山小姐不是犯人。”

“为什么？你凭什么这么说？”

不知为何，弥生小姐紧抓住这个问题不放，语气中透露出一股咄咄逼人的气势。

“那是因为……”

光小姐为难地看着我。

原来如此啊，原来她是相信我和玖渚昨天做的分析。的确如此，听了那番说明，就没有理由只怀疑赤音小姐一个人。

我一边听着两人的对话，一边思考。可是，脑子是在高速运转，却完全理不清头绪。要说哪儿有问题，也许光小姐送书过去的时间并不是“两点”吧，但是听了她的叙述，似乎也没有那种可能。

可是，这样一来，该怎么办呢？

该往哪方面思考呢？

“不过，从严格意义上来说，那也算不上是密室，不是吗？因为窗户是开着的。”伊利亚小姐对我说，“从这点来看，就不符合密室的定义吧。”

“可是，那扇窗户又不能进出。”

“不是还有椅子吗？站在椅子上的话，应该够得着吧。”

“够不到，就算站在椅子上伸手跳跃也够不到。我们中间个子最高的是深夜先生，我想他也做不到。”

“是吗？那也就是说，伊吹小姐的情况是颜料河密室，而这次是高度密室。”伊利亚小姐面露无奈地伸开双臂，“而且，这两起事件都是斩首杀人，是这样吗？”

对！这也是一个无法忽视的问题。

为什么凶手要砍下加奈美小姐和赤音小姐的首级？脑子里一团乱麻。岛上就这么些人，从现状来看，并非通常无头尸案件中必定会出现的调包手法，可除此之外还有什么必须砍头的理由呢？难道只能当成是凶手单纯的猎奇或变态心理吗？

再进一步说，将首级带走的行径也令人百思不解。当然也可以说就是为了带走才砍下首级的，可是被砍下来的人类首级又有何用呢？

照这个思路，又该追溯到为何要杀人的问题了……欸！不知道！什么都想不通！总而言之，就是一堆让人头疼的乱麻。

可恶！从什么时候开始我这么愚蠢了？！

就在这个节点上，冷不防一道突兀的声音响起，将我拉回到现实中来。

“嗯，从客观来看，最可疑的是小光。”

听伊利亚小姐这么说，光小姐的脸色瞬间变得煞白。

“欸？那，那个，我……”

“保管钥匙的是小光，没有不在场证明的三个人之中也有小光。刚才说了，窗户虽然是开着的，但不可能从那里进出，那就只能从房门出入了吧？没有不在场证明的虽然有三个人，但只有小光手中有钥匙。”

“请等一下！”我顾不上什么礼节，硬生生打断伊利亚小姐的话，“这样不行，伊利亚小姐，这样强行断定可不行。”

“强行断定？这不正是推理吗？”

光小姐怯怯不安地看看我，又看看伊利亚小姐，不知道该怎么做，也不知道说些什么好。

“昨天赤音小姐不是说过了吗？用消除法和选择性思考决定犯人是愚蠢的做法。我当然不至于说那是愚蠢的，但至少不认为那是聪明的办法。先不说这样做出断定的人是什么想法，你想过被妄加罪名的人心中的感受吗？对他们来说，这可不是一件小事！”

“是吗？真像你说的那样吗？我倒不那么觉得。”

“我们昨天不就是经过这样的推理，才把赤音小姐认定是最大的嫌疑犯关在仓库里了吗？结果就是今天这样的情况。那样的推理只带来了这样的结果啊，伊利亚小姐！我并不是要追究、指责我们已经犯下的错误，只是觉得我们绝对不能重蹈覆辙。你能明白我的意思吗，伊利亚小姐？现在让一个人独处是很危险的。”

“现在才说这种话……”伊利亚小姐一脸笑容地看着我。若换成其他场合，那绝对算得上是极具魅力、美丽甜美的笑容，可是现在……“说到底，监禁，哦，不，是保护吧，保护园山小姐的提议不正是你提出来的吗？”

“没错，对此我也不打算做任何辩解。正因为提出监禁赤音小姐的人是我，所以我现在才有义务在此提出反驳。如果说我对赤音小姐被杀这件事负有责任，那么以己之力尽力避免重蹈覆辙才是勇担责任的最佳方式。至少现阶段要断定谁是犯人为时过早，我们必须全面考虑一切应该考虑的问题。”

真姬小姐打了一个大大的呵欠。是因为连续两晚没睡而疲倦了？还是觉得我的话很无聊？应该两方面的原因都有吧。

其他人只是袖手旁观，没有任何人开口。

“不过，我还是认为小光最可疑。”

伊利亚小姐的语气中，听不出对这个长年同处一个屋檐下，尽心尽力服侍自己的女仆的一丝关心，没有半点感伤，犹如漠然地陈述一个事不关己的客观事实，不带任何感情色彩。

我忽然明白了一个答案，玖渚友昨天晚上询问光小姐的那个问题的答案。

这个人被赤神家族逐出家门的理由。

她待在这座岛上的理由。

赤神伊利亚——在她眼里，世界是普遍平等的，平等地没有价值。因此，她才想要寻找有价值的东西，然而一直找不到她所认为的有价值的东西，所以任何事物在她看来都不值一提，什么都可以毫不迟疑地舍弃。

原以为她是因为什么具体事被驱逐。

原以为她可能做了什么才惨遭驱逐。

现在看来，这是天大的误解。即便伊利亚小姐什么都没做，她也不可能一直待在赤神财团吧。如果继续深究下去，答案还真说不准到底是伊利亚小姐被赤神家族抛弃了，还是她主动舍弃了赤神财团。

我一直觉得保护光小姐是伊利亚小姐义不容辞的责任，可是事情怎么会是这样呢？

“那么，我们就这么办吧。”我避开伊利亚小姐的目光继续提议，“总之，今后一个人单独行动是非常危险的，所以我们组队行动，大家没意见吧？伊利亚小姐，应该不用我特地强调组队的理由了吧，因为比单独行动要安全，同时也是为了互相监视。既然我刚才维护了光小姐，自然是跟光小姐组队。我、玖渚和光小姐三个人组成A组，怎么样？”

“哦，原来如此。”伊利亚小姐总算明白了我的意图，话里流露出些许欣赏，“想不到你远比外表看起来聪明嘛，嗯，说的有道理。那么，我就跟小玲、小明和照子四个人一组吧，就是B组。然后，真姬小姐、深夜先生和弥生小姐，你们三人就是C组了。深夜先生跟真姬小姐连续两天都可以互相证明清白，首先弥生小姐你可以安心跟他们一组了。假如弥生小姐是凶手，二对一的情况，真姬小姐你们也没什么好担心的。这样分配，可以吗？”

“即使不分组，大家一起一直待在同一个房间，比如待在这个餐厅里，也是可以的吧？等到哀川大师来到为止。”光小姐怯怯地看着我说，“那样的话，就不用担心任何一个人落单，而且也可以营造彼此制衡的局面。”

“那可不行！一直待在一起？一直待在这里？开什么玩笑！”

我并非针对光小姐，而是对着所有人发出宣言。

“接下来，我跟玖渚必须要开始行动了！”

4

接下来，我们首先要做的就是埋葬赤音小姐。跟昨天加奈美小姐的情况一样，我们不能就这么将她搁置在仓库里弃之不顾。既然伊利亚小姐依旧没有报警的打算，那就等于默认我们处置了。

与昨天一样，我们决定先由玖渚用数码相机记录下现场情况，然后再把尸体埋葬到后山。于是，我们必须先回玖渚的房间拿数码相机，同组的光小姐当然同行。可是，接下来的情况彻底打乱了我们的计划。

“啊——！”

刚进房间，玖渚就发出一声悲鸣。

我想一定是发生了什么，顺着视线往室内一看，立即明白了。

“这……”

“啊！哇——”一向克制的光小姐也难得惊呼出声。“太过分了！”

破坏。

惨不忍睹的破坏。

屋内一片狼藉，玖渚的三台计算机，就是那两台计算机加上一台工作站，支离破碎地散落在地上。

“哇哇！为什么会变成这样！”玖渚狂乱地奔向几乎看不出原形、内部结构完全裸露的机器，“差劲！差劲！差劲！太差劲了！

虐待狂！恶魔！这座岛上有恶魔！简直就是魔王迪亚波罗斯啊！阿伊，太惨了！呜哇！这要换作是人类，就是五脏俱损全身粉碎性骨折啊。连显示器都坏了，完了，完了！啊——这个键盘是人家好辛苦才做出来的。全息存储，还有主板，怎么会这样？都裂开了！这是怎么回事？”

玖渚彻底凌乱了。是误触了某个开关吗？这个无忧无虑的小丫头很少出现这种情况，至少从我返回日本以来，还是第一次见她这样。

“正常人哪会做这种事？啊啊啊，太过分了！阿伊！阿伊、阿伊、阿伊，你怎么看？快说啊！”

“太惨了！”看着眼前的一堆零部件，忍不住让人质疑就算这些计算机是杀父仇人，也不至于破坏到这种程度吧。“是用铁棒敲打的吧？这可不是什么洒脱的破坏。不对，应该是用柴刀之类的工具砍的吧？”

“为什么要这样做？是谁干的？还是那个犯人吗？”光小姐喃喃自语。

犯人？那个杀死加奈美小姐和赤音小姐的罪犯搞的破坏吗？可是，这样做有何意义？破坏了玖渚的计算机，犯人能得到什么好处？

“呜呜，人家好可怜，好想哭耶！”玖渚带着哭腔离开了支离破碎的计算机。“欸，算了，反正备份文件已经传回家里啦。可是，人家好辛苦才做出来的啊，谁能想到会发生这种事？哼，下次要用破坏不了的材料做主板啦。”

“是吗？有备份算是万幸了，辛辛苦苦做出来的程序至少没有泡汤。”

其实，也算不上什么不幸之中的大幸吧，因为玖渚用的计算机跟一般计算机高手的机器不同，完完全全是自己做出来的，比起里面的资料，外部的用材价值更高。

“啊！这样就看不成数码相机的记录了，相机跟计算机都被破坏了，好过分！把钱当什么了？！”

“这可不像是从你嘴里说出来的话。”我在揶揄玖渚时，突然一下子茅塞顿开，“哎？啊啊，那个……”

我忍不住兴奋地打了个响指，然后去检查了相机，果然相机被破坏得尤为彻底。这样一来，这个破坏狂的目的就昭然若揭了。

“原来如此啊，原来如此，原来这么简单。”我自言自语，“嗯，幸好如此简单易明，幸好。我还想着要是事情再复杂下去该如何是好啊。”

光小姐见我一个人在自说自话，忍不住发问。

“请问，究竟是怎么回事？犯人到底为什么要这样做？你已经想明白了吗？”

“嗯，大体知道了。光小姐昨天也看到了吧，玖渚用数码相机记录下加奈美小姐画室里的状况，然后用 USB 数据线传输到了计算机的硬盘里。先不管犯人是不是知道得这么详细，反正那些照片让犯人心惊胆战啊。”

连工作站、计算机、数码相机等设备一并彻底破坏掉，就是为了以防万一吧。

加奈美小姐的房间。

那些照片和录像。

“我想那就是罪犯的目的。”

从小豹那里取得的情报，那封电子邮件，我们从未向任何人提及，因此犯人不可能知道那些，但所有人都知道玖渚已经拍照录像。

“原来是这样啊。”玖渚沮丧地垂下双肩。

“欸！早知如此还费劲搞什么保护程序啊，根本没想到罪犯竟然用这么原始的蛮力破坏方法嘛。”

“这个房间没有上锁，”光小姐也丧气地说，“真倒霉！”

我抚摸着玖渚的头安慰她。

“呀呀呀，这么一来，我们不能悠哉悠哉地等名侦探驾到了。”我搂过玖渚的肩膀，用力抱了她一下，“我们真的不能再这么悠哉下去了。”

不知道犯人是谁、也想不出他（她）是谁，也不清楚他（她）的目的，但现在有一件事，唯独这件事最为明确不过。

那个混蛋竟然为了保护自己，破坏了玖渚友的重要东西。

OK！

既然如此，就凭这一点，我就绝不能饶了他（她）。

“咦？请、请等一下。”光小姐像是突然想起什么似的说，“这些是谁做的？”

“当然是罪犯了，虽然目前还不知道是谁。”

“可是，我们大家不是都待在餐厅吗？后来，我们三个也是直接从餐厅回来的吧。你说，谁有机会和时间能将这些破坏得如此彻底呢？”

我猛然醒悟。

直到明小姐出现为止，我和玖渚一直待在这个房间里，而且我俩也是最后一个赶到案发现场——位于一楼的仓库。当我们赶到仓库时，众人已经集合在了那里，然后大家一起直接去了餐厅。

这么一来，不对，根本用不着假设了，没有任何意义。因为理论上，没有谁，没有任何人能够进行此等规模的破坏。

“可是，不管怎么看，这都是人为破坏的样子。但是，大家又都没有这么做的时间，那，究竟是……”

不明白，这又是一个让人想不通的问题，跟加奈美小姐的密室和赤音小姐被斩首一样，让人百思不得其解，不，也不能说一样。

绝对不一样！这次的“想不通”跟迄今为止所有的“百思不解”截然不同，无关不在场证明，也不用想犯罪动机是什么，没有什么圈套，也没有设置什么机关，只有一个明明白白的事实，那就是“根本不可能”。

如果是这样的话……

“假若如此，说不定这就是打开真相之门的钥匙。”

我看看玖渚，又看看光小姐。

然后陷入沉思。

如果说这是关键的钥匙，

那么用这把钥匙才能打开的真相之门到底在哪里呢?

5

损坏的计算机已经无法修复，于是我们决定按照原计划去埋葬赤音小姐。

我们回到仓库，将赤音小姐的尸身抬到一个大型担架上，向后山的森林出发。这个担架是为了万一出现紧急情况而准备的，但不管怎么说，当时也没有预想过会出现这样的紧急情况吧。

不……

也说不定预想到了这样的情况。

这次没有使用睡袋，而是直接埋葬。光小姐抬着担架前头，我抬着后面。光小姐这个小女仆，不愧是常年干活的人，虽然身材娇小，但体力和臂力都很强壮。玖渚拿着铁锹跟在我身后。

因为我抬的是担架的后端，纵使再不情愿，还是不得不面对着赤音小姐被斩首的尸身。虽然说对尸体已经司空见惯了，但看着这种东西终究还是觉得不舒服。

走到半路，脑子里突然一个闪念。

“光小姐，赤音小姐身上的这套衣服，跟你昨天半夜给她送书的时候穿的衣服是同一套吗？”

“是的，一样。”光小姐回答，“不过，当然那时头还在脖子上。”

真是个冷笑话。

她实在不适合讲这种笑话。

因为数码相机被破坏得彻底不能用了，所以无法拍摄赤音小姐遇害的仓库内的场景，这正中犯人下怀吧。

然而，犯人一定低估了玖渚的记忆力。

“哎呀，哎呀，本大人想不通呢。如果犯人想要破坏的是加奈美的遇害现场照片，究竟是什么地方露出破绽了呢？我们拍到什么关键的证据了吗？可是人家的记忆里并没有那种东西呀。”

玖渚的脑袋瓜儿里，不仅仅记忆了昨天的现场，还有刚才仓库内的情况，一定也完美存储下来了，甚至足以媲美数码相机的精度。玖渚友被称为学者，绝不是徒有虚名的。

“有什么奇怪的地方吗？”

“嗯嗯，奇怪的地方有一大堆噢，现在正在筛选中。咦？是这儿吗？啊，不对不对……”

玖渚独自在那里嘀嘀咕咕。既然如此，还是别去打扰她为好。

我重新转向光小姐。

“埋在哪里呢，光小姐？”

“反正不能在伊吹小姐旁边吧。”

我也深有同感。

在森林里兜了一阵子，我们终于找到一块能够埋下一个人的平地，便决定在那里挖掘墓穴。

昨天埋葬加奈美小姐时，有我和深夜先生两个男人，但今天只有我一个，因此作业比较辛苦。老实说，我心里很希望深夜先生能帮忙，但他和我们不是一个组，不好开这个口，而且也不仅仅是这个原因，总觉得连续两天埋葬认识的人的尸体，一般人的心理承受不了吧。

只要不是像我这样的人，估计都做不来这种事。

“这样就可以了。”

我拨了拨前额的头发，如果现在是夏天，我肯定早已是满身大汗。我从墓穴里爬上来，将赤音小姐的尸身放进去，然后默哀片刻。虽然不知道这种行为有没有意义，但我觉得应该这样做。

“本人园山赤音，无论何时、何地，不管被谁、以什么方式、基于何种理由杀死，绝不会有任何怨言。”

这是园山赤音小姐跟我说的最后一句话。但是，真的如此吗？即便被人如此残杀，赤音小姐仍旧会像圣人那样毫无怨气地去往另一个世界吗？

我，做不到这样。

“真想看到赤音小姐能以全尸入土为安。”光小姐停顿了一下，“也希望伊吹小姐亦是如此。可恶的犯人，究竟为何要砍下头部呢？”

“这个问题一直盘旋在我们脑子里、嘴边上，当然答案也只能是无限循环的。”

那就是“不知道”。

我用铁锹铲起土块，抛洒在赤音小姐身上。明天一定会腰酸背痛的，呀，那也得是在明天我依然还能保有感受疼痛的脑神经的前提下，毕竟我也有可能是下一个被害者，虽然这种机率不是很高，但也不至于低到完全不可能。

连续杀人依然还会继续吗？

说不定在加奈美小姐和赤音小姐相继遇害以后，一切就结束了。根据玖渚昔日的朋友小豹传来的情报，虽然具体不清楚加奈美小姐和赤音小姐之间到底有何联系，但两人之间确实有某种关联，或许随着她们的被害，事情到此就结束了。不过，也不能否认这种想法有点机会主义。

终于，赤音小姐完全消失在我们的视线中。

“光小姐，既然出来了，你就顺便带我们去看看那间仓库的窗户吧，我想从外面查看一下。”

“好的。”

光小姐迈步向前走去。

玖渚跟在她后面，蓝发随风飘舞。今天还没帮她绑头发，回房间后帮她好好梳梳吧。

途中，光小姐突然转向我，神情严肃地说了一句“谢谢！”

我不明白她什么意思，满腹困惑。

“谢谢你在早餐时对我的袒护，我必须要说声谢谢。”

“啊，那个啊。倒不完全是因为对象是光小姐才出言相助，只是不想犯同样的错误。其实也不只是怕失败，反正我就是不愿意重复这种行为。”

所以我的记忆力才这么差吧。

“尤其是在现在的情况下，我更不想重蹈覆辙。”

“哇哈哈，真有阿伊的风格耶！”玖渚天真无邪地大笑起来，“不过呢，其实就是因为对象是小光才会袒护的哟，小光就像一颗棒球悄悄地落在了你的好球区的正中央了呗。嘻嘻嘻。”

“什么我的好球区？胡说八道什么呢！”

“年龄比你大，娇小玲珑，长发飘飘，身材苗条，没有戴戒指。还有，穿着女仆装，哇哈哈哈。”

“哪有最后一条？”

“或者是袒露上半身，下身穿牛仔裤啦；身穿图书馆员那种白衣，戴着眼镜啦；比自己高，头发染成茶色，身穿运动服的不良少女啦……”

“不要随便揭穿别人偏好的形象！”

真是个大嘴巴。

不过，光小姐的确是我喜欢的类型。拿击球速度来比喻，我比较喜欢明小姐那种有点激烈的个性，但是像温柔的光小姐这样比较好打的慢速球，我当然也不讨厌。至于照子小姐，会是那种终究抵挡不住的魔球吗？

呀，又开始言不及义了。

“啊……”光小姐脸上浮现出害羞的窘迫笑容，“总之，我就是想跟你说声谢谢。那个，小姐在那方面很严厉，而且这次跟昨天伊吹小姐的情况不同，怎么想都是只有我才有作案的可能，就连我自己都这么觉得。园山小姐可是处在其他人都无法进入的密室状态中，尽管这样，你还是……”

“这些事，就不要再说了，光小姐。”我有点不耐烦地打断了她。“你已经向我道过谢了，礼数很周到，我也感受到了你的诚意，所以就不用再翻来覆去地道谢了。”

“可是……”

“假如换成你是我，光小姐一定不会弃我不顾吧，在那种情况下，也一定会帮我的。”

“但是，如果真是那样，你一定会好好感谢我的。”

哎？竟然拿这话来堵我。

光小姐还真是固执呢！

这时，玖渚开了口。

“可是呢，小光，我们不是朋友吗？朋友是不会互相怀疑的，所以在人家心中，阿伊跟小光不可能是犯人的噢。”

“朋友？真的吗？”光小姐带着意外的惊喜连连点头，“我从来都没有朋友，从懂事起就待在小姐身边……”

“人家也一样没有朋友啦，阿伊也是，所以很高兴可以跟小光做朋友耶。”

玖渚亲热地拉起光小姐的手。

任谁看到这幅景象，都会情不自禁地露出微笑吧。可是，面临的现实问题是，光小姐跟玖渚要持续做朋友，应该比较困难。光小姐今后依然要待在这座岛上，时刻陪伴在伊利亚小姐左右，而玖渚则一定会离开，而且回去以后，也只会窝在自己家里。

玖渚友是孤独的。

古人云“天才是孤独的”，从这点上来说，玖渚友具有成为天才的绝对资格，不过这只能算是充分条件吧。

看着眼前这幅温馨的场景，我竟只能如此煞风景地联想到这些。欸！最孤独的是我才对吧。

“啊，到了，就是那个窗户。”

顺着光小姐的指示望去，我一时有些迷茫，因为我并未看到仓库里的那种窗户。

“莫非就是这个？”

我指着一个大约在我胸口高度的窗户问。也只能是这个了，因为从这里只能看到这一个窗户。

“没错。”

“可是，位置怎么这么低？”

“虽然从仓库里面看起来很高，但对外侧来说就是这么低矮，因为房子是依山而建的，仓库有一大半埋在山坡中。”

我一边听着光小姐的解说，一边趴在窗户上往里看。能看到沾了一点血迹的木椅，以及房门的内侧。没错，这就是我曾经住过三个晚上，赤音小姐在此遇害的那间仓库。

原来如此。建造宅邸时，建筑的一部分埋在山里，而这间仓库就是那一部分。

“这么看来，从外侧潜入并不是什么难事。”

“可是，这扇窗户不能从外侧打开啊。而且，它也不是上锁的那种形式，无论怎么摇动，都不可能打开的。”

“那有没有这种可能呀，赤音自己打开的窗户，让犯人进去了。”玖渚说，“就是有人在外面敲敲窗户，然后赤音打开了窗，结果罪犯就进去啦。”

“我不认为她会办那种引狼入室的蠢事，她可是园山赤音哦。而且这里很高，你从这里往下看，感觉更真实。反正我是不会想着从这里跳下去。”

窗户是斜向开合的类型，因此也不可能摆好姿势再跳。万一着地不慎，说不定会造成骨折，如果再是头部先着地的话，或许一下子就完蛋了。

“就算是赤音小姐自己让犯人进去的，当对方要杀她时，也应该很容易求救啊，毕竟内线电话就在手边。”

“说不定是在睡觉时被袭击的呢。啊啊啊，不对，本大人真想找个地洞钻进去啊，丢死人了。睡着的话怎么还能放人进去呢？”

“就算忽视这些问题，罪犯进去后也没办法离开。纵使是攀岩高手，这么陡峭平滑的墙壁，也不可能爬上来吧。”

“说不定是壁虎耶，哇哈哈哈。”玖渚把头伸进窗户，确认室内的情况，“嗯，是很危险耶。阿伊，可不可以抓着绳索爬上来呢？”

“绳索，不是不行啊。可是，你看看这附近有可以拴绳索的树吗？”

我四下里观望，不知是后来被砍伐的，还是原本即是如此，这附近就像一片平原，没有适合绑绳索的树木，当然也看不到类似的代用物。

“而且，垂降可不是那么简单的事。我有经验所以了解，那其实相当困难。再说了，垂降会磨破手，那种痕迹很容易被看出来的。”

“戴上手套不就好了吗？”

“话是那么说，不过我认为那种机率很小。相比之下，还不如带把梯子来呢，从窗户插进去还是比较可行的。”

“可是，你看看窗户开合的这个斜度，梯子放不进去哟。放到一半就会卡住，卡在窗户上的话，自己也进不去了呀。”

“嗯，或许吧。光小姐，岛上有梯子吗？”

“没有。”

“有没有可能客人带上岛来？”

“我想没有这种可能性吧。如果是那么大的行李，马上就会被发现的。”

“那就是绳梯。绳梯的话，可以卷起来带到岛上，也不会卡在窗户上。”

“哎呀呀，阿伊，你连自己刚说过的话都忘了吗？这里没有地方可以绑绳子耶。如果有金属钩子，倒是可以挂在墙上，可是这样的话，墙壁上一定会留下痕迹，但是你看，墙壁很光滑哟。”

玖渚说的没错。当然，这种事不用她说，脑子稍微一转就能明白，但是从确认事实的意义来说，说出来还是比较好，这也是一种综合分析吧。

我转头向光小姐询问。

“你有什么想法吗？有没有什么引起你注意的地方？”

“不，没什么特别的……”光小姐凑近窗户看了看，“可是，如果不能从房门进去，那犯人就只能从窗户潜入了。”

“潜入吗？不，或许凶手根本不用潜入。”我随口说出了心中所想，“椅子在那个位置，赤音小姐可能当时就坐在那里看书。如果用绳索做成绳套，从窗户垂下去，套住赤音小姐的脖子，然后向上拉，勒死赤音小姐后，再把尸体拉到窗口外砍下头部。这样假设，你们觉得如何？”

不可能吗？我觉得至少没有什么矛盾点。这样的话，就不用从窗户潜入，连房间都不用进就可以杀人并斩首。

矛盾点，矛盾点……

“不，还是不行。”

“为什么呢？我觉得这种推理不错啊。”光小姐不解地问，“那样的话，好像谁都可以做得到。”

“因为人类的身体并没有那么轻。”

就女性而言，赤音小姐绝对不是娇小型的，她身材高挑，体重怎么也得有五十多公斤吧。即使没有六十公斤，至少也不可能是四十多公斤。如果要从这个位置把她拉上来，不但要求绳子必须有相当大的强度，而且要求罪犯必须有强壮的臂力。至少我办不到，如果仅凭两只手就将一个人的身体拉到这么高的地方的话。”

“我们这些人中，看起来最有力量的人，应该还是深夜先生，但他有不在场证明。而且，说是体力最强，也只是相对我们而言，我想就算是深夜先生也无法将一个人拉到这么高的地方吧，更何况在拉动的过程中，赤音小姐不可能不挣扎，那就更难了。”

而且，如果挣扎抵抗的话，内线电话就在旁边，就算是只来得及把话筒踢开，也会很快被人发现的。所以，那种作案方式至少称不上是聪明的方法。

“而且，那还是必须先打开窗户才行呀。赤音先把窗户打开，然后再背对窗户坐下来，那种事情可能吗？赤音又不是笨蛋，她可是极其聪明的，这点防备心总会有吧。”

正如玖渚所言。

可恶！还以为朝真相接近了一步，结果还是在原地踏步。总觉得思考在哪个地方偏离了，可是又找不出来，真让人窝火，就像计算圆的内角和时的那种焦躁感。绝对是哪个地方出现了偏差，将一切引入绝望的偏差。我究竟在哪里弄错了什么？

心中压抑不住被耍得团团转的屈辱感。

“算了，我们先回房间吧，反正待在这里也是一无所获。”

当然，回到房间也一定是一无所获。

玖渚像是很惋惜地看着窗内，但最终什么也没说，随后赶了上来。

“怎么了？发现什么了？”

“没有啊。对了，阿伊，人家肚子饿了。”

“是吗？”

光小姐连忙说：“那我们去吃午饭吧。”

“好吧。”我点点头。

千贺照子

CHIGA TERUKO

三胞胎女仆中的三女

第五天（2）——谎言

0

你，没有其他事情要做吗？

1

伊利亚小姐叫停了光小姐的一切工作，美其名曰让她给我和玖渚帮忙。说法虽然很好听，其实大家都心知肚明，这等于是表明“不能相信嫌疑最大的人”的意思，纵然这不是全部的想法吧，但肯定也是主要的原因。

因此，吃罢午餐，我们三个人就同进同出了。

返回玖渚房间的途中，我从口袋里拿出一把匕首递给玖渚。

“你们两个先回房间吧，我有事去一下伊利亚小姐那里。喂，小友，拿好这个。”

光小姐吃了一惊。

“你一直都随身带着这么危险的东西吗？”

“少年心中总是有一把刀的。”

玖渚接过匕首，调皮地接过话尾。

“少女心中一把枪咯。小光，咱们走吧。”

“可是……”

“没问题啦，放心好啦，一切都交给阿伊吧。”

说着，玖渚半搂半抱地拉着光小姐走了。很奇怪，只要与光小姐在一起，不管什么样式的楼梯，玖渚都可以自如上下。我们三人一组也有这方面的好处。

目送她们上楼，我对自己说了句“走吧？”

随后调转方向，向伊利亚小姐的房间走去。

第二次拜见。

走到门口，我停下来，心里暗暗给自己打气，缓缓做了个深呼吸。

敲敲厚重的房门，听到房内传出回应后，推门进去。因为现在是分组集体行动，所以伊利亚小姐、玲小姐、明小姐以及照子小姐都在屋里，大家坐在沙发上优雅地品着红茶。

明小姐发现了我，尴尬地避开我的目光，似乎还为晨间在玖渚房间的失态行为不好意思。这样的反应也是自然的，可是她表现得如此明显，倒让我也有点不知所措起来。

伊利亚小姐先是盯着我，然后微微一笑。

“怎么了？嗯……怎么回事？你提出集体行动的主意，结果自己倒单独行动起来了呢。哎呀呀，这可有点伤脑筋啊，小光还在你那一组里呢……”

“伊利亚小姐！”我打断她的话，“那个，伊利亚小姐，你还是不打算报警吗？”

“完全没有此意。”伊利亚小姐直截了当地回答，一幅高高在上、爱答不理的样子，态度极其冷淡。

好，太好了！你可真是笃定啊，赤神伊利亚大小姐。

“可是，我觉得那样不太好。”

这时，玲小姐突然插话：“你要不要也来杯红茶？”

还没等我说什么，她已经起身往热水瓶的方向走去。伊利亚小姐大有深意地看了看玲小姐，但接着还是又转向我。

“现在要是警察来了，也会给你带来麻烦的吧，毕竟赤音小姐被杀，跟你的提议脱不了干系，不是吗？”

“我会不会有麻烦，现在都无所谓了，因为我天生就是为了麻烦而存在的。更重要的是，伊利亚小姐，赤神伊利亚小姐，对于自己有可能被杀害的现状，你是怎么考虑的？”

在玲小姐的敦促下，我在照子小姐旁边的空位上坐了下来，可是照子小姐看都没看我一眼，也不知她究竟在看什么，黑框眼镜后面是一双空洞的眼神，瞳孔涣散，没有焦点。不，也不能说没有焦点，只是焦点不在我身上而已。

我端起红茶，抿了一口。味道相当不错。

伊利亚小姐一直盯着我看，什么也不说，直到我自己都觉得有点不自在起来，她才开口回答我刚才的问题。

“你问我有什么想法？对目前的状况吗？很糟糕，糟糕透顶的大事件，当然不仅仅如此。那我反过来问问你吧，你又是怎么想的？”

“很危险。我不想跟杀人犯共处在同一空间。”

让玖渚跟杀人犯待在同一个场所，那是我无法容许的事情。我不知道那丫头对这个状况是怎么考虑的，摸不透她的心思，但是至少我……

“嗯？你觉得杀人是不能容许的行为吗？”

“是的。”我立刻回答，“我是这么认为的，绝对是这么想的，不管有什么理由，杀人都是最可耻的行径。”

“是吗？那么，请你告诉我，假如眼看着你就要被杀死，你会怎么办？不杀对方，自己就必然会被杀死，这时你会怎么做？默默地、毫无反抗地让别人杀掉自己吗？”

“应该会出手杀掉对方吧，我又不是什么圣人。但是，一旦那样，我同样会认为自己是最差劲的人，无论对方是……不管对方是什么样的人。”

“哦，是吗？看你的表情，好像有那种经验呢。”

伊利亚小姐笑了，那种怪异的笑容让人极不舒服。

那是一种位于绝对优势者、立于压倒性地位者所特有的不善笑容。

我觉得这样的感觉、这样的笑容似曾相识，跟某个人很像。

对！是加奈美小姐，我曾从她的脸上看到过这种“连这都不知道吗？”的鄙夷笑容。可是，作为正常人的伊利亚小姐为何能够展露出跟天才画家伊吹加奈美同样的笑容呢？

“你觉得杀人必须受到惩罚？喂，你有没有听过这样的事？在老鼠面前放置诱饵，当看到老鼠想要吃诱饵时，就通上电。这时，你觉得老鼠会怎么做？”

“老鼠有学习能力，所以会停下不吃吧。”

“不对。因为老鼠有学习能力，所以会在没有通电时吃掉诱饵。”

“人类并不是老鼠。”

“老鼠也不是人类。”

伊利亚小姐双手一拍。

“好，既然说了这么多，那你回答我一个问题吧。为什么不能杀人？”

伊利亚小姐提了一个单纯到中学生才会问的问题，但她看起来并不像是在开玩笑。

“因为法律上就是这么规定的，只有这样才能形成良好的社会生活秩序，既然自己不想被杀所以也不该去杀人。”

“毫无说服力。”

“我也觉得如此，所以我决定这样回答你的问题。没有任何理由。杀人是需要理由的，也许是生气，也许是压抑不住这种想法，不管是什么理由，反正不可能无缘无故地杀人。但是，那并不是选择，不是非要在杀与不杀间做出选择，那不过是一些假装自己是哈姆雷特的家伙的自我安慰罢了。一旦抱有那种疑问，就已经失去了做人的资格。”

为此苦恼的我是不是很了不起？开什么玩笑，我才……

我继续发表着自己的观点。

“不可以杀人，绝对不能杀人，这不需要任何理由。”

“嗯？是吗？”伊利亚小姐敷衍地回应，“我也能理解你的想法。现在的问题是，只要找出凶手来，事件就会结束吧。幸好，哀川大师很快就要来了，等他来了，就能知道谁是犯人了。”

“我不认识那个叫哀川的人。”

“我认识不就行了？小明，告诉他哀川大师什么时候到访。”

“三天后。”明小姐应声回答，但依然没有看我，“哀川大师答应提前来，所以……”

“你听到了吧。只要找出凶手，你就可以离开了。让你待在本岛的理由，不过是因为你有嫌疑。没有任何才能、没有任何魅力，你待在这儿的理由也只能是这个了。不要忘了，无论是伊吹小姐事件还是园山小姐事件，你可都没有不在场证明哟。”

“咣当”一声，我将只喝了一半茶水的杯子重重放到茶盘上，然后故意深深地叹了一口气，才缓缓地站起身来。

“告辞了。我们似乎语言不通，根本无法沟通。”

“我也有这种感觉呢。”伊利亚小姐嫣然一笑，“请走那边离开。”

这时，玲小姐对我旁边的照子小姐吩咐道：“照子，你送他回房吧。”接着又补充道，“现在这个时候，最好不要一个人单独行动。照子，有你去送我就安心了。”

照子小姐猛一点头，从沙发上站了起来。我不明白玲小姐说的“安心”是什么意思，一时没反应过来，还在那儿呆坐着，可照子小姐根本不管我，兀自向门口走去。我慌忙站起身追随着她的背影，离开了伊利亚小姐的房间。

等我来到走廊，照子小姐已经走出了很远。真是的！送客的倒先离开了房间，什么意思？我依旧无法理解照子小姐的思维，那也不是单纯的我行我素的感觉。我稍微加快脚步，追上了她。

我又想起了刚才的场景。

可恶！根本就是话不投机半句多。虽然原本已经做好了谈不拢也正常的心理准备，但怎么也没想到竟是这样的结果。伊利亚小姐似乎非常信任那个“哀川大师”，可是，现实中真的存在推理小说中的名侦探那样的人物吗？

如果有就好了，我深切地认为。

不，应该说是深切的期盼。

甚至是深切地祈求。

“这也是戏言吧……”我不自禁再次深深叹了口气。

不管怎么样，再重来一次吧，毕竟得不到这里的主人伊利亚小姐的协助，事情就不可能有所进展。虽不至于达到引以为豪的程度，但我这个人的韧性还是很强的，不会轻易屈服，也不会轻易妥协，绝不轻易退缩。

“……”

咦？

刚才是谁在说话？好像从哪里传来说话声，但四下里看了看，走廊上除了我与照子小姐以外，一个人都没有。是心理作用吗？是我听错了？竟然出现了幻听，可见我的精神相当不稳定。

哎？

不对！声音是从前方传来的。

这样的话……

可能性只有一个，虽然极低，但还是有这样的可能性。尽管我很清楚理论上那种事情不可能发生，但心里还是保留着这种假设，她也许不会那样做，或许也有可能那样做。

于是，我赶紧上前两步向女仆搭话。

“照子小姐，刚才你说了什么吗？”

果然……

一听见我的声音，照子小姐便停下脚步。

“我说你最好去死。”

一句话堵得我无话可说。

这是照子小姐第一次在我面前说话，可是我第一次听到她说的话竟然是“最好去死”。不管怎么说都太过分了吧，怎么会发生这种情况？

说完，照子小姐转过身来，双眸透过镜片盯着我，仿佛在用眼神斥责我一样。我不由得后退一步，但还是迎视她的目光，等待她说什么或做什么。可是，照子小姐就那样一直瞪着我，一句话都不说。过了一阵，我意识到自己在耐力上绝对战胜不了她，于是我选择漠视，准备继续前行。然而，我刚一迈脚，就被照子小姐一把抓住胳膊，用力一握。

顿时，我的手肘附近就泛起了麻酥酥的疼痛感，像是有股电流穿过一般。

照子小姐就那样抓着我的手臂，将我拖入附近的房间，反手关上门，又硬生生地将我按坐到沙发上，然后一下坐到我对面，摘下了黑框眼镜。

“你的眼镜是平光的？”

“为了容易区别。”

照子小姐抬起头。

说话的声音也跟明小姐和光小姐一模一样，清亮、悦耳。

“是这样啊。”

“骗你的！只是不想看见你这张脸。”

我又无言以对了。

结果她又来了一句：“骗你的！只是想看看你那种表情。”

“找我有什么事？”

我完全猜不透照子小姐的意图，但心里明白如果一味地被她压制会很麻烦，于是想借这个问题夺回主导权。然而，照子小姐根本不回答，只是滴溜溜地转着眼珠四下查看。

过了一会儿，照子小姐冷不防开了口：“给你一个忠告。”冷冰冰的语调就像对着我身后的幽灵说话一样，“你一个人活着比较好。有你待在身边，大家都深感困扰。”

怎么会……

要说我反感什么，那就是摘下眼镜的照子小姐与明小姐和光小姐从外貌到声音一模一样。被真姬小姐那种人说教倒也罢了，现在却被一个小小的女仆这么说，说实话，一时有点无法接受。

甚至有一种遭人背叛的感觉。

“只会给他人带来困扰的人，还是不要做人了。如果做不到这一点，那就必须一个人生活。我是这样认为的。”

“为什么这么说？”

“因为我就是那样。”

简单明了的答案。

照子小姐的表情没有变化，完全没有丝毫变化。

“可是，你在这里和其他人一起……”

“所以我们已经放弃做人了。”

我们？我们，都包括谁呢？

“早上，小明做了失礼的事，我向你道歉。”

照子小姐突然转变了话题，但那种淡淡的表情和语调一点也没变。

“为什么是你道歉？”

“那个人是我。”

“什，什么？”

照子小姐不理会我的错愕，继续平静地说着：“虽然不是我，不过是我的身体。我们三姐妹共有三个身体，三个人都是三重人格，三个人的人格与记忆完全一致。所以，早上骂你的人确实是小明，不过身体是我。”

“你在骗人吧？”

“骗你的！”照子小姐神色自若地说。

这个人，在搞什么啊？她可能就是那种难对付的魔球，完全找不到击球点。

“那么，闲聊到此为止。”

什么？这能算是闲聊？

“言归正传，你不要总在小姐面前提什么警察警察的。小姐虽然很能忍，但容忍也是有限度的。”

“为什么伊利亚小姐那么排斥报警？说什么不想让外人来打破岛上的平静，完全没有说服力啊。”

而且，岛上的平静不是早已被打乱了吗？

更何况，那个人压根儿就不期望平静吧。

“你想知道？”

“是，很想知道。”

照子小姐站了起来，走到我的身旁。

突然，她“咻”地弯下腰逼近我，像是要贴在我身上一样。

耳边响起她毫无起伏的平淡语调。

“因为，没有喜欢警察的罪犯。”

我又惊又疑，不明白她为什么说出这样一句话。

“你一定觉得奇怪吧，小姐为何会一个人生活在这个荒岛上。你觉得是什么原因？”

“是因为她那种性格吗？”

“因为失败了。”

照子小姐说话没有任何条理，东一句西一句，根本不知道她到底要说什么。身为三胞胎姐妹，在同样的环境下成长起来，性格怎么会有这么大的差别呢？照这样看来，说不定三重人格还真不是唬人的。

“那个，失败了，指的是……”

“玖渚小姐无法独自进行极端的上下移动，因此你才陪在她身边，对吧？”

“是的，没错。”

这个人跟别人谈话，是不是从来不管别人想什么、问什么，只会自说自话？

“那个……跟我们现在说的有关吗？”

“小姐与此相反。”

照子小姐根本无视我的问话和反应，自顾自地木然讲述着，就像在机械地朗读剧本，没有抑扬顿挫，也不带任何感情色彩。

“所以才会待在没有任何人的孤岛上。”

我还没来得及消化这句话，照子小姐连口气都不喘地又抛出了一个炸弹。

“你见过小姐的左手臂吗？只要你看过她手腕上那些纵横交错的伤痕，你就能理解了。”

手腕上的……伤痕？

尽管仍在朗读剧本，但照子小姐的语气中不乏认真。

“那叫做杀伤症候群。你有所了解吧？”

杀伤症候群？ D.L.L.R syndrome 吗？

这个类型的综合征，我的确了解一些。属于自动症的一种，犯病时无法控制自残或伤害他人的行为，可以说是自动症中最严重的一种精神疾病。总之，超乎想象的凶险，性质极为恶劣，后果极为严重。

我参加ER计划时，只读过相关资料，从未见过实例。但是我认识一个见识过此病例的人，据他说："那种能做到毫无罪恶感地杀人的人，实在太可怕了。"

如果是这样，那真的很可怕。

伊利亚小姐就是那样的人吗？

但是，D.L.L.R这种精神疾病极其罕见，以至于有人怀疑它到底存不存在，而且它属于强迫性的心因性疾病，发病的可能性非常低。日本迄今尚未发现该病病例，据说在美国也是寥寥无几。呀，连这个也是大数法则之一吗？

"照子小姐，那是……"

"如同我们是三胞胎，小姐也有一个双胞胎妹妹，二小姐名叫奥德特。"

两姐妹的名字源自《伊利亚特》和《奥德赛》两部史诗吗？

哦？原来如此。

"是吗。那位奥德特小姐如今在哪里，做什么呢？"

"死了。"

"真的？"

"真的。杀死奥德特小姐的不是别人，正是伊利亚小姐。我说的意思，你懂了吧？这其中的缘由，现在明白了吧？你竟然当着小姐的面口吐狂言，说什么不管有什么理由，杀人都是最可耻的，最差劲的。”

“我并不是那种意思。”

“不管你是什么意思，都已经没有任何意义了。总之，现在你知道不能报警的理由了吧，知道了就老老实实回房间去，别再兴风作浪了。”

还未说完，照子小姐就从沙发上站了起来，摆明了一副“我该说的都说完了，不用再看你这张脸了”的态度。

可是，可是，照子小姐。

“请不要兴风作浪。”

这是……这是我的台词啊。

“照子小姐！”

眼看照子小姐就要走出去，我不由得朝着她的背影大喊。

虽然我没有指望……但出乎意料，已走到门口的照子小姐停下了脚步。

“什么事？”

“比如说……”

例如，例如……

“如果一个孩子出生之后，十年的时间，没有跟任何人，甚至没有跟父母说过话，一直被关在地下室里，这样长大的孩子会成为什么样的人，你能想象吗？”

照子小姐没有回答。

当然，我也并未指望她能说什么，只是想问问她而已。

这个人——木讷、平淡、沉静地活着的她。对我来说，或许……

“我跟你是完全不同的人！”

犹如看穿我的内心一般，照子小姐头也不回地、语气严厉地说道。

“请不要随意滋生同族意识，这样会让人恶心，令人作呕，而且会给别人带来困扰。”

“那还真是抱歉了。”

“这个世界上没有你的同类，不只这里，无论哪个世界都没有。恕我直言，你就是一个脱离常轨的人。”

“不想被人这样说，尤其是你。”

“正因为是我才会这样说，除了我以外，也不会有人说了。”照子小姐依然没有回头，“你好像还不明白姬菜小姐为什么偏偏看你不顺眼，可是理由很明显呢，因为姬菜小姐能够洞悉你的内心。你说，有谁会喜欢肮脏的东西？”

除了震惊，我没有任何反应。

“我是说你很肮脏。”

“那种话就不必重复了。我的想法，我自己最清楚。”

“你清楚？既然什么都明白，还能如此心安理得地活着？实在佩服你的厚颜无耻，你的内心可真强大。还是说，你认为自己藏着的龌龊暴露出来后，依然会有人喜欢你？相信依然会有人选择你？这样的盲目自信就是脱离常轨。”

一番激烈的扫射让我无力还击。

直击心扉。

这些话重重打击了我。

眼前浮现的是自己轰然倒地的虚幻画面。

脆变。

粉碎。

照子小姐的声音还在继续。

“在身体里豢养那般骇人的怪物，还想与他人纠缠，如意算盘打过头了。恬不知耻也该有个限度，世界不可能容许你肆意妄为，未免太狂妄自大了。所以你……”

照子小姐打开了房门。

在那同时，突然回头。

冰冷的眼神射过来。

带着打心底涌上来的嫌恶。

然后，银牙紧咬，从牙缝里挤出这几个字。

“最好去死！”

“砰”的一声，伴随着这道冷酷无情的声音，房门紧紧闭合。

空留一室静寂给我。

虚脱般的无力感传遍全身的每一个角落。就像刚刚挣开束缚的那种感觉，却没有半点解放的兴奋和喜悦。

“可恶！”

何等滑稽!

被击溃的感觉。

体无完肤的感觉。

“简直是戏言中的戏言。”

怎么就演变成了这样？照子小姐的话，一句接一句再次响彻在耳边。不同于昨日与赤音小姐的对谈，照子小姐的话里全无章法，但正因为如此，正因为毫无道理，没有任何解释，才不急不缓地挑开了真实的面纱。

“啊啊，遭到暴击伤害了呢。”

我甩甩头，想要让自己不再去想刚才那些话。如今，要考虑的事情不是那些。

我起身离开房间。站在走廊中，四下看了一遍又一遍，也没找到照子小姐的身影。腿脚还真是快啊，这点也跟我比较像呢。

总之，当前最重要的是梳理来自照子小姐的信息。

手腕的伤痕。

伊利亚小姐的背景。

杀死妹妹，因此被流放外岛。

杀伤症候群。

自动症。

……

想想这些，也可以理解她为何不愿报警了。

咦?

我猛地停下脚步。

“等、等等！”

昨天，就是昨天，伊利亚小姐不是在我面前换衣服了吗？就是我第一次拜访她的时候。

可是，手腕上根本就没有任何伤痕啊。当然，我当时也没有一直盯着她看，但如果是像照子小姐说的那种一道道纵横交错的明显伤痕，我不可能注意不到。

“喂，喂，喂，喂！”我挠了挠头，“怎么回事！究竟什么意思嘛！”

显而易见，照子小姐是个大骗子，撒了个弥天大谎。

跟我……一样。

2

返回玖渚房间的途中，我碰到真姬小姐、深夜先生和弥生小姐的三人组，他们三个似乎正准备去用餐。我有点儿羡慕真姬小姐和深夜先生，他们跟弥生小姐同组，随时可以享用到美食。当然，我说这些，并不是对光小姐的厨艺有什么不满。

“哇哈哈，少年！哇……哈哈哈哈哈！哇……哈哈哈哈哈哈！”

真姬小姐刚见我就突然狂笑不止。屡次被她戏弄，如今再看到她这样倒也不会再去想什么失礼不失礼的问题了，我已经麻木了，就像看惯了季节交替之际变换的风景一般。

“怎么了？真姬小姐，不管什么时候看见你，你总是、总是这么兴致高昂呢。”

“哇哈哈，少年，你好像被照子小姐耍得团团转哦。啊哈哈，笑死人了。耶！耶！活该！”

“你怎么知道？”

“笨死了，到现在还问我这种问题。哎呀呀，节目相当有趣哟，优柔寡断的家伙。你的人生可真精彩，我都羡慕你呢。”

羡慕我？大概是她的人生太乏味了吧。过去的事、现在的事、未来的事，无不了然于心，就像永无止境地欣赏一部熟知情节的电影，根本享受不到人生的乐趣和成就。

“不是你想的那样。”真姬小姐耸耸肩，嗤笑一声，一脸嘲弄的表情。

可能是喝了酒的缘故，她莫名地兴奋着。难道脑子也乱成一片了吗？

啊！遭到她愤怒的瞪视。

“喂，你这种时候一个人待在这里，没关系吗？”

深夜先生依然有点萎靡不振，但似乎已经恢复了往日的沉静，气色也还不错。都说时间是残酷的，但时间也是痛苦的良药，对任何人都是温柔的。

“玖渚小姐和光小姐，两个人都那么娇小，你扔下她们能放心？光小姐还是目前最可疑的人，搞不好你宝贝的玖渚有危险呢。”

深夜先生半开玩笑，但似乎真的替我担心。

“多谢忠告。”我低头致谢。

“呵呵呵，那我们就先行一步咯，犹豫不决先生！不要忘了努力、拼命思考哟。”

真姬小姐坏笑着转过身去。深夜先生瞥了她一眼，然后温柔地安慰我：“如果你是对园山小姐的死而内疚，我倒觉得你不必如此介怀，毕竟你已经尽力了，那以上的事、那以外的事都是你无力应对的，你已经做到最好了。”

“谢谢！”

我再次鞠躬致谢。

“那么，待会见。”

深夜先生也转身离去。

弥生小姐颇有深意地频频看着我，但最终一句话没说，只是轻轻点了点头，便追上那两人一起走去餐厅。

“怎么回事？”

虽谈不上可疑吧，但的确让人感到有点不可思议。

“或许是我敏感了，并没有什么值得在意的事吧。”

我自我安慰着。

房间里，玖渚对着那一地粉碎的计算机零件不知在忙活什么，光小姐则在打扫房间。据说光小姐见不得脏乱，发现哪儿脏了就非得打扫干净不可。想想还真是，不管什么时候看见她，都是在打扫卫生，这也是一种职业病吧。哎，这岛上就没个正常人吗？

“哇哦，阿伊，你回来得正好耶。”

“怎么了？”

“帮人家绑头发啦。”

“知道啦。”我走到玖渚背后，打算帮她绑成满头的三股麻花辫，于是挑起一小撮蓝发，开始仔细编起来。玖渚一幅放下心来的样子，“呼——”地长舒了一口气，继而露出享受的表情。

“友小姐，那堆破烂可以收拾了吗？”

“不要说是破烂嘛，还有一些零件可以用的呀，人家正在回收啦。不重复利用可不行，为了保护地球要资源回收，必须资源回收，循环利用可是非常重要的噢。唔……可是要怎么利用呢？做个打倒罪犯的秘密武器吗？”

真是个不服输的丫头。虽然我自己从未奢想着要变成那样，但非常佩服玖渚这种积极的思维方式，尽管那只是因为她不知消极、悲观为何物。

我长长地叹了一口气。

“对了，光小姐，有没有笔记本什么的？另外，还需要支笔。”

“那个柜子里就有。要做什么？”

“想整理一下目前的信息。”

昨天做了不在场证明表，可是那些资料已经随计算机一道毁灭，所以现在得重新做，还要加入最新获得的信息。

“明白了。”光小姐朝橱柜走去。

“啊！对了，小友，忘了告诉你，我知道那幅画哪里奇怪了。”

“什么？哦，哦，对呀，你好像说过的耶，阿伊。哪里奇怪啊？”

“表，手表。”

“手表？”

对，没错，就是手表的问题。我去加奈美小姐的画室充当模特时，并没有戴手表。那时手表恰好坏了，当时摘下来让玖渚帮我修理，所以我确定那时绝对没有戴手表。

然而……

那幅画上，我手腕上是戴着手表的。

“哎？是不是画错了？”玖渚脸上闪过一道惊讶，但马上又恢复如常，提出一个极其普通的疑问。“本大人不觉得那是什么要紧的问题。”

“嗯，或许吧。”

“是哪一个？”

“什么哪一个？说明白点。”

“表盘是什么样的，什么都没有画出来吗？是数字的，还是本大人改成的那种镜面文字？”

“啊？那个看不到啦。你看，我都是这样把表盘朝内侧戴着的，从正面看不出来。”

“嗯？”玖渚点点头，思索片刻后说着，“人家还是觉得那只是单纯的画错了呢。”

接着又稍兴奋地做出补充。

“不过呢，阿伊，本大人也有注意到的问题耶。那个，应该说是赤音被杀事件呢，还是赤音的无头尸身呢？怎么说好呢？”

“你到底想说什么？”

“就是手啦。”玖渚侧着头，双手抱臂，“也不是手，要不就是手指？哎呀，反正就是觉得不自然，非常不自然。呜呜，本大人的记忆力好像已经过了巅峰期开始下降了，现在脑子里就像打了马赛克一样。喂，小光，你有没有发现手或手指哪里怪怪的？

“没有。”

不知何时折回来的光小姐，挨着玖渚坐在了我对面的地毯上。

“久等了，这是纸和笔。”

“谢谢！”

我从光小姐手中接过笔记本，一边回想着昨天做的表格，一边绘制岛上所有人在伊吹加奈美、园山赤音两起杀人事件中不在场证明的表格。

伊吹加奈美	被杀
	—
圆山赤音	地震前 ×
	地震后 ×
	被杀
玖渚友	地震前 ○（阿伊，光，真姬，深夜）
	地震后 ×
	○（无法独自上下楼）
佐代野弥生	地震前 ○（伊利亚，玲）

地震后 ×

×（睡觉）

千贺明　　地震前 △（照子）

地震后 ×

○（离岛）

千贺光　　地震前 ○（阿伊，友，真姬，深夜）

地震后 ×

×

千贺照子　　地震前 △（明）

地震后 ×

○（离岛）

逆木深夜　　地震前 ○（阿伊，友，真姬，光）

地震后 ○（真姬）

○（真姬）

班田玲　　地震前 ○（伊利亚，弥生）

地震后 △（伊利亚）

△（伊利亚）

姬菜真姬	地震前 ○（阿伊，友，光，深夜）
	地震后 ○（深夜）
	○（深夜）
赤神伊利亚	地震前 ○（玲，弥生）
	地震后 △（玲）
	△（玲）

嗯，大概就是这样吧。

我看着写好的表格，却不由得叹了口气。

“不在场证明吗？可是，要说这种东西有多大意义，还真是没什么意义。截止到目前为止，我们都没把共同作案的可能性纳入考虑范围，如果存在共犯的话，那不在场证明又有何意义呢？尤其是那种两个人或三个人互相作证的不在场证明。”

即使不是犯人，也有可能不愿被怀疑而撒谎。考虑到这种可能性，那就更不能单纯盲信这些信息了。

虽然明知道推理不出什么结果，我还是试着归纳两起事件的概要。

第一起事件

被害者	伊吹加奈美

状况	密室
	颜料河
	（已解决）
作案时间	晚上
	推断为地震后
其他	无头尸
	凶手不明

第二起事件

被害者	园山赤音
状况	密室
	高处敞开的窗户
	（未解决）
作案时间	凌晨两点至上午九点半
其他	无头尸

“然后，还是凶手不明啊。”

写下最后这几个字，我放下了手中的笔。

“你忘了第三起事件啦，阿——伊——！”玖渚登时发出抗议声，“哎呀呀，人家好可怜呢。”

“啊啊，是的。虽然不怎么起眼，但的确也是一个未解之谜。”

“哼，怎么可以说不显眼呢？！对人家来说，可是比被砍头更加悲惨哟。那样做，还不如直接把人家的头砍掉算了，呜呜呜。”

“好，好，好！”我重又拿起笔来。

第三起事件

被害者	玖渚友（的计算机设备）
状况	非密室 没锁门，可以自由出入
作案时间	早上十点至早餐结束 但是该期间内，岛上所有人都聚在一起 时间密室？
其他	推断破坏狂的目的为伊吹加奈美事件的毁坏现场照片

“时间上的密室吗？”

第一个密室是颜料河形成的平面密室，第二个密室是难以出入的高窗形成的高度密室，然后，第三个密室就是时间上的了吗？

“二维，三维，四维，对吧？”

“单就你说的这几个词，还真像是什么不得了的大规模事件……光小姐，虽然现在问这个问题，可能会将推论的前提完全推翻，但我还是想问你一下，这座岛上除了我们这些人以外，有没有可能还有其他人存在？”

“不可能。”光小姐果断地回答，“因为只有一个地方可以靠岸，而且我们长年居住在岛上，我敢保证绝对没有那种可能。”

“是吗？”

可是如果不那么考虑，实在无法解释玖渚的计算机被毁事件。凭借聪明及计谋可以制造出平面或高度密室，但人类目前绝对没有在时间上为所欲为的能力。

“所以说，是用了什么伎俩吧，例如遥控操作之类的。然而，这很明显是人为的破坏呀。”

“光小姐，大家聚在餐厅时，会不会有人趁乱偷偷溜出去了？毕竟当时大家的注意力都集中在赤音小姐被斩首的焦点上了，或许没有注意到少了一个人。也许犯人就是瞅准了这个机会……”

“我觉得不太会发生那种事。”

光小姐否定了我的想法。

其实，我也就是随便说说，毕竟连我自己都难以认同。如果真有人偷偷溜出去，怎么可能会察觉不到呢。

“第一起事件，不管是谁都可以办到，虽然目前还不能确定有无共犯，但作案方法已经被破解，所以不能算是密室了。第二起事件，构造这间密室的作案方法，一无所知。”

“可是，理论上不是只有我可以办到吗？”光小姐说。

我点点头，现在倒是还无法否认。

“然后，第三起事件，这是谁都无法办到的。而且，连可行的方法都没有。”

就是这样，事件的难度蹭蹭蹿升，从这点来看，不禁让人担心下次会发生什么样的大事。“这，究竟是什么样的循环啊？”

“嗯，虽然未必是罪犯的有意为之，但绝不是一句凑巧就能解释清楚的事。”

“算了，再想下去也是自寻烦恼。管它什么不在场证明、密室、圈套、伎俩、机关、伪装，这些都无所谓了。假如说是有人制造出了我们难以想象的谜局，那我们现在就把自己当作设局人吧。”

“就是模拟系统咯。”

虽然我不太明白玖渚说的什么意思，但还是随口应道：“对！就是那个。”

制造谜局远比破解谜局更难，这是推理小说中用滥了的经典句子。但我并不这么认为，我觉得制造一个圈套或谜局更简单，因为制造者可以根据自己的喜好，按照自己的思考和推理设局，甚至刻意加入一些诱导性因素，而解密者则只能根据自己看到的尝试推理。

所以，我们现在就把所有看到的、听到的都束之高阁吧，不要受其影响。

“可是，至少还是考虑一下不在场证明比较好吧？我们手中的情报太少了。”光小姐如此建议，“如果从感性出发，那每个人看起来都很可疑啊。伊吹小姐被杀，我们怀疑园山小姐，不就是认为她俩关系不好吗？可是，结果却……”

“可是，杀死加奈美小姐的凶手是赤音小姐，这个结论在当时是显而易见的。”

然而，被认定是凶手的赤音小姐却被杀了。

“园山小姐杀死了伊吹小姐，有人为了复仇就把园山小姐杀了，这样考虑如何？”

“假定是这样的话，那最有可能杀害赤音小姐的人，首先就是深夜先生了，因为他既是看护，又是加奈美小姐最亲密的人。”

“但是，深夜有不在场证明哟。好，不在场证明放在一边，可是深夜怎么知道赤音就是凶手的呢?

“也许只是他主观认定吧。因为误会而复仇，这种事虽然不常有，但也不是完全没有。话说到这儿，喂，你们没想过吗，不觉得奇怪？深夜先生跟真姬小姐，连续两天互相证明清白，而且都是深更半夜，这个时间点的不在场证明，反而让人觉得可疑啊。”

“可疑……也许是姬菜小姐为了配合深夜先生才那么说的吧。可是，那个姬菜小姐，不像是那种会配合别人的类型。”

姬菜真姬，天才占卜师，难以用言语描述的超能力者，能够窥探他人的思想，也能聆听世间的一切，绝对的强者。她哪个方面跟玖渚很相似，不可思议的……

“怎么？你迷上真姬了吗，阿伊？”

“怎么可能！不过，要想让拥有那种磁场的怪人干点正常的事，肯定得费不少劲吧。”

想来想去，还是没有任何结果，感觉自己才思枯竭，陷入进退维谷的境地。还能再从哪儿切入呢?

“赤音小姐好像预测到自己被杀。”

“欸？”光小姐吃惊地探过身子，“怎么回事？”

“反正就是那种感觉。昨天晚上，我们隔着房门交谈，那个时候就觉得她好像已经意识到将要发生什么事，甚至还引用了良宽禅师的话，这可不像她的风格。”

“唔，说不定赤音已经知道谁是犯人啦。”玖渚不无钦佩地说。

的确，那并非不可能。如果说 ER3 组织的七愚人园山赤音，即使不进行任何的搜查和调查就能推理出凶手是谁，绝对不会有人提出质疑。

“对了，光小姐，我刚才跟照子小姐说过话。”

“欸？欸？”光小姐仿佛听见了什么惊世骇俗的事，猛然转过身来。看她那样子，不是吃惊，根本就是不可置信，像是在说“我不明白你为什么要撒这种谎”。

“你是说照子，照子她说话了？”

“啊，我也很惊讶，但更让我吃惊的是她说的内容。”

于是，我把照子小姐说的话转述给玖渚和光小姐，当然，自动删除了后半部分内容，我可不想留下什么笑柄。

“就是这么一回事。光小姐，她说的到底有多少是真的？”

“这个……”她一脸为难，端起茶杯装糊涂，“呃，那个，嗯……”

“明小姐今天早上也说了很奇怪的话，‘已经受够了’什么的。光小姐，这究竟是怎么回事？”

光小姐仍旧一副为难的样子，想闭口不谈，但是过了一会儿，像是终于下定决心似的抬起了头，尽管眼里依然满是犹豫之色，眼睛睁开闭上，闭上又睁开，最后还是开了口。

“全部都是真的。”

这……这实在是让人震惊的答案。

这回轮到我沉默了，一时不知该说什么，难以消化自己听到的。全部？什么？刚才，这个人说了什么？

“事已至此，我相信你，那就告诉你吧……你是我的恩人。”虽然这样说了，但光小姐又停下来低下了头，犹豫好一会儿，才再次抬起头说出来。

“小姐的确是法律上的罪犯。我们是在知晓一切的前提下侍奉小姐的。”

“所以，才不报警吗？”

“我们只是服侍小姐，其他什么事都不管，也做不了主。来到这座岛上后，也发生了许多事，跟那位哀川大师就是在那时认识的。”

许多？许多？是指什么？岛上发生的事件吧……岛上的事件？

说到这里，我忽然想起来，确实，前天晚上……

“喂，小友！”

“干吗？阿伊。”

“你那天晚上好像说了‘对这座岛以前发生的事件感兴趣’什么的，是我的记忆又出错了吗？”

“没记错噢。”

“那你知道是什么事？”

“嗯。”玖渚难得温柔地笑了笑，“其实是很有名的事件啦，知道的人很多的，不过大家都不说就是了，毕竟没有人愿意也没人敢与赤神财团为敌嘛。”

原来如此。玖渚的那种兴趣还是跟以前一样啊。我倒不是要撤回以前说她变了的观点，而是觉得五年的岁月，依然没能改变得了她的本性。

“小豹的情报里其实也提到了那些事，不过人家觉得还是瞒着阿伊比较好啦。”

“为什么要这样？”

“因为你会摆出这种脸嘛。”

又是一个原来如此。

又是那种全身无力的虚脱感。

光小姐淡淡地，不，应该是期期艾艾、有点苦恼地继续诉说。

“沙龙计划开始以后，小姐也慢慢平静下来……小明那种厌倦的心情，我也能够体会。可是，我们……这个……这就是我们的工作嘛。”

工作……吗？如果真是那样，那可真是了不起，我打心眼里佩服。我无比尊敬那些不管是什么事，都始终坚持为自己的使命而活着的人，因为那是我无论如何都做不到的。

光小姐也完完全全、彻彻底底想通一切了吗？

“是吗？是这样吗？”

然而，即便如此，那，又会怎样呢？如果犯人了解这种情况，知道伊利亚小姐有不能报警的隐情，假如犯人知道了这件事的话……

那么……

那么，就能解释凶手为何会如此胆大妄为，如此目中无人，如此肆无忌惮。

“对了，光小姐……”

正当我准备详细询问过去的事件以及伊利亚小姐的事情时，响起了敲门声。

站在门外的人，是弥生小姐。

3

弥生小姐借口上卫生间，用餐途中离开了真姬小姐和深夜先生的小组。这实在是极为普通、老套的借口，别说会读心术的真姬小姐，估计就连精神不振的深夜先生也能一眼识破。但看到她这煞白的脸色，就算她说要坐乌龟去鬼岛，也不忍指责她说谎吧。

弥生小姐在沙发上坐下来，沉默无语。

她似乎很在意光小姐，难道弥生小姐也怀疑光小姐是犯人吗？不过她这么想，也无可厚非。

“弥生小姐，你来这里，是有事想跟我们说，我可以这么认为吧？”

大家不能一直这样沉默着吧，我便主动开口问她。

“是的。”弥生小姐有气无力地点点头，“那个，关于这起事件，两位好像正在调查。”

“嗯，基本上是这么打算的，也可以说是出于私人恩怨吧。”我看了看房间角落的计算机，不，应该说曾经是计算机的那堆东西，“怎么了？”

“既然要调查推理，那情报必须要切实可靠，才能……对吧？”

“嗯，这是当然的了。”

“如果情报不正确，思维会被那些不实的信息扯来扯去，可能还会发生第三起事件吧。”

“第四起哟。”玖渚再次抗议起来，可是没人理会她。

“是啊，弥生小姐，你说的一点都不错。弥生小姐，我实在猜不出你到底想说什么。我以为你是来帮我们的，是我想错了吗？还是你不喜欢跟深夜先生和真姬小姐一组，所以来到我们这里？”

“不，不是那样的。”弥生小姐含糊其辞。看来还是介意光小姐的存在，不想说。

又停了一会儿，她终于鼓足了勇气。

“那个，我……我说了一个无法挽回的谎言，那是……”

“谎言？你说的谎言，意思是你做了伪证？”

“是，是的。那天晚上，我的确是跟伊利亚小姐在谈话，持续到地震发生，那是千真万确的事实。可是，那个时候，那个时候班田小姐并没有跟我们在一起。”

听到弥生小姐这么说，光小姐表情一僵。

班田小姐，也就是班田玲了。

哦，我总算明白了，为什么弥生小姐此时会如此介意光小姐的存在，还有为什么从那天起她的态度突然变得极其不自然，以及那天为何把自己关在房里，没有给大家做午餐。

一切疑问都消失了。

原来是这么一回事。

难怪那天早餐期间调查不在场证明时，伊利亚小姐主动表示她跟玲小姐和弥生小姐在一起。怪不得其他人都是一个一个被质问，只有弥生小姐，她自己主动开口做了说明。当时我还以为她们三个的确是在一起才如此积极表态，原来并非如此。

伊利亚小姐——赤神伊利亚在包庇班田玲。

弥生小姐低下头，双肩无力地耷拉着，好像刚刚卸下背上的行李，又像是刚刚从魔咒中解放出来，一副精疲力竭的样子。

“为什么……”

为什么要将如此重要的事情隐瞒至今？欸，我也没有立场和资格说这种话吧。这座岛属于伊利亚小姐，这幢房子也属于伊利亚小姐，这里的主人是伊利亚小姐，邀请、招待弥生小姐的人也是伊利亚小姐，更何况伊利亚小姐是赤神伊利亚。既然这样的伊利亚小姐都明确表示“自己跟弥生小姐和小玲在一起”，谁能予以否认？谁又敢当场指责她在撒谎？

根本不可能否认。

那种话也根本说不出口。

“那时，我以为这不是什么要紧的事。”弥生小姐低声说道，

“我以为伊利亚小姐不过是出于个人感情才包庇自己的人，可没想到最后竟成了只有赤音小姐一个人没有不在场证明，没想到她因此被监禁了起来，更没想到她竟然被杀害了。”

弥生小姐好像终于找到了发泄口，滔滔不绝地说着，我只有默默地听着，玖渚和光小姐亦是如此。

“还有，昨天晚上，伊利亚小姐仍然说整晚都跟班田小姐在一起，证明她们都不在场。可是，这种证言又怎么能让人相信呢？她说她们在讨论今后的事情，但那种事还需要花上一整晚讨论吗？”

“那个，或许真的需要花点时间吧。”

“我并不那么认为。说了一次谎言，就会有第二次，而且第二次说谎的可能性更高。还有，光小姐。”弥生小姐看向光小姐，“光小姐明明也是伊利亚小姐的人，可伊利亚小姐却丝毫没有保护你的意思。这是为什么？包庇玲小姐，却不管不顾光小姐，理由是什么？还不是因为她认为没有包庇光小姐的必要吗！反过来说，就是她知道谁是真正的犯人！”

“你的意思是玲小姐是凶手？”

我不禁大吃一惊，没想到话题会变成这样。可是，弥生小姐根本不像是在开玩笑，一脸认真。

“确实，这样一来，不在场证明就变得可疑起来，当然这是在你所说的证言为真的前提下。”

“是真的！你们可以不相信，但我说的绝对是真话！”弥生小姐斩钉截铁地说道。

光小姐欲言又止，但似乎又想起了什么，终究还是什么也没说，牙齿紧咬着下唇，一脸的纠结和苦恼。

“等一下，我想想，想想。”

假设那天晚上玲小姐没有不在场证明，事情会变成怎样呢？倒是不会带来什么大的改变。但是，伊利亚小姐说谎的事实，我觉得极为重要。那天晚上，玲小姐不在伊利亚小姐的房间。那么，地震后她们依然在一起的证词，估计也是谎言吧。

如果是这样的话，那么……

“唔咿！喂，弥生。”

“什么事，玖渚小姐？”

“为什么你觉得小玲是犯人呢？小玲可是女仆领班耶，是伊利亚的得力助手，很重要的人哟，比小光她们跟伊利亚的关系更亲近。所以，或许就是出于感情因素伊利亚才帮她的吧。而且，就算说了一次谎，也不代表第二起事件时就一定会骗人呀。更何况，如果小玲是犯人的话，伊利亚肯定是知道的吧，那为什么还会包庇她呢？”

“那如果是伊利亚小姐指示她杀人呢？”

随着弥生小姐的话音，“嘶！”一声抽气声响起，不知道是谁，说不定就是我自己。

“本大人觉得不会耶。毕竟加奈美和赤音都是伊利亚邀请来的客人呀，自己请对方来做客，结果却把客人杀掉了，没这种道理嘛！”

“不能这么想吗？就是为了杀人才邀请的！”弥生小姐连珠炮似的接上话，“伊利亚小姐把人邀请到岛上来，然后杀掉她们，这么想也不是没有道理吧？”

伊利亚小姐指示玲小姐杀死两个人，今后还要继续杀第三个、第四个、第五个人吗？这种想法实在是有悖常理，可是，却又找不到否定的证据。

是的，别说否定，甚至能够找到支持其观点的证据，想想之前照子小姐以及刚才光小姐的话，不就可以证明吗？

班田玲——女仆领班。光小姐、明小姐、照子小姐的顶头上司，与伊利亚小姐最亲近的人……结果如何？这就是答案？这就是终点吗？

赤神伊利亚。

她的名字源自荷马的巨作，希腊最长最早的古典叙事诗《伊利亚特》，叙述了特洛伊军和希腊军之间的战争，叙事诗里出现的登场人物无不认为自己受神祇操纵。如果那就是答案的话……

在我陷入思考时，弥生小姐抛出了一记设问。

“你们知道我为什么被请来这里吗？”

“因为，你是天才啊。”

“哈！”弥生小姐一声苦笑，“伊吹小姐是画家，还是著名的艺术家；园山小姐是学者，资历足够；姬菜小姐是占卜师，也没问题；玖渚小姐是工程师，很了不起。可是我呢，只是一名小小的厨师，伊利亚小姐又不是美食家，为什么要叫厨师来呢？我可不认为普通的饮食有这么高的价值。”

我什么也没回应。既然弥生小姐本人都这么认为了，我还能再说什么？

“对了，你们知道伊吹小姐跟园山小姐为什么会被斩首吗？”

“你这思维跳跃得可真快。”

“我没有转移话题。”弥生小姐认真地说，“以形补形，中华料理非常讲究食疗方法。比如，肝不好的话就吃肝，胃不好的话就吃胃。总之，要想调理哪个状况不好的内脏，就要吃跟它相同的东西。这种吃什么补什么的思想，你们也听说过吧？”

“等，等一下，弥生小姐，你的意思是……”

那是……

那种想法是……

“是谁？究竟是谁邀请伊吹小姐和园山小姐来这座岛的？！”

弥生小姐突然悲愤地大喊起来，声音响彻整个房间，回声萦绕耳际。然而，我已经完全混乱了，已经没有精力去在意她的状态了。

等，等一下！

就是那么一回事吗？

等一下！等一下！拜托再给我一点时间！

“我再问一遍，不，我要问千万遍，无数遍。凶手为什么要砍下伊吹小姐和园山小姐的头？凶手为什么要拿走伊吹小姐和园山小姐的头？到底拿去哪里了？邀请她们来这里的人是谁？她们被世人称为天才，是谁把她们叫到这里来的？她们被带走的脑袋里面，到底有什么？”

弥生小姐的嘶喊声响彻在耳边。一般来说，如果杀人现场有宝石被偷走了，那么可以认定犯人就是想要宝石；如果是现金丢失了，那犯人就是想要钱。这样的想法很普通，是正常的，也是理所当然的。

然而这次，消失不见的是被害者的头部。

弥生小姐还在继续控诉。

“为什么我被请来这里？我只是一名厨师，既不是艺术家，也不是学者、占卜师、工程师，为什么把我请到这里来？我能够受到特别对待，一直在此待下去吗？”

最后那句话像是拼命挤出来的一样，充满绝望，又带着求生的欲望。

她应该深思熟虑过了吧，自从做了伪证后就一直在不停思考吧，在园山小姐遇害之前以及遇害以后的这半天，一直在苦心思索吧。

弥生小姐盯着光小姐，用压抑不住的悲伤语调问道。

“我到底，被逼着做了什么事？！”

“嘶！”又是一声抽气声。

这次，我确定是自己发出的。

可能吗？那种事情，那种想法……那种想法本身，就是绝对不可容许的啊。

即便如此，为何直到“现在”才……这个沙龙计划也不是现在才开始的，假如抱有那种想法，不是应该在开始举办沙龙后就立刻实施的吗？

不！

也许只能是“现在”。此时，待在这座鸦濡羽岛上的五位天才，哪一位都是世界级的顶尖人物，终极精英。伊利亚小姐一直在等待这个时机吗?

“没有那种事！”

这道坚定的声音出自光小姐，像是忍耐到了极点，终于爆发了一样。

“事到如今，小姐不可能会有那么……那么残酷、那么残忍的想法。”

事到如今……已经受够了……以前……许多事情……已经受够了……事到如今……事到如今为何……这种事已经受够了……请不要再兴风作浪……受够了……受够了……这种事已经受够了……

这一天内分别从明小姐、照子小姐、光小姐口中吐露出来的言语交替冲击着我的耳膜。

虽然遭到了光小姐的反驳，但弥生小姐没有让步。

“我从昨天早上开始就一直在观察班田小姐。一个人持续关注着另一个人的时候，虽然开始可能不是那样，但随着时间的增长，就能从对方身上感受到人性的本来面目，或者说跟自己共通的地方，也就是亲近感吧，就是‘啊，这个人跟我是一类人’那样的感觉。看着伊利亚小姐，我就觉得我们很像，虽然她说谎了，但跟我是一类人。可是对班田小姐就不是了，她让我感到可怕，对那个靠演技活着的人……恐惧不已。”

“那种事……”光小姐话没说完就低下了头，只是一个劲地重复着，“那种事，那种事，那种事……”。

然而，我们一直没等来下文。光小姐竭力想要辩解，想要遵循自己的职责拼命捍卫主人。看上去极其悲痛，却又让人莫名有点可笑。

“原来如此。弥生小姐，我大概明白你的意思了，你想说的就是这些吧。”

我试图从中斡旋，但没有任何效果，弥生小姐继续咄咄逼人地逼问光小姐。

“不是说明小姐和照子小姐离开是去找名侦探吗，可是，谁能证明？不许我们报警的究竟是谁？不许我们离开小岛的又是谁？光小姐，你有什么证据可以证明自己没有被她们蒙在鼓里？伊利亚小姐说你就是嫌疑犯，你又有什么证据可以证明自己不是被她用来扰乱视听的，你怎么能证明自己不是被她推出来的替罪羊？不，不是那样，说不定你根本就是跟伊利亚小姐一伙的，被她派来阻挠玖渚他们……”

“不要再说了，弥生小姐，到此为止。”我平静地打断了她，“请不要侮辱我们的朋友。我跟玖渚都不善于对人发火，但并不代表我们没出息到对什么事都听之任之，逆来顺受，该说的、该做的，我们还是会说会做的。”

我的视线可能相当冷漠，在我的瞪视下，弥生小姐忽然一个激灵，缩起身子，慢慢恢复到了刚进房间时的那种不安神态。

“太可怕了。我很害怕，很害怕，我只是很害怕而已。”

“嗯，你这种心情我理解。”

“这里是茫茫大海中的一座孤岛，没有逃生的地方。假如真是我想的那样，或许我不会被杀，你不是受邀的天才，或许也不会被杀。但是，你最重要的朋友玖渚小姐可就危险了，没有任何人，甚至连神灵也无法保证玖渚小姐的肩膀上不会被夷为平地。已经没有时间允许你们在这里悠闲地玩推理游戏了，如果不赶快想办法解决就来不及了。我来这里不是为了逼问光小姐，我是觉得既然玖渚小姐是工程师，应该懂得怎么开船，如果可以的话，那我们就坐那艘快艇出逃吧！”

“请等一下！”

我猛地伸出右手，被打断的弥生小姐一脸讶异地抬起头来，光小姐也狐疑地看着我，只有玖渚没有看我，而是呆呆地望着远处，一副困惑的样子。我现在的表情，大概跟玖渚如出一辙吧。

弥生小姐刚才说了什么？我为什么要打断她呢？

对！的确……

“请再说一遍。”

“什么？”

“刚才的话，请再说一遍。”

弥生小姐愣了愣，歪头想了想。

“如果可以的话，那我们就坐那艘快艇……”

“不是这句。”

“应该懂得怎么开船。”

“不，也不是这句。”

“那是？哦，是‘我来这里并不是……’这句吗？”

“也不是。总觉得有哪句话不对劲，但不是这句。再往前呢？”

“我已经忘了自己说了什么了。”

“那快点想起来！弥生小姐，仔细想想，你之前说了什么？”

“事情不赶快解决的话……那个，还有，已经没有时间允许你们在这里悠闲地玩推理游戏了。”

“不是这句。那种事不用你提醒我们心里也清楚。‘事情不赶快解决的话’，不就是广告里那种引人注意的台词吗？已经明白的事无须再想了。弥生小姐，应该是在这句之前，你再想想。”

“不行了，我只能想到这里了。”

“小友！”我转向玖渚，“你应该记得吧？”

“嗯！”玖渚干净利落地回答。

然后，猛地伸出小手在自己脖子上一划。

“人家的肩膀上会夷为平地，就是这句啦。”

“就是这句！”

是了，就是这句话。就是这句话猛地戳中了我的心脏。在意的理由是它暗示了我不敢想象的未来吗？不，不是那样，根本就不是那种老套的理由。如果那样去想，那就大错特错了。

因为这句话才是真正的关键所在。

堪比罗塞塔石碑。[①]

“请问……”

“安静一下，我想想看。或许，这条路是对的。没错！走到这一步的话，解开事件的真相就比搞清京都或札幌的地形还要容易。假设和解答都有了，接下来，就只剩证明了。”

我在推敲。

玖渚也在凝神思考。

我感觉到所有的材料，应该都搜集齐了。不，可以说材料本身早就齐了。可以说当玖渚的计算机遭人破坏时，我就已经走到了真相面前，现在这么讲也不足为怪，因为所有的材料已经在我面前一字排开。第三起事件并不是关键的钥匙，也只是材料之一。

而现在，我取得了钥匙。

这次，终于成功掌握了关键的钥匙。

然后，正如只要有钥匙就能打开门一样，我即将接近答案，如同游戏、迷宫，总有必胜攻略法。

玖渚应该也是如此。

沙山即将完成。

“没错，这才是戏言啊。”

然后。

片刻之后。

“是这样吗？”我喃喃自语。

可是，这样……

“不对吧？应该不是这样吧？”

应该不是这样。

不可能是这样。

岂有此理？

没有矛盾，前后统一，脉络清晰，合乎逻辑，完美！可能性就只剩下这个了，已经无法再往上堆积更多的沙子了。

然而，还是不安，依然有哪里不对劲。就像考试时做完最后那道大题，检查很多遍依然不够放心，就是那种感觉。尽管不可能有错，但仍旧无法消除内心的不安，就是那种感觉，无法摆脱那种感觉。

怎么会这样呢？难以消除心中隐隐约约的不安感。

“小友，你觉得呢？”

“唔，想来想去有什么意义呢，就是它啦，只能是它啦。人家注意到手指，也是因为那个啦。可是，如果这样的话……”

玖渚大概也跟我一样，摆脱不了那种怅然若失的不安定感。光小姐和弥生小姐宛如在看火星人般地看着我们，不，或许已经不是火星人了，觉得我们是金星人吧。管她把我们看成是什么，都是微不足道的小事而已。

“可是，只能是那样了。”玖渚好像比我更早接受了事实，“因为只能那样想，所以也就没有办法咯。”

“确实如此啊。如果只存在一种可能性，即便多么的不可能，但那毫无疑问就是真相。”

结果只能依赖选择性思考。要是赤音小姐听见了，估计心里会不舒坦吧，但如今也没有必要在乎她的感受了。如果把这两起事件限定为同一个罪犯制造的连续杀人事件，那么可能性就只有一个，而可能性只有一个就意味着百分之百确定，别无其他答案。

好吧!

我接受了!

虽然我一点也不情愿，但这就是事实，这就是真相。

总归，那也只不过是我本人戏言似的感伤罢了。

“你好像妥协了耶,阿伊。”玖渚看着我说,“接下来怎么办呢？”

“不管怎么说，这里都太宽敞了。这样的话……”我又陷入沉思。思考这类事情，还是我比玖渚更适合，虽然我不太会下将棋，不过倒很擅长残局。“弥生小姐、光小姐，可以请你们帮个忙吗？”

“欸？”两人异口同声地发出疑问。

“好，第一局上半结束，我们虽然丢了不少分，但比赛毕竟还没有结束。现在我们终于坚持到了三人出局，那么，接下来换我们攻击了。”②

“一棒一垒手弥生，二棒中外野小光，三棒捕手本大人，四棒投手阿伊。”

玖渚“腾”的一声从床上跳下来，脸上绽放出晴空般的笑容。

“反击开始！”

【注释】

① 罗塞塔石碑：石碑上用希腊文字、古埃及文字和当时的通俗体文字刻了同样的内容，使得近代的考古学家得以有机会对照各语言版本的内容后，解读出已经失传千余年的埃及象形文的意义与结构，成为今日研究古埃及历史的关键基础，现保存于大英博物馆中并公开展示。

② 棒球比赛规则，先进攻的队伍的进攻回合被称为第X局上半，当进攻一方有三人出局，才会轮到防守一方的队伍进攻。

第五天（3）——鸦濡羽

佐代野弥生
SASHIRONO YAYOI
天才・厨师

0

结束吧!

1

顺便提一句。

鸦濡羽在俄语中的意思是“绝望的尽头”。如果用罗曼蒂克的方式来表达，可以说这座岛是绝望之人的最终归宿。爱的反义词不是恨而是无视。同理，希望的反义词也不是绝望，而是随意放弃一切的百无聊赖。无欲无求地容许一切，麻木不仁地认同一切，这种绝对的心灰意冷才是希望的反面。

因为已经拥有一切，所以什么都不需要。

超越普通，位于远离平均线的遥远彼端。

也可以将其比喻为所有情感的终结点，位于随心所欲之湖的彼岸，吸引了世人夹杂着憧憬的艳羡目光，那是无所禁忌的一片领域，拥有与现实同等的宽广，却又同时具有几乎可以用刹那间来形容的脆弱。

为了到达那里，必须付出莫大的代价。不仅如此，还只能购买没有任何保证的单程票。

然而，尽管如此，仍旧有人一路摸索到了那里。

有的可能是因为阴差阳错，有的则是因为成功。

比如伊吹加奈美、园山赤音、佐代野弥生、姬菜真姬。

比如赤神伊利亚、千贺明、千贺光、千贺照子、班田玲。

还有玖渚友。

或许，这只是无意义的感伤，不过是无聊、毫无价值的戏言。然而，造化弄人，这个戏言一直在延续。

我这个人是多么滑稽啊！

第五天的晚餐如期而至。

照子小姐的位置空着，据说是因为个人工作的原因，其他九人则全部到齐。直到前天为止，还是十二个人围坐在一起的景象，可短短的两天后就……

“发现什么了吗？忍不住想问问你们呢。玖渚小姐，你们不是一直在进行各种调查吗？怎么样？调查出什么了吗？”

伊利亚小姐不停地问道。

心情似乎无比愉悦。

应该非常愉快吧。

一定很愉快。

这个人在内心中构筑起了自己的世界吧，这座名叫鸦濡羽的小岛，对她来说就是全世界。

“怎么不说话？需要我再问一次吗？”

“根本、完全、毫无、一点头绪也没有。”我只好这么回答，“怎么了？你觉得有什么问题？”

“没有。果然，这种事情还是得靠专家才行啊。”伊利亚小姐陶醉在回忆中似的感叹，“既然这样，那直到三天后为止，大家还是这样集体行动吧。”

深夜先生接上话题，提出了自己的疑问。

“三天后吗？伊利亚小姐，你好像非常期待那个人呢。能跟我们说说，他究竟是个什么样的人物？你们是在什么机缘巧合下认识的？”

“私事就不提了吧。”伊利亚小姐脸上浮现出一抹苦笑，“不过，我可以说说他是什么样的人。怎么说呢，嗯，那是一个很可怕的人，毕竟是人类最强承包人嘛，世上绝无仅有的聪明，一定能轻松解决所有事情的。呵呵呵，我真的好期待啊。”

名侦探吗？

在名侦探出场前解决事件，我算是喧宾夺主了吧，不配当一个配角。我有些自虐地考虑起了这样的问题。但是，毕竟是人命关天的事，并且还触犯到玖渚，让人怎能无动于衷，悠哉悠哉地等主角登场？再说，这种事，怎么说也是迟到者的错吧。

“噗！哈哈哈。”真姬小姐在我旁边不屑地嗤笑。

这个人，怎么这样，至于这么幸灾乐祸吗？又读出了我刚才的心理活动？还是提前看到了即将上演的闹剧而笑？或许两者兼而有之吧，但让她发笑的恐怕不止这些。真是的！看透了世间的一切真相，竟然还笑得出来，她到底是个何等人物？

不说别的，单说这一点，也值得让人对她表示敬佩。

我将视线从她的身上移开。

“哀川大师将在三天后的中午，说不定还能更早点来到这里，嗯，这样的话，很快……”

伊利亚小姐还在得意洋洋地说着名侦探的事，突然，伴随着一声“受不了啦！”的喊叫，响起一连串餐具打翻，瓷器碰撞破裂的声音。

是弥生小姐。

她猛地站起身来，伸出右手打落自己辛辛苦苦做出来的每一道菜，又一把扯掉满是油污菜渍的桌布，餐厅里响起一阵餐具滚落、跌碎的刺耳声音。

“我再也忍受不下去了！”

弥生小姐把手大力一挥，“砰”地一下用力砸在桌子上。

“佐代野小姐！”

光小姐见状连忙站起身来，走过去想要安抚她，结果被弥生小姐一把推开。

“这都什么事啊！你们能不能收敛点儿？够了，我不想再陪着你们玩这种闹剧了！什么名侦探，什么密室，什么无头尸，又不是推理小说！而是确确实实有人被杀了啊！你们竟然说着这些还能吃得下饭！有人被砍头了啊！你们能不能不要一边说那些一边吃我做的菜，怎么能如此冷漠？你们脑子里到底装的什么？这几天朝夕相处的伙伴被杀了，你们竟然还能若无其事！简直太让人恶心了！这座岛什么时候变成了有人被杀也无所谓的地方了？”

“佐代野小姐！”被推倒在地的光小姐还在努力劝说，“请冷静下来。那个……”

“闭嘴！你这个凶手。”弥生小姐好像完全失去了理智，比刚才更加大声地怒吼起来，“凶手就是你！这不是明摆着的事吗？只有你有那间仓库的钥匙，半夜去园山小姐房间的人不也是你吗？对，还有，伊吹小姐也一定是被你杀害的！”

“没有证据证明是光小姐干的。没有证据的话可不能乱说啊，弥生小姐。”我尽可能用平和的语调告诫弥生小姐，避免越发刺激到她，“目前，没有任何证据表明光小姐就是犯人。”

“证据？那玩意儿跟我有什么关系！”

“可是，光小姐没有理由要做那种事呀。”

“谁知道砍下别人首级的变态杀人犯，脑子里到底想的是什么！无非就是用来进行什么仪式，要不就是召唤神灵。我受够了，受够了，受够了！干什么？别过来，难道你还想要砍我的头吗？我不会让你得逞的！”

“弥生小姐，请冷静下来！”

“我不但冷静，而且非常正常。发疯的是你们！是你们脑子错乱了，说的话做的事让人恶心，什么事都有限度，差不多就行了，我不要再跟你们同流合污。一群所谓的天才、精英合起伙来，到底想要干什么？我没办法跟你们沟通！你们说的那是什么话，哪国语言？名侦探、密室、斩首，外星语吗？这里只有我一个地球人吗？既然如此，那我就走吧，我再也不想在这个疯狂的岛上待下去了，再也不想跟你们任何人说话！”

说着，又“砰”地砸了一下桌子。

“我谁都不相信，只想一个人待在房间里，筑起壁垒保卫自己。如果你们同意我离开，请随时来通知我。否则，别管我，别来打扰我！”

弥生小姐丢下这句话，愤然离开了餐厅。

“佐代野小姐！”光小姐再次想喊住她，可弥生小姐根本没有回头，慢慢消失在大家的视线中。

一时间，餐厅内陷入尴尬的沉默。

最终，还是伊利亚小姐打破了沉默，她耸耸肩发出苦笑。

“哎呀呀，平时明明那么和气的人，想不到意外地强硬呢。如果沉不住气的话……”她叹了口气又接着说道，“真让人伤脑筋呢。哀川大师好不容易才答应过来，在这之前，我们不能让任何一个有嫌疑的人离开啊。小光，这是你的责任，无论如何想办法说服她！”

光小姐垂首回道：“好的，我知道了，小姐。”

“啊啊，美食就这样浪费了。小明，你去再做一次吧。真是的，这个时候，照子跑哪儿去了？”

正如伊利亚小姐所言，美食的确是浪费了，但要想表演得真实，还是需要稍微破费点吧。反正浪费的又不是我的钱，虽说不该浪费食物，但浪费的人也不是我，而是制作者本人弥生小姐。

旁边的玖渚不胜惋惜地看着地板上的餐具碎片，没错，她不是在看食物，而是摔成碎片的餐具。餐具的颜色也是白色的，她大概又想起了自己被毁坏的计算机。

“喂！三棒捕手。”

玖渚转头看向我。

“嗯？什么事，阿伊？”

“我差不多该走了，这里就交给你了。”

“明白。”玖渚点点头。

我站起身，朝房门走去。

身后响起拉扯的声音。回头一看，玖渚踩到桌子上，扑过去一下抱住了深夜先生。眼前的景象让我觉得碍眼，心里泛起嫉妒，可是，眼下……只能忍耐了。

而且，如今这个关头，我不能带玖渚一起去。

我收拢视线谨慎地快速跑过走廊，爬上楼梯，快到弥生小姐的房间时，终于发现了她的踪影。弥生小姐靠在走廊墙壁上，一副无聊的呆滞模样。扭头看见了我，“呼——”地长舒一口气。

“怎么样？”

“演技精湛。”

“倒也不是什么演技，其实一半以上算是心声吧。”弥生小姐跟我并肩前行，侧头问道，“可是，真的是那样吗？那个人竟然是凶手……”

“你不是确认过了吗？”

“嗯，从味道来判断的确如此，但我对味觉不大有自信，我又不是狗。”

“哈，很像了。”

“这可不是什么赞美的话。”

“是啊，加奈美小姐也说过类似的话，她说‘像什么什么一样’并不是赞美之词。”

不过，即使不是弥生小姐，任何女性都不愿意自己被人拿来与狗相提并论吧，我老老实实向她道了歉。

我们来到弥生小姐的房门口。

“接下来怎么办？”

“弥生小姐你先回餐厅吧，这里太危险了。”

“可是，你为什么非要故意冒这个险啊？”弥生小姐狐疑地问，“总觉得还有其他办法的。当然，这只是我自己的猜测，可我觉得你是故意从可行方法中选择了最危险的一种。”

见我没有回答，她又继续说道：

“世界上有撑死的人也有饿死的人，前者应该占绝大多数。可是，我觉得你属于后者。”

“你高估我了。”

“这，可不是赞美之词哦。”

说完，弥生小姐朝我点点头，沿着来时的路慢慢离去。

“危险啊……”

我喃喃自语。那种事情，我怎么可能不明白，但明知山有虎偏向虎山行，我大概的确是饿死的类型。

这——才是戏言吧。

我轻轻地、小心翼翼地、一点一点地推开弥生小姐的房门。

微暗中，什么也看不清。

我试着抬脚迈出第一步。

就在这一瞬间。

“嗖——”地一声，什么东西划过长空的声音。

我弯腰做了个前滚翻，滑入室内。然后，单膝跪地，睁开眼睛，稍微适应了屋内的黑暗，基本看清了眼前的情况。

那个人，反手关上了房门。那张脸清楚地显现在眼前。因此，我确定了自己先前的推测是正确的。对方看到是我，明显一愣，但也只是瞬间的事，接着，右手握着的柴刀，对，是柴刀，对准了我。

我不出声。

对方也一语不发。

我调整一下呼吸，从地上站起来。

尽管设下这个陷阱，但有日子没与人交过手了。虽然我的身手不算弱，但回到日本的这几个月，懈怠了，一直没好好锻炼。

对方大概是判断现阶段应当速战速决，所以率先采取了行动，蹑手蹑脚地朝我走来。玖渚那边已经压制住了深夜先生，我只要拖延点时间，援军应该随后就到，所以没有必要主动出击，我倒是希望能逃离，但对方堵着房门，这个想法很难实现。

首先，我要集中精力避开对方的攻击。然而，这种我特有的、太过典型的消极思想被证明是错误的。由于我的视线和精力完全集中于对方手中的柴刀上，完全忽略了对方腿上的动作。

对方以柴刀为诱饵，虚晃一枪，接着一个扫堂腿袭来，完美攻破我的防守。我毫无防备地仰面倒下，背部重重撞在地板上。对方顺势一把摁住我的肩膀，接着跨坐在我身上，让我丝毫动弹不得。欸，三下两下，转眼间就被夺走了投球权。

这几乎等于大局已定。我后悔不已，早知如此，晨练就不该只是悠闲的散步，而该换成跑马拉松，还有，回到日本以后也不该松懈，继续到道场训练才对。

欸，也罢。反正我现在就算死在这里，也不会影响到事情的进展。玖渚此刻正在向众人说明真相吧，弥生小姐也差不多到餐厅了，对方终究无法逃脱。虽然我自己这边落了下风，输给对方，至少算不上是完败。

那就这样吧。

好吧，就用那把柴刀……

就是那把柴刀。

“去死吧！”

黑暗中响起冰冷、耳熟的声音。

这道声音让我清醒过来，猛然意识到自己在轻易放弃。

应该是这种感觉吧？

为什么？为什么我竟然甘愿放弃自己的生命？

是因为不想活下去了吗？

不想死，也不想活，一直以来我就是半死不活的状态，虽然觉得活着很麻烦，但也并未刻意求死。

在乎的、渴望的、想保护的，我一概都没有吗？所以，才会如此轻易放弃？

不！

不是这样的。

是因为即便我死在这里，也不会给任何人带来麻烦，不会造成玖渚的麻烦。

真姬小姐。

你一定也预见到眼前的发展了吧。感谢你什么都没对我说。此时，我终于明白了为什么真姬小姐洞悉一切却从来只字不提。

该死去的时候就是死亡的最佳时机。

虽然我尚未达到这个境地。

但却……的确如此。

如照子小姐所言，我最好去死。的确，完全正确。

对方手中的柴刀迟迟没有落下来，高高停留在我头顶上方，一动也不动。我心下生疑，注视着对方，看到的并不是意欲耍弄的嘲笑表情，而是一张拼命想要挥下柴刀却又苦闷无奈的脸。

“你竟然连眼睛都不闭上！”

我感受到另外一个人的存在。

与骑坐在我身上的人完全不同的声音。从我的位置无法看清，但应该是那个人用手抓住了举在空中的柴刀，紧紧地，牢牢地抓住。

是谁？是弥生小姐来救我了吗？或者是玖渚赶过来了？可是，这两种可能性都微乎其微。

第三人终于夺走了对方手中的柴刀，同时在那一瞬间，猛地一脚踢向对方毫无防护的侧腰位置，给了对方一记巧妙的、完美的反击。对方被踢得从我身上翻倒下去，撞向前方的沙发，但立刻站起身来与第三人对峙。

我似乎从刚才的被动一下子转为了旁观者。

不知为何，第三人此时却扔下了柴刀，明明是攻击对方的绝佳武器啊。我无比诧异，难道是要发扬公平竞争的竞技精神？也不看看这是什么时候！

不同于与我对敌时的情况，对方没有贸然反扑。可是，那家伙可没有多少时间，如果做不到速战速决，玖渚向众人说明情况后一定会率众前来的啊。

不过，第三人没有像我那样拖延时间，而是选择主动出击，“咚”的一声用力蹬地，一步冲到离对方两三米的地方，然后摆出一个日本拳法的动作，利用前进的冲力向对方打出一记正拳。面对正拳，正常情况下，需要朝后或朝两侧躲避，但对方没有这样做，而是稍微侧了一下身体，然后伸手想要擒住第三个人的咽喉部。然而，面对此种凶险，第三人并没有闪避对方的手臂，而是依然更加用力打出正拳，因为对方当时忙着做出擒喉的攻击动作，根本无法避开来势汹汹的正拳，胸口上结结实实地挨了一下，正中心脏位置。

对方不禁呻吟出声，但扣住第三人喉咙部位的手却没有松开，也没采取硬拼的方式，而是顺势穿过第三人的腋下，对着小腿肚的侧面使出一记后踢击中目标。

身体浮起。

下一步应该就是靠力量将第三人摔倒在地上了吧。就连在一旁观战的我都以为胜负已分，没想到……第三人以对方的手臂为轴，向后一个翻滚，在半空变换了姿势，当两个人身体着地时，已变成了对方手臂被压在地上的姿势。简直是精彩绝伦的柔道攻防战。

就在这一瞬间。

“咔嚓！”一道让人丧气的骨头断裂声在昏暗的房间里响起。

第三人松开手臂站起来，对方也跟着起身，但还没来得及站稳，已经骨折的那只手臂旋即又被无情地踢了一脚。对方的身体腾空飞起，越过沙发，在另一侧坠落。“咣啷”一声，茶几上的玻璃杯应声碎裂，对方的身体直接滚到了沙发处。

第三人一息不乱地收势站好。

胜负揭晓，这才是最后的战果。

除了震惊，我一句话也说不出来。

第三人总算朝我看来，面无表情地说：“死的时候应该闭上眼睛。”

我全身虚脱，喃喃回道：“像我这种家伙不是最好去死吗？”

“啊啊，那是……”照子小姐歪了歪头，“骗你的！”

我缓缓摇了摇头，向照子小姐伸出了手。虽然觉得只有一半的可能性，结果照子小姐还真握住我的手，将我拉了起来。

“你怎么会在这里？”

“没有理由，必然而已。”

“你在说什么？”

“请不要介意，戏言罢了。”

哎？这也是……

这也是我的台词啊。

算了，怕了她了。

“谢谢！”

照子小姐拉起我后，马上松开了手。然后，用那种依旧没有对焦的眼神注视着我。

“道谢就省了，更重要的是……”她停顿了一下，“我有件事比较在意。”

“什，什么？”

照子小姐的话深奥得总是让我摸不着头绪。这种时候，她究竟打算说什么呢？我根本猜不到。

房间昏暗，但我的眼睛已经适应了黑暗，可是，却依然看不出照子小姐的表情。

就像解读不了自己的内心。

就像解读不了他人的内心。

“白天的那个问题。”照子小姐透过镜片冷冷地看着我，淡淡地问道，“我知道那是个比喻，但我想知道你说的是玖渚小姐呢？还是你自己？”

被关在地下室的小孩。整整十年，没有跟任何人说过话。

“啊，那个……”

我，我又一次下意识地去触碰照子小姐的手。然后准备回答问题。手指跟手指碰触的一刹那，却又瞬间分离。

一道声响刺穿耳膜。那是肉体被穿透的声音。照子小姐朝我倒了过来。

“扑通”一声。

此刻，变成了我怀抱照子小姐的姿势。照子小姐全身无力地靠在我的怀中，身体的触感仍是软软的，柔柔的，暖暖的，然而此时我无暇享受这些，视线牢牢盯住沙发方向。

准确地说，是牢牢盯住握着手枪伫立在那里的那个女人。

牢牢盯住，满不在乎站在那里的女人。

黑色的枪身，流行的形状，我在休斯敦见过几次，但怎么也没想到能在这个地方见到它。

竟然是奥地利格洛克手枪！

细想想她这般级别的人持有手枪也不足为奇。然而，奇怪的是，为什么现在才拿出来使用呢？其实，想清这个问题也用不着费什么心思。虽然这幢宅邸足够大，足够宽敞，但也没有大到听不见枪声的地步。这么说，这是她最后的王牌了。也可以用棋类中的“禁手”

来类比，是绝对禁止使用的手段。

这样的话……

这样的话，逼迫她使出最后手段，就是我的胜利了。其实，我这里还留有王牌，只是错失了使用的时机，尽管如此，这就是最后的结局了。

所以，现在是结局的延续。

最后一幕的补足。

声音，淡淡的声音。

然后，枪口对准了我的脸。

她在说着什么。

她说了什么？

是刚才的枪声震坏了耳膜吗？我听不见她的声音。不，耳膜本身应该没事吧，只不过是一时麻痹了。然而，在这种状况下，耳膜有没有受损害根本没有什么区别，因为她不会等我恢复听力再说话。

她究竟说了什么？

有一点点在意。

你被将死了！

永别了！

笨蛋！

你究竟想要做什么？

没想到在这个时候要死掉了吧。

你究竟为何而活？

……

她对我说的，无非也就是这些吧。也说不定什么都没有说，不是没有那样的可能。

无论如何，听不见的话语没有任何意义。

正如没有化为言语的想法没有任何意义。

这样的我，

毫无生气地看着她，

越过照子小姐的肩膀，透过手枪的瞄准器，看着她。

果然……

果然我还是只能走到这一步吗？

我当然不相信自己遇险时会有人及时现身救助，也设想过可能会是这样的结果。尽管现在将照子小姐卷进来并非我本意。话虽如此，也算实现了我的心愿。

因为我的愿望只有一个，那就是决不能让玖渚受牵连。

至于其他的，什么都无所谓了。

真的无所谓。

我没那份精力，也丝毫不感兴趣。

我没有过去。

也没有将来。

出生的事情早已忘掉。

也毫无生存的真实感。

对我来说，现实只是幻想的近义词，绝非理想的反义词。

依偎在 / 胸前的 / 照子小姐的 / 身体。隐隐 / 作疼的 / 脚踝。麻痹的 / 思维。毁坏的 / 价值 / 观。消融的 / 伦理。崩 / 坏的 / 道德。加奈美 / 小姐的 / 首级。赤音 / 小姐的 / 首级。事 / 件的真 / 相。凶手 /。/ 杀人 / 犯。杀 / 人魔。

化为一段一段的她……

所有的这些，怎么样都无所谓了。

我全都接受。

所以，扣下扳机，让一切都结束吧！

“咔嚓！”

手枪保险被打开的声音。

在休斯敦听腻了的声音。

终于……

就在这里。

“阿伊——！”

房门被大力推开的声音。

光线以排山倒海之势涌进来，在那瞬间，眼前一片刺目的白光，什么也看不清。但是，无需用眼睛去看，我也知道强光中的那道身影是谁，唯有那丫头的声音能闯进我麻痹的耳膜。

然而，那也是让人一时间难以相信，也难以接受的事实。

玖渚友，一个人，站在万丈光芒中。

又胡思乱想了！怎么可能！就是为了避免发生这样的事，我才将玖渚留在一楼，正因为玖渚无法一个人上下楼梯，我才将她一个人留在一楼，所以玖渚不可能一个人来到这里。

然而，的确是玖渚，也确实只有她一个人。

眼中满含泪水。

神情极度憔悴。

小手抚着胸口，大口大口地痛苦喘息着。

强撑着摇摇欲坠的身体，一个人，站在那里。

“怎么会？！”

等，等一下！不可能啊！应该有人陪着她来的，不然，她怎么能爬上旋转楼梯？一两阶也就罢了，可这里是二楼啊。不可能，不可能……

我揉揉眼睛，还是无法接受眼前的事实。

尽管是不可能的事，但确确实实发生了，玖渚，一个人，来到了这里。

来到了我的身旁。

从物理层面来讲，虽说也不是绝对不可能，但强迫症这种心理上的疾病，并不是靠意志力就能简单克服的。我非常了解，要违背自己的潜意识，是多么的不容易！

尽管如此，

虽然这样，

但听到枪声的玖渚，

忍受着极度痛苦，甚至稍有差池就可能赔上性命，却还是义无反顾地竭力爬上了楼梯。

甚至忘记请他人陪同。

忍住强烈的恶心感，按住快要蹦出胸膛的心脏。

奋力抬起僵直的双腿，无情抽打着怯懦的心理。

凭着那颗在生存上过于脆弱的心。

克服无间地狱般的痛楚。

竭尽全力来到我身旁。

天才玖渚友。

为了我。

失魂落魄，不顾一切。

“为什么？”

想象着她这一路的艰辛，我胸口一紧。

那是极度残酷的悲痛。

我究竟还要滑稽到何等程度？

这份感情。

这份痛彻心扉的感情。

究竟叫什么名字？

“你为什么……”

你呀，为什么总是，一直这样让我震撼？

你这个丫头，真的，跟从前一样，一点也没有变。

“哼！”

突然，眼前的这个女人，“嗖”地调转枪口，对准了门口的玖渚。

“等等！”

你在做什么？你要射击的人是我，为什么将枪口转向那里？不管怎么说，都没有那种必然性啊！也根本不需要那种无聊的东西啊！必然性、真实，不是根本不会存在于机会主义的现实世界吗？

我的眼睛已经慢慢适应了从门口倾泻进来的光线，想必她也是如此。然而，玖渚与我们不同，我们是从暗到明，而玖渚则是从明到暗，此刻她应该还无法看清屋内的情况，从光明到黑暗的适应过程需要花费更长的时间。所以，如果她现在开枪，玖渚肯定避不开。

我弹身而起。

但是，现在做什么都晚了，没有任何意义。我根本赶不到玖渚那里，我不可能比子弹的速度更快。即使能做到，也同样没有意义，因为我不能让玖渚眼睁睁地看着我死在她面前。已经迟了，又跟五年前一样，来不及了，一如既往地迟了。

那也就意味着，我可以做的事情已经……

“啊！”

玖渚好像捕捉到了我的身影。她无视对着她的黑洞洞的枪口，根本没有放在眼里，只是用小手指着我，惊喜地咧开了小嘴。

“太好了！阿伊，你没事，阿伊，阿伊！”

那个暖人的微笑，

完全将自己的生死置之度外的微笑，

惨兮兮的笑脸，

一点也不了解目前状况。

看着这样的玖渚，我，真的……

“你很喜欢那丫头。”

对！没错！

那是我自始至终心里再清楚不过的事。

它深深地扎根在我心里，无需明说，我和玖渚之间不需要语言。

那是天经地义的事。

我早就明白了自己的心。

从我看到她的第一眼，就认定了她，眼里心里只有她，其他一切都是过眼烟云。

哪怕她不喜欢我，不选择我，也无所谓。

“所以，请住手！”

我向她祈求。

她仍保持着持枪的姿势，一动不动，但终于……

“呵呵！呵呵呵……”

她垂下端着的手臂，枪口指向了地面。

接着又是一阵狂笑。

“哈哈哈哈哈哈，哈哈哈……”

就像真的发生了什么值得开怀大笑的事情一样。

笑声跌宕起伏，宛如唱歌一般。

我拖拉着双脚走向玖渚，搂住她的肩膀。玖渚的体温很高，从这一点就足以想象得到这一路她经历了多么大的磨难。我把她抱在怀里，像庇护着心爱之物，深深地看着她。

我知道那个女人也在看着我们。

看着好似在深情相拥的我们。

“尽管尚有诸多不满……”

她开口了。

“不过，竟然从你这种男人口里听到了真心话，那，这次就算了吧。”

她还在继续。

“因为那是昨晚我没能听到的。”

那个女人，园山赤音，戏谑地说着这些。

然后，我听到手枪落地的声音。

2

“呜哇！身上这么多淤青啊，阿伊。”

玖渚卷起我的裤管，用力摩搓着脚踝处。欸！这个蓝发下的小脑袋里到底装了什么？不知道这样弄，我会很疼吗？光小姐不知从哪里找来了湿敷贴，轻轻帮我敷在伤处。

一阵透心的清凉，顿时舒服多了。

“赤音好厉害耶！呀，不对，本来就不弱啦。”玖渚感叹地说，“哎？奇怪啊，阿伊，你以前不知道她这么厉害吗？”

“我怎么能知道？谁能想到ER3的七愚人会强大到那种地步，又不是玩游戏。”

是的，我完全小看了园山赤音，怎么也没想到她会如此强大，更没想到她竟然还准备了手枪。虽然我以前有过几次九死一生的经历，但这次算是最凶险的了。

“如果照子小姐没有赶来帮忙的话，那可真就完蛋了。”

“小心一点啦。阿伊，记住咯，这可不只是你一个人的身体噢。”

“啊？哦，嗯。”

在那场明斗之后，治疗伤者便成了首要任务，这是再正常不过的剧情发展。虽然当时没觉得有多严重，但过了一些时间，最初挨的那记扫堂腿的威力就显现了出来，淤青、疼痛，所以我正在玖渚的房间里接受理疗。

“背部也青紫了，很痛吧？”光小姐说，“你该多加小心啊，赤音小姐高中时练过空手道的。”

“嗯，记得听她说过。”

“好像还参加过全国比赛。”

哎呀，怎么不早说嘛？！

“不过，好像只赢了五场。”

“全国比赛赢五场的话，那基本上快是冠军了。”

顺道一提园山赤音的伤，首先是右手骨折。此外，挨第一脚时好像肋骨就断了四根，那可算得上是重伤，后来竟然还能够站起来，不得不说非常了不起。

现在由明小姐和照子小姐负责照料她。

至于照子小姐，喉咙被掐住的时候，被赤音的指甲掐破了脖子上的皮肤，稍微有点出血，除此之外没受任何伤。枪声响起时，我以为子弹穿透了她的背部，事实上并未打中她。原本以为她是中了枪，才会朝我倒了过来，其实是躲避子弹的动作，一听到手枪保险打开的声音就及时做出了应急反应。

她是霹雳娇娃吗？

而且，之后竟然还装死！

“啊，应该不是那样的。”袒护妹妹的光小姐辩解道，“照子一定是想着替你挡子弹的。”

“挡箭牌……吗？”从表面看来，那个姿势倒是很像。“这么说，她是舍身来保护我了？

“不，倒也不是舍身，因为照子的衣服经过了防弹加工。”

“防弹加工……”

看来并不是天使，而是战斗女仆了。

拜托，真相不要这么残酷啊！

“嗯。衣服内衬里加入了光谱纤维，与凯夫拉纤维不同，光谱纤维不论被击中多少次，防弹效果都不会降低，材质更轻盈、透气。照子在近距离上是无敌的，所以需要特别注意远距离防御。你看，我们的裙子很长吧，有着类似合气道裤裙[①]的功用，行动起来很容易呢。”

听上去像是在开玩笑，可光小姐一脸的认真。算了，我就当故事听听吧。

“话说回来，照子小姐怎么那么厉害啊？难不成光小姐你也很厉害？”

“嘻嘻，你想多了，我可没那本事。照子基本上算是小姐的保镖，跟我们的工作完全不同。你想想看，是不是从来没见过照子跟我们干同样的活？”

这么说来还真是，一直以来都是光小姐和明小姐在干各种杂活。我竟然没有注意到这一点，实在愧对曾被选入 ER 计划的经历，这是何等的失败。的确，所言极是……

“可是，我没想到她会帮你呢。她可是相当冷漠的，你们也看得出来吧。出手帮你也就罢了，竟然还挺身相护，按常理来讲，实在让人想不通啊。”

“就是啊，为什么呢？”

“谁知道呢，反正那孩子就是那么反复无常。”

净是一群不正常的人。

但是，仔细想想，也不是不能理解。虽然我依旧理解不透照子小姐的情感。不过，她对我来说是怎么样的存在，同样，对她来说，我应该也是那样的存在。

照子小姐一定是，只是单纯地想问那么一句吧。

“戏言啊……”

我想起今天白天被照子小姐抓住手臂时，感受到的那股异样的力道，难道那是给我的某种暗示吗？

“背部好像没什么问题，嗯，腰也没事。头没有受到什么打击吧，那么，好了，这样就没问题了。”

说完，光小姐又开始帮我按摩肩膀。舒服！真是极乐天堂啊！

“好啦，我们该去餐厅了。”

欸！要去地狱了！

是的。除了伤者以外，此刻，众人都在餐厅焦急地等待我和玖渚过去。

等待我们过去揭开难以置信的真相——令人恐怖的事实。

“小友，你一个人去吧。我的伤好像比想象的严重，没办法走路。”

“我是无所谓咯。可是，阿伊，这可是在小明面前自我表现的好机会哟，表现得好，说不定能心想事成噢。”

“哎呀，你喜欢小明？嗯嗯，她好像喜欢聪明的人哦。”

玖渚和光小姐一唱一和，嘻嘻哈哈地提议。这两个人，真是……以为自己还是小女生吗？

“小友，你也知道，我最怕那种事了。这些人也真是的，还用特地说明？自己稍微一想不就明白了吗？”

“阿伊，难道你在休斯敦没有做过演讲、口头报告什么的？”

“做过倒是做过，可是每次都像从地狱走了一遭啊，总是被人抱怨说‘你讲得太扯了’‘太抽象了’‘我们对你的困惑不感兴趣’。哎？哎？好，好，知道啦！我去就是了……”

“敷衍了事。”玖渚坏笑。

“不行，不行！你这样，人家可要生气咯。虽然对阿伊来说有点勉强，但这种事情一定要开开心心去做噢。走吧，阿伊。不过，先帮人家绑头发啦。”

“咦？现在这样不是挺好吗？”

“扯得头皮有点疼，还是梳成一个或两个辫子比较好啦。”

“好吧。可是这样多可爱呀。”

“友小姐，我来帮你梳头吧。”

玖渚头摇得像个拨浪鼓似的。

“不要！帮人家梳头是阿伊的工作啦。”

“是，是，是——”我散开玖渚的头发，然后重新梳成两条麻花辫。

“出发喽！”

伴随着玖渚的声音，地狱之门缓缓开启。

我的脚步十分沉重，不仅仅是受伤的缘故。

“真是戏言啊。”

我一路嘀咕着来到餐厅。除了重伤的园山赤音以外，全员到齐。

当然，也包括逆木深夜。

深夜先生一副像是彻底死心，又像是终于卸下重担的样子，平静地看着我们走进来。

真姬小姐看见了我，又是嘲弄地一笑。我心想不知又要怎样取笑我呢，结果她倒是什么也没说。

餐桌上摆着新的餐具和菜肴，那是弥生小姐在我接受治疗时重新做的。也许是心情比较放松，满桌的菜看上去比刚才那一桌豪华多了。

明小姐仍然不安地闪避我的视线。

照子小姐脖子上缠着绷带。

玲小姐静静地注视着全场。

最后是“主人”赤神伊利亚小姐，挑衅地看着我。

“那么，可以开始了吧。”伊利亚小姐看着我坐下来，然后做了开场发言，“给大家讲讲吧，究竟是怎么回事？”

“好，那我就直接说了。ER3 的七愚人，园山赤音小姐是犯人，伊吹加奈美小姐的陪护，也就是坐在那里的逆木深夜先生是共犯。”

一席沉默。

“然后呢？”

“没了，结束了。”

“太敷衍了，给大家详细讲清楚，请至少讲述三十分钟吧。”伊利亚小姐不满地强求。

“首先，说明一下，为什么园山小姐会在那里？”

“很简单。弥生小姐不是离开餐厅了？赤音小姐想趁着她一个人的机会将她杀死，所以守候在房间里。”

我本来想着借此扳回一局，没想到却被反将一军，多亏了照子小姐前来相救。说实在的，现在这个结果，不得不说还是承蒙赤音小姐手下留情。

赤音小姐朝我挥来的那把柴刀，一定就是砍下加奈美小姐首级的作案工具吧。

“我非常感谢照子小姐。”我补充上这样一句话。

“不，我不是要听这些。大家都知道的，园山小姐不是已经遇害了吗？就在那个仓库密室。”

“可是，如你所见，她还好好地活着。”我耸耸肩，“如果她没有双胞胎姐妹，那她就是赤音小姐本人，没错了。”

“那么，那间仓库里的无头尸又是谁呢？”

“既然赤音小姐还活着，那就肯定不是赤音小姐的尸体，这是合乎逻辑的推理吧。”

“那就是其他人的尸体了？”

“既然是无头尸的话，那就要考虑调包的可能，这不是推理小说中的固定套路吗？我想，即便是伊利亚小姐推崇的那位名侦探，也一定会这么说。”

伊利亚小姐歪着头，一副困惑的表情。

“停！请等一下，我想想。”她大概是打算自己推理一下。我真有些佩服她的气魄。

“既然这样，我可以插空问个问题吗？”深夜先生举手说道，“我有个问题问你。”

“请便。”我点头回应，心想他无非就是想问何时发现了真相，怎么确定犯人之类的问题，但深夜先生的问题大大出乎我的意料。

“你的脚伤没有大碍吧？”

“是的，没有大事，只是有点淤青。”

“是吗？没有断啊，那家伙……”深夜先生自嘲地笑了笑，低下头继续嘀咕，“是下不了手吗？不像她的风格啊，不，或许，这才是真正的她吧……”

我不明白深夜先生的自言自语。

“不行了，不行，不行。”伊利亚小姐到底还是放弃了，“还是想不明白。真的是调包？”

“对，就是调包。大家都知道，玖渚的计算机被破坏了，这是第三起事件。但是，从逻辑上来讲，那是在座的任何一个人都无法办到的事，就是字面上的意思，的确没有任何人能做到。当时，我们每个人都是其他人的证人，根本用不到什么不在场证明，也不用想是不是合伙作案的问题。就是说，我们互相监视，谁都无法办到，当时在餐厅的每一个人都无法办到。既然如此，那就只有不在餐厅的某个人才能办到，这也是合乎逻辑的推理吧。”

“到这里，我能明白。”伊利亚小姐说，“你不用一直强调什么‘合乎逻辑的推理’，你这人怎么这么讨厌，你是故意在讽刺我们吧！话说回来，既然这样，那间仓库里的无头尸又是谁的？现在，大家不是都在这里吗？没有谁能跟园山小姐调包啊。这可实在是太奇怪了。”

“是啊，要说奇怪，的确是很奇怪。”面对伊利亚小姐的疑问，我决定用一个简单易懂的例子来说明，“你听过这样一个智力测试题吗？不，与其说是智力测试，其实更像是圈套或骗术。”

我从口袋取出先前制作的不在场证明表，翻到背面，在上面先画了一个大大的长方形，然后在里面画上九条线。总之，就是一幅十个小长方形挨在一起的图案。

“这是什么？跟我们现在说的问题有什么关系？”伊利亚小姐不解地问道。

“你可以把这十个长方形想象成电话亭，十个电话亭，然后试着放进去十一个人。”

“电话亭？什么意思？”

“不一定是电话亭，当作普通的箱子也行，或者十个房间。”

“那就十个房间吧。”

顺便说一下，这个小骗术是我上小学时在书店看书学会的。

“看好了啊，要将A君放入第一个房间。在这之前，第二个人已经先放进去了。”我在第一个长方形中打了个叉，“然后是第三个人。”我接着在旁边的长方形中打了个叉，“第四个人。”我又在旁边的长方形中打了个叉，“接下来是第五、第六、第七、第八、第九、第十个人。这样，十个人都放进去了。可是，还剩下一个空房间，所以就将一开始没有成功放进去的A君放到这里面去。”我在最后一个长方形中打上叉。

“你看，这样，就在十个房间里安排进去十一个人，懂了吗？”

“无聊吧（傻吧），你！”伊利亚小姐不屑地说，“第一个人根本就没有放进去嘛！你只是把后面的人每个都往前移了一下而已。”

“对呀，就是那样。只要稍微想一下就明白了，很初级的圈套。但只要手法迅速，很容易就让人迷糊了，根本注意不到这一点。”

“可我就发现了呀。”

“没发现，事实上我们都忽略了。”

“听不懂你在说什么鬼话。你岔什么话题嘛，我问的是那间仓库里的尸体是谁的。我们大家都在这里，怎么想也想不出哪里多出个人。难道你又要胡说什么岛上还有第十三个人？”

“不可能。这座岛上就是我们十二个人，这是绝对前提，不会改变。”

“那就奇怪了，你说那是谁？”

“现在，这幢房子里活着的人有十一个，赤神伊利亚小姐、千贺明小姐、千贺光小姐、千贺照子小姐、班田玲小姐、姬菜真姬小姐、佐代野弥生小姐、玖渚友、逆木深夜先生和园山赤音小姐，还有我。那么，答案不是明摆着的吗？”

我停顿片刻。

“是伊吹加奈美小姐。”

3

“放进睡袋里的尸体，即使埋在土里也不会弄脏。深夜先生在我们回来后，又将加奈美小姐的尸体从土里挖了出来，然后背到了那间仓库的窗口处。注意，是外侧。然后敲敲窗，赤音小姐就从里侧打开了窗户，于是深夜先生通过窗户把尸体垂放进屋内。接下来，赤音小姐进行了调包。总之，就是这么一回事。”

我装着无意的样子观察了一下众人的反应，尤其是深夜先生的表情，然后继续说：“有件事实在令人不可思议。埋葬加奈美小姐的时候，深夜先生理所当然地拿来了睡袋，告诉我们权当棺材了。大家注意我刚才讲到的，为什么会有睡袋呢？如果是去露营倒也罢了，但是大家见过受邀到别人家做客还要带上睡袋的人吗？可能大家会说是不是这座房子里原本就有呢？一开始我也是这么认为的，以为是为了埋葬加奈美小姐，伊利亚小姐提供了睡袋。但是，如此奢华的宅第，连给客人配的床都是带顶盖的豪华大床，竟然还会备有睡袋，太不符合常理了吧。虽然觉得不符合常理，但也未必就绝对没有，所以我当时也没再多想。然而，接着发生了第二起事件，可埋葬赤音小姐的尸体时，其实是加奈美小姐的尸体了，光小姐拿来的却是担架。埋葬第一个人提供睡袋，第二个人却不提供了，于情于理都说不通吧，理由何在？现在我们知道了，根本就没有什么理由不理由的，因为根本不存在这样的问题。再说了，就算真是如此，就算有什么理由，至少光小姐会给我们做出解释的。所以，这一前提自然就瓦解了，也就是说这幢房子里根本就没有睡袋，因此可以断定，睡袋是深夜先生自己带来的。大家想想，又不是来露营的，竟然还带着睡袋，那么就只能让人想到一个原因，那就是他一开始就知道需要棺材，知道不能让尸体污损。”

“是再次利用了无头尸吗？”

“对，就是那样。赤音小姐和深夜先生利用加奈美小姐的尸体，虚造一起新的斩首事件，制造出一具虚幻的尸体。就是这么回事。”

“可是，仓库里有血迹啊。”伊利亚小姐提出疑问，“如果那是一天前的尸体，怎么还会有血呢？”

“我无法判断那些血是否是赤音小姐的，如果警察能来就好了。话说回来，如果有警察的话，就不会发生这种离奇的事件了。可是，伊利亚小姐不喜欢警察，也没报警，这样很容易让人认为是伊利亚小姐有不能报警或不报警的缘由。如果赤音小姐和深夜先生知道其中隐情的话，他们就笃定即使出了什么事，也不会有警察来，所以才……至于血迹，可能是血袋里的血，也说不定是动物血，那可得问问赤音小姐和深夜先生了。”

然而，深夜先生对我的问题未置一词，只是一味地沉默。

“同样的道理，如果有警察的话，就能辨别出来是不是一天前的尸体。但是，我们不是专家，顶多只能看出来一个人是死了还是活着。如果死亡时间长了，比如超过了十天，或许还能分辨出来，再或者是炎热的夏季，根据尸体的腐烂程度大致也能判断出来。可是，现在是春季，是樱花绽放的季节啊。”

“是给尸体换上了自己穿的衣服吗？”

“对，之所以半夜叫光小姐来送书，也是为了展示赤音小姐被杀以前的装束。实际上，光小姐到仓库时，加奈美小姐的尸体已经在仓库里了。仓库的门是向内开启的，因此只要藏在门后即可。而且，赤音小姐自己走到门口来拿书，光小姐自然也不能进入房内了。不能不说这样做是极其危险的，如果说赤音小姐在犯罪过程中有什么‘冒险’行为的话，应该就是这个时候了。但是，她有必要冒这个险，刚才我已经提到了，就是为了利用服装的印象让大家将加奈美小姐的尸体误认为是赤音小姐，同时，也是为了限定案发时间，以便给共犯深夜先生制造确切的不在场证明。

“那天晚上，深夜先生和真姬小姐喝酒喝到天明。虽然的确是真姬小姐约的他，但即使不是这样，深夜先生也会主动邀请真姬小姐共饮的吧，甚至邀请的对象未必就是真姬小姐，也说不定是我或者其他人。不过已经是过去的事了，现在再说这些也没什么意义。

“破坏玖渚的计算机，也是基于这个原因。因为玖渚的计算机和数码相机里存储着加奈美小姐遇害的现场照片，如果拿那些照片和仓库里赤音小姐的尸体仔细比对的话，有可能会发现那是同一具尸体。”

“嗯，事实的确如此。”玖渚接上话，“难怪本大人一直觉得手还是手指那里不太对劲。本来就是嘛，加奈美跟赤音怎么可能有相同的指纹呢？”

玖渚叹了一口气，似乎深受打击，为自己没有当场发现那个事实而懊恼。众人或许以为玖渚是在开玩笑，但我心里清楚她是认真的。

绝对不是那样。

“可是，为什么要那样做嘛？”

“可能性太多了。比如，我认为她是为了消除自己的存在。赤音小姐通过重复使用同一具尸体，通过制造出一个虚幻的‘第十三个人’，成功地让自己消失了。至于隐藏的地方，那可就太多了，这幢房子如此宽敞，没有上锁的房间那么多，即使不在房子里，就是藏匿到屋外也未尝不可。”

“为什么要让自己假装消失在这个世界上呢？”

“那不明摆着的嘛，想都不用去想。自己成了受害者，甚至被杀害了的话，那就没有人对她产生戒心，简直就成了一个透明人，轻松逃出我们考虑和推理的范围。这样一来，比如说破坏玖渚的计算机，那还不是易如反掌的事？还可以继续制造第四起事件，无论想谋杀谁都是轻而易举的。至于是不是像我说的这样，那还是得问问深夜先生或者赤音小姐了。”

“原本是要杀掉所有人的。”

这次，深夜先生开口回答了。

大势已去的颓败语气。

萎靡不振的口吻。

“杀掉这里的所有人。为了实现这个目的，就必须脱离这个圈子。因为随着事态的发展必将组成小团体行动，或者众人齐聚在一个场所，这样一来，当然自己就无法擅自行动了。所以，必须离开这个圈子。”

然后从圈子外面，按照从易到难的顺序逐一屠杀吗?

“哈哈哈。”深夜先生虚虚地苦笑两声，“赤音那家伙，虽然巧妙地脱离了圈子，没想到连一个人都没能杀死，原本我还想着至少能杀掉一半……”

“剩下的，深夜先生来说明吗？”

“不。”深夜先生无力地摇摇头，“全交给你了。那是你的任务，你的工作。”

我无言地点了点头。“那么，关于第一个密室，应该无需赘言了吧。简单地说，就是障眼法，反正就是为第二起事件争取时间。与其说是有计划的犯罪，倒不如说是基于大数法则的偶发事件，可能只是地震发生时的临时起意。换句话说，就是虽然打算杀害加奈美小姐，但并没有制定出明确的计划，或许只是地震发生时的灵光一闪。如果真是那样的话，脑子转得可够快的，让人不得不佩服。总之，就是发生了地震，接着深夜先生打了电话，但不是打给加奈美小姐，而是打给了赤音小姐。于是，赤音小姐杀死了加奈美小姐。深夜先生说加奈美小姐告诉他‘颜料罐震倒了，颜料洒了’什么的，那也不过是诡计而已，故意采用含糊的说法，一旦事情败露了，也有借口搪塞。我也被完美地骗过了。”

“呵呵。”深夜先生笑了，“那只是偶然而已。”

“是吗？但我认为并不是偶然，从统计学上讲，那是很大的有意差，尽管我没办法下定论。总之，就是赤音小姐杀死了加奈美小姐，然后故意泼洒颜料，制造出了平面上的密室。”

“既然是这样，那么当初认定园山小姐是凶手，至少没有判断错误吧。”

“你说的没错，伊利亚小姐。‘可能性很高’通常意味着最终的确是那样。但是，当初我们也只能推理到那一步，因为赤音小姐制造了密室，导致我们无法做出明确的断定。当然，这也是她制造密室的目的，就是为了让自己恰好成为唯一的怀疑对象，为了让自己成为‘虽然有嫌疑，但又无法断定’的嫌疑犯，特意制造出平面上的密室。结果，如她所愿，她被监禁在了仓库里。”

监禁的建议确实是我提出的，但实际上，就算我不提出建议，深夜先生也会这样提议。上锁的房间本来就没几个，很容易就能锁定那间仓库，而且上岛的那几天也有足够的时间观察这栋房子的格局。当然，这只是我单方面的推测，如果深夜先生他们不愿意说明的话，我也不知道这种想法是否正确。

再想想，赤音小姐在那天的晚餐会上与加奈美小姐起了争执，我估计那也是计划中的行为，因为赤音小姐希望自己成为嫌疑犯。

一切都是为了之后的行动做准备。

没有不在场证明的，只有赤音小姐一个人（但是根据弥生小姐的说法，现在看来，其实玲小姐也没有不在场证明），我想不出那是单纯的好运，还是早就计算好的。但是，我觉得还是偶然性更大吧。

我是这么认为的。

说到现在，大概伊利亚小姐终于想明白了，于是迫不及待地发表自己的想法“于是，她就将伊吹小姐的尸体调包了。半夜让小光看过自己的装扮以后，把身上的衣服脱下来穿在了伊吹小姐的尸体上，然后逃离了仓库，躲在某处。刚才隐藏在餐厅附近，听到佐代野小姐发狂，得知她要一个人关在自己房里，于是就先行潜伏到佐代野小姐的房间里伺机而动，因为房间没有上锁嘛，结果最后被抓到了。哎？这么说，佐代野小姐发疯，叱责小光，都是你事先设计好的，布下的陷阱吧？”

我点头承认。“不这样的话，仔细搜搜当然也能找到，但这幢房子实在太大了，找起来有点麻烦，所以才设下这个陷阱，虽然有点危险。”

“能够在千钧一发之际解决事件，就是你的厉害之处咯。”

我有点不相信自己的眼睛和耳朵，但说这话的人的确是真姬小姐。不带任何讥讽地赞美我，这还是头一回吧，我不禁有点小窃喜。

“可是，等一下。”

伊利亚小姐用手撑着头苦苦思索，过了一会儿才说：“还是有点想不通。哪儿呢？总觉得哪里不对劲。”

“是想不通赤音小姐如何从那间仓库脱身的吧？”

“对，对！就是这个。”伊利亚小姐激动地双手一拍，“就是这个，第二间密室的事还没说呢。是深夜先生拉她上去的吗？先垂下尸体，然后再将她拉上去。”

“不是。大家回想一下，深夜先生在室外的时间，只有到后山埋葬加奈美小姐的那段时间。虽然他将尸体放进仓库，但当时并未将赤音小姐拉上来，因为光小姐在半夜两点钟还见到过她。而且，深夜先生还有夜间的不在场证明，所以说赤音小姐不可能是被深夜先生拉上来，这一点毋庸置疑。”

“那么，是不是在放尸体的时候，深夜先生塞入了绳梯之类的东西？”

“也不是。因为如果是那样的话，势必会留下痕迹。如果是非常长的绳索，倒也不是不可能。但是，两点钟的时候，光小姐看见窗户是关闭着的，因此说位于仓库内的赤音小姐是无法将绳索拴到窗外的。如果想这样做，必须有人协助才行，但刚才我们已经说过了，那时，共犯深夜先生正忙着制造不在场证明，就是在和真姬小姐一块儿喝酒。”

“那，还是说不通嘛。”伊利亚小姐有点急躁起来，耍起了小姐脾气，“讨厌死了，脑子都快转不动了。不行了，要呼吸衰竭了。”

“你想说的是神经衰弱吧？”

“这，你说明得倒快。”伊利亚小姐不满地瞥了我一眼，“快说吧，到底是怎么回事？你已经知道了吧。”

我点点头。

“人被关在房内，门从外面上锁，窗户的位置很高，但那扇窗户可以自由开启，所以只能从窗户脱身。伊利亚小姐在这种状况下，会怎么办呢？”

“想象不出来。”伊利亚小姐十足大小姐气势地说道。

“明小姐，你觉得她会怎么做？”

事前已经向光小姐和弥生小姐解说过了，所以我把问题抛给了明小姐。当然，也可以问照子小姐、玲小姐或真姬小姐，但毕竟对明小姐最有好感，同时也想借此化解一下今天早上的尴尬。

“如果是我的话……对，那就伸手跳着去抓窗户。”

“嗯，应该如此吧。但是，如果跳起来也够不着窗户呢？”

“假定我被关在那间仓库里……嗯，跳起来去抓窗户，如果够不着，那就站到椅子上，再跳起来伸手去抓。”

“还是够不着。”

“那就很简单了。”明小姐挤出一个滑稽的表情，“放弃。”

“这样，话题可就接不下去了。”

“所以，就别再问我了。”

还真是冷淡。看来不是难为情，而是真的讨厌我吧。欸，算了。我旋即切换了频道。

“刚才，明小姐提到利用椅子。不论是谁，大概都会那么做吧，就好比猴子看到挂在高处的香蕉，自然就会跳起来去摘取。”

“你这是拐着弯骂我是猴子吗？！”明小姐面红耳赤地对我喊道，“真没礼貌！你这人怎么这么不会说话？！把我惹火了，对你有什么好处？”

呀，失言了。

看来换错频道了。

“不，不，我没那个意思。其实，猴子多可爱呀，何必那么生气呢。”

“从出生到现在，我还没受过这种侮辱！”明小姐“哼”地一声撇开头，“再也不理你了！”

看来彻底被讨厌了，内心有一点点受伤。玖渚那丫头还说什么“说不定可以心想事成的噢”，完全相反啊。

“嗯，真是伤脑筋啊。站在椅子上，一般大家都会这么想这么做，可是够不到窗户，伸手往上跳，还是够不着，这可怎么办呢？其实很简单，只要站在更高的椅子上就好了。”

“那个房间里只有一把椅子哦。”

“我说的‘椅子’只是一个象征性的词语，任何一个可以当作椅子的东西都行。那么，大家想想，那个房间里还有什么呢？”

“什么都没有了吧，要不就是书？被褥？或者台灯？”

“应该还有。其实我们一直看着它，甚至可以说我们的眼睛一直只看到了它。”

所有人都不再说话。是想不出来吗？也或许是已经想到了。无论是哪一种情况，差不多都应该是这种反应。

最后，说出答案的人是伊利亚小姐。

“是伊吹小姐的尸体。”

“对！”

这一个词就足够了，其他什么都不必再说。

“人死后，尸体的僵硬程度一般在二十四小时后达到巅峰，当然这也不是定论，也有其他不同的说法。加奈美小姐死于半夜两点以后，可能多少有些差距，这些先忽略不计，反正到被调包时差不多过了二十四小时，尸体肯定已经变得硬邦邦的了。这样，给她换衣服可能有点困难，但从另一方面来说僵硬的尸体才有利用价值。这就是所谓的有利有弊吧。”

“不容易啊，那可是套装，怎么穿到那么僵硬的尸体上去的？是不是关节部分还可以转动？”

“相同的衣服准备两套不就行了。白天的时候，趁尸体尚未那么僵硬，先换上。至于换下来的小礼服，可能也藏在门后了。说了这么多，大家应该想明白了吧，我之所以这么推理，是考虑到砍头的理由。斩首，首先当然是为了重复利用加奈美小姐的尸体，不然，大家看脸就识破了。但是，我相信还有另外一个理由。为了那种理由，就把人的头砍下来，这样的家伙，世上怕是再找不到第二个了吧。这第二个理由就是为了将肩膀夷为平地。”

“如果不那样做，如果肩膀处不平坦，就不能作为脚踏板来用，因为脚踏板必须得平稳才行，是这个意思吗？”

明小姐恐惧不安地问道，弱弱的语气中又带着些许希望，似乎希望能听到否定答案。

“对，就是这个意思。与其说脚踏板，倒不如说是台阶更准确。首先放好椅子，再把加奈美小姐的尸体竖立在旁边，很简单，稍微斜着靠在墙壁上就可以了。椅子为第一级台阶，加奈美小姐的肩膀是第二级台阶，然后踩着肩膀向上跳跃，就是做一个三级跳远的动作，先单脚跳，再跨步跳，最后双脚同时跳起来。这样再伸手，就可以抓到那扇窗户了。”

因为加奈美小姐一直坐轮椅，所以我们不清楚她的实际身高。但是，既然会想到重复利用尸体，那跟赤音小姐应该差不多高。赤音小姐绝对算不上娇小，所以即使缺失了头部，也有一米五左右的高度，然后再加上她本人的身高，至少有三米多点。这样，再伸手跳跃，就能抓住窗户爬上去了。加奈美小姐的尸体可能会在跳跃时的冲击下歪倒，但那样反倒更合心意，因为那样就不会被发现尸体是用来当脚踏板的了。

直截了当地说，之所以从颈根处砍掉头部，就是为了这个目的。

“能那么顺利做到吗？三级跳什么的。”

“就算失败也无妨啊，因为可以一遍遍重来。事实上，也不会是一两次就能做到。但，最终还是成功了，爬上了窗户，加奈美小姐的尸体也倒下了。要说还有什么遗憾，应该是想把窗户也关起来吧，然而窗户只能从室内控制，不得已才放弃了。第二天我们看到的赤音小姐的尸体，其实是调包后的加奈美小姐的尸体，看上去有点柔软，大概是已经过了僵硬的巅峰期了。毕竟我不是那方面的专家，这一点也无法做出明确断定。”

明小姐脸色惨白，又变成了早上那种迷乱的状态，似愤怒，又似绝望。

“太过分了！太残酷了！绝对不可饶恕。杀了人，砍下首级，埋葬起来又挖出来，而且还伪装成别人的尸体，这样已经够残忍的了，竟然还用来代替椅子、代替台阶、代替脚踏板！那种行为，岂能原谅？”

“要坐在活人的身上很难，更何况还要坐上三十分钟，那是近乎不可能的事。然而，坐在尸体上就算不上是什么难事了。”

开口的是深夜先生，犹如朗诵般说出这番话。“这是大江健三郎说过的话，你没听过吗，明小姐？”

明小姐脸色煞白，厌恶地摇了摇头，犹如小动物般畏怯，畏惧这残酷的现实世界。

我忍不住叹息。

尸体就是一个空壳，没有价值、人格、灵魂，也不再有意志、品格，沦为一个纯粹的“东西”。而且，不管被如何对待，本人都不再有任何怨言，纵使想要抗议，也已经失去了抱怨的能力。

一具被斩首的尸体，

将其伪装成自己的尸体。

一具被斩首的尸体，

将其当作台阶使用。

所以，那又如何呢？

死亡等于结束，活着也不代表开始，不过如此。每个人有每个人的想法，怎么想是个人的自由，既然是个人自由，那么无论别人对此抱有什么样的认识和看法，我们都不能横加指责。

我忍不住又叹了一口气。

“差不多就是这样，伊利亚小姐。一些细节说起来太麻烦，请你自己去想吧。接下来的事情基本稍微一想就能明白了，不好意思，现在我没有心情连那些也一一说明，请你自己去理顺吧。”

“细节啊……不过，动机呢？作案动机可不是细节，所以不能算是你不想说明的小事。”

“那要去问本人了。”

我再次重复了这句已不知说过了多少遍的话，同时视线投落到深夜先生身上，大家也都看着他。正当深夜先生无奈地想开口说什么的时候，一道声音在我身后响起。

“你没有必要回答，深夜。”

回头一看，餐厅入口处，赤音站在那里。

她怎么在这里？怎么不在房间休养？

是从何时起站在那里的？

又是从何处开始听我的戏言的？

赤音手臂上打着夹板，一副无畏的表情，鄙视、不屑地看着围坐在圆桌旁的众人。

“赤音小姐！”

ER3组织的七愚人——园山赤音。

“无论何时、何地，不管被谁、以什么方法、基于何种理由杀死，我都毫无怨言。”曾经如此宣言的园山赤音。

然而，那只是意味着“无论何时、何地，不管把谁、以什么方法、基于何种理由杀死，我都会原谅自己”吧。

“哈！”赤音一声嗤笑。

“动机？你说动机？真是无聊透顶。那种玩意，在这个广大的世界里根本毫无意义，根本不值一提，我不明白你们为什么要纠结这种小事，完全理解不了你们的思维。不过是出现了一点点‘偏差’罢了。”

赤音扫视了一圈众人，冷冷一笑。

“我只是想要尝尝你们这群人的脑子！哈哈哈哈！”

【注释】

① 合气道裙裤：合气道的动作幅度比较大，因此裙裤比较方便行动。

② 棒球比赛规则，先进攻的队伍的进攻回合被称为第X局上半，当进攻一方有三人出局，才会轮到防守一方的队伍进攻。

赤神伊利亚
AKAGAMI IRIA
鸦濡羽岛岛主

一周后——分歧

班田玲
HANDA REI
女仆领班

0

这是哪里？

你是谁？

1

结局。

在岛上待了一周，我和玖渚决定按照原计划离开。玖渚不喜欢变更既定计划，这也是一种强迫症倾向，只是没有不能独自上下楼那种强迫症状严重，所以现在能够如期离开，我也稍稍松了一口气。

然而，我又想起玖渚曾说过她来这座岛的原因就是对岛上以前发生的“各种事情”有兴趣，现在就这样回去了，好吗？于是就问了问她，结果她只是回答“差不多调查清楚啦”。

这丫头，在我不知道的情况下，好像暗中做了“各种事情”呢，心里不免有点失落，同时也好奇她到底都做了些什么。既然她这么说了，就表明没什么问题了，那就赶紧回去吧。

登上来时搭乘的快艇，我在沙发上坐下来，玖渚则躺在对面的沙发上睡觉。

临别之际，心里多少有点期待光小姐和明小姐能说点什么，但她们只是例行公事般地道别“谢谢！欢迎有机会再来。一路顺风！”照子小姐就更不用提了，满是“一辈子的话都说完了”的态度，什么也没有说。

欸！也罢。

反正我的人生也就这样了。

至于园山赤音和逆木深夜，本次事件的两名罪犯，自然不被允许继续在岛上待下去了，此时，那两个人正老老实实地待在隔壁船舱。我不知道他们之间能聊些什么。

我们是如约离开，而他们则是被主人驱逐离岛。虽然形式上跟流放外岛刚好相反，但仔细想想，哪里是本土，哪里是外岛呢？全凭自己的主观感受罢了。

弥生小姐和真姬小姐留在了岛上。

弥生小姐打消了对伊利亚小姐和玲小姐的怀疑，这到底是不是好事呢，那就不是我能知道的了。弥生小姐的人生必须由弥生小姐自己决定，我一个外人不便说什么。

真姬小姐，那个人，直到最后还是那么阴险。

离岛之前，我忍不住问她：“那个，事件的真相，你究竟知道多少？”

面对我的疑问，真姬小姐抱以高深莫测的微笑。

“你说呢？说不定我什么都不知道，一直都在演戏哦。”

“我总有种感觉，觉得你知道深夜先生和赤音小姐的所有计划，而且还帮他们制造不在场证明。”

真姬小姐一脸无所谓地说：“是吗？说不定呢。如果真是那样，又如何？”

“如果是那样，你就是共犯。我也只能这么说。”

“我可没从深夜先生那里打听任何事，他也从未主动给我说过什么。”

“那你就是协助杀人。你连续两晚主动与深夜先生接触，帮助他制造不在场证明。正因为如此，我才一时没有想到他暗地里做了那么多坏事。事实究竟是怎样的呢？如果你真的协助深夜先生……”

“那又怎样？”

“是啊，那倒也不能怎样。”我耸耸肩，“一点也不能怎样。”

真姬小姐看着无可奈何的我，哈哈大笑。

其实，我有话想说，但那种话也毫无意义吧。假如真姬小姐真有那种能力，我根本无须开口，如果没有超能力，那就更没有开口的必要了。无论是哪一种情况，结果都是一样。

不过，我心中仍然有疑问。深夜先生和赤音小姐的连续杀人计划，看上去极其周密，但仔细想想，有许多地方完全是仰仗偶然因素。说实话，在众人面前讲述案件真相时，我也是煞费苦心地掩饰了那些问题。我倒不是说这是一个子虚乌有的计划，只是有一种虽然是即兴表演，但能让人感觉到其实做了事先准备的强烈感觉。说白了，就是觉得他们运气实在太好了，运气爆棚到连偶然性都能算计到，并且得以充分利用，甚至连岛上的格局、家具什么的好像都是专门为他们服务的。

“戏言啊。”我低语的同时摇了摇头。

那些所谓的偶然，只不过是大数法则的一种现象，简单地说，他们只不过是赌赢了，仅此而已。如果只是以选择性思考的观点来看待结果的话，不管什么，不管哪个地方都是机会主义罢了。

是奥卡姆剃刀定律……吗？

可是，那座岛上有一个能够洞悉一切，甚至能够预知未来的人。

连这也是偶然的吗？

哎呀，不想了，可能只是偶然吧。除此之外，我得不出其他结论。即使不是偶然，目前事情已经结束了，也没有办法证实。就算能够证实，如果深夜先生他们死不承认，也没有任何意义。就算有意义，也跟我没有任何关系。就算跟我有关系，我也没有任何兴趣。

不就是这么一回事嘛。

于是，我改问真姬小姐其他问题。

“我有危险，是真姬小姐你告诉照子小姐的吗？”

在弥生小姐的房间，我差点惨遭赤音的毒手，此事不可能有人知道。所以，照子小姐实在没有理由会如此凑巧，就像电影中演的那样，在关键时刻，女英雄飘然而至。

如果说没有一个能够预知未来的人提醒她，实在是讲不通。

“你觉得我会做那种事吗？”

“不觉得。”

“咿呀，那可不一定哦。”

真姬小姐露出可恨的笑容。我暗忖继续追问也没什么意义，索性没有向她道谢，也没有道谢的理由啊。

“那个，今后会怎样呢？这座岛，还有伊利亚小姐。”

“不知道。”真姬小姐一如既往干净利落地回答。

我再一次耸耸肩。

“那么，我跟玖渚今后会如何，给我占卜一下吧，就当那晚恋爱占卜的下文了。今后，我们也一直是这样吗？”

“找我占卜，可是很贵的哟。”

“那就免了。”

听我这么说，她倒爽快起来：“暂时就是这样咯。”

这个人，真是的，你好声好气地请她说吧，她不肯说，你不想听了吧，她倒主动告诉你，真是个天生的别扭鬼。

“暂时吗？”

“对，暂时。”

“大约多久？”

“两年多。”

我不解地再次发问。

“两年以后会出什么事吗？还是说一切回到原点？”

“天知道。”真姬小姐突然讥讽一笑，“我看不见两年以后的未来。”

这可是前所未闻的事，我掩藏不住满脸的惊讶。

“这可是我的秘密。”真姬小姐又回到刚才的话，“所以，你跟玖渚两年以后会如何，我看不到。”

“是到了能力的界限了吗？”

“不，是我死去了。”真姬小姐毫不避讳地说道，“对我而言，时间是相对性的东西。就我自身来说，时间将定格在那一刻，两年后的三月二十一日，下午三点二十三分。那就是我的死亡时刻，就是我的忌辰了。”

除了震惊以外，我不知道该说点什么，唯有沉默。

“内脏俱损，脑浆四溅，对于过着歪门邪道生活的我而言，那是最适合的死法了吧。”

“不能避免吗？”

真姬小姐露出一抹淡笑，认真地说道：“那时，你可要找出杀死我的人啊，就像这次一样。现在，先拜托你啦。”

“就算现在拜托，反正你也看不见那时的事情，那我接受或拒绝都没有什么意义。”

“或许吧。”真姬小姐挺起胸膛看着我，好像她看不见未来是什么值得骄傲的事情一样，然后伸出右手。

“握个手吧！”

“好啊。最后的，最后的最后，假装感情不错，也不赖嘛。”

虽然嘴上这么说，但我最终也没握住向我伸过来的那只手。

真姬小姐为何一直找我的茬？最终，我也没搞明白。或许，就该那样吧，那样就是我们最好的相处方式吧。

然而……

我依然满腹疑问。

“打扰了。”船舱的门被打开，玲小姐走了进来。“马上就要靠岸了，准备下船吧。”

“知道了。”

差不多该叫玖渚起床了。看她睡得那么香甜，真不忍心叫她，但是总不能把她扔下不管吧。哎？还别说，说不定那样也挺好玩。

原以为玲小姐通知我们后会马上离开，没想到她继续说道：“这次真的是非常感谢，特别是要感谢你，当然也很感谢玖渚小姐，但是，毕竟你……”

“玩得非常开心，对吗？赤神伊利亚小姐。”

听了我的话，玲小姐没有丝毫的慌乱，而是神色自若地点点头。

“嗯，你说得太对了，这次我玩得很尽兴。”

然后，赤神伊利亚小姐开心地笑了。

那是假扮玲小姐时从未展露过的笑容，不是表演，而是满带自己感情的，由衷的微笑。

“你怎么知道的？什么时候知道的？我跟小玲互换身份的事。”

“就是刚才，突然灵光一闪，真的只是闪念。反正就算弄错了，顶多只是稍微惹你不快而已，也不至于构成侵犯人权。其实，如果你刚才马上离开了，可能我也不会发现，至少不会说出来。”我向伊利亚小姐说道。

“是吗。”伊利亚小姐佩服地点点头，“我总是在最后关头掉链子呢，爷爷也经常这么说我。不过，灵光一闪也是需要契机的吧，请告诉我到底是什么让你发现了这个秘密。”

“问这有什么用？”

“当作以后的参考呀。”

这是还要继续玩下去吗？

“嗯，当作参考，小心留意。因为弥生小姐还没发现嘛，至于姬菜小姐吗，唔，我可就说不准了。”

伊利亚小姐咯咯地笑个不停。她那天真烂漫的样子，总觉得与岛上的伊利亚小姐，不，其实是跟班田玲小姐相比，真正的伊利亚小姐缺少一种贵气。这是不是验证了那句话？假扮者比本人更像本人。

不过，真正的伊利亚小姐看起来是个非常自由的人。

“你很少说话吧，伊利亚小姐，可是那反而给人太过不自然的感觉。可能你是出于多说话会露出破绽的考虑，但太过沉默也是会出问题的。或许你打算像照子小姐那样，打造一幅沉默寡言的公众形象，有意凸显毫无存在感的那种感觉，借此掩饰真相。”

“不，她是天性如此。”伊利亚小姐说，“那三胞胎姐妹，唯有照子，就算她不戴眼镜，我也能辨别出来，因为她不说话嘛。”

照子小姐那样似乎是天生的。

仔细想想，还真不像是装出来的。

“是吗，那倒不是什么要紧的问题。主要是能够与伊利亚小姐互换身份的，只能是班田玲小姐，因为明小姐、光小姐和照子小姐是三胞胎。明摆着的嘛，正因为是三胞胎，所以不可能替换你。”

“正是那样。”伊利亚小姐微笑着说。

那是面对同等地位的对象时的笑容。

至少我是这么认为的。

“此外，还有氛围的因素吧。照子小姐不怎么干活，可以理解，因为她是负责保护你的保镖。可是，我也很少看到玲小姐干活。这是怎么回事呢？现在一想，自然就……”

“我不是给你泡过茶吗？”

“很好喝。”我补上当时忘记说的感谢，“再就是……对了，我第一次去伊利亚小姐房间时，班田玲小姐在沙发上坐着，而伊利亚小姐却站在一旁，当时就觉得不太对劲，正常情况下应该相反才对吧。”

“嘻嘻。”

听着我的分析，伊利亚小姐似乎很开心。玲小姐也是尽可能地在模仿本尊，但怎么说呢，果然还是本尊更自然吧。

“继续，继续！”

“嗯，其他还有……对了……”

明小姐和光小姐肯定也知道这个事实，现在想来，她们可真会演戏啊。尤其是光小姐，一点也看不出她在撒谎，表现得那般自然，那般悲痛。

不能不佩服她们的精湛演技。

“决定性的因素取决于伊利亚小姐袒护班田玲小姐的事。那天晚上伊利亚小姐与弥生小姐在聊天。对了，玲小姐问了弥生小姐很多关于做饭的事，想来也没什么奇怪的，因为她本来就是女仆，自然对做饭比较有兴趣了。”

“是啊，就是你说的这样。弥生小姐觉得我有嫌疑呢，因此都不太搭理我，失算了呢。”伊利亚小姐有点耍起了小姐脾气，“而且，小玲也真是的，她哪里是在假扮我嘛，我才不会在你面前换衣服，而且我的脾气也没那么差吧。”

好像算不上差。

嗨，怎么觉得自己在睁着眼说瞎话！

“话说回来，你那天晚上到底干什么去了？

“秘密哦。”

“秘密？”

伊利亚小姐意味深长地说：“少女的夜晚是秘密哦。”

我预感再问下去会出现麻烦，就此止住了这个话题。还是不要再节外生枝了，我又不喜欢挑起事端。

“好，不说这些。话说回来，伊利亚小姐不仅没有袒护光小姐，甚至将她视为犯人，但是却不惜为玲小姐撒谎，编造不在场证明，为什么呢？因为玲小姐比光小姐跟自己更亲吗？或许可以那样理解吧，但我并不认可这样的说辞。我觉得你们一起住在那么与世隔绝的小岛上，理应不会有什么亲疏远近，毕竟人不是那么冷漠的生物。”

“是啊。”伊利亚小姐感慨地说，“对我而言，她们就是家人，是我最重要的家人，即使我被逐出家门，她们依然对我不离不弃。”

逐出家门。

被逐出家门的理由是……

“但是伊利亚小姐袒护玲小姐，却不袒护光小姐，为什么呢？因为，对假的伊利亚小姐来说，玲小姐，也就是真正的伊利亚小姐，是高于自己的存在，是自己要尽忠的主人。”脑子里突然冒出这个想法，我忍不住兴奋地拍了一下手掌，“对，就是这样一种感觉。”

“精彩！简直让人想给你来个拥抱。”

“好啊，我无所谓啦。”

“下次吧。”

伊利亚小姐像个孩子似的天真地笑着。

“我也有一个问题。为什么伊利亚小姐要跟玲小姐互换身份假扮女仆呢？是因为就算被逐出家门了，赤神家主的孙女依然还是不能毫无戒备地以真身暴露在外人面前吗。”

受邀而来的天才中，有可能混有不怀好意之人，就算事前做了调查，但也未必能够保证万无一失。事实上，这次不就是活生生的例子，在众人眼皮子底下发生了杀人事件。

所以，才准备了替身吗？

是这样吧？

“不是。”伊利亚小姐摇头否认，优雅地转了个圈儿，“我就是想试试谁会最先发现，小小的恶作剧啦，根本没有理由。”

恶作剧。

一个让人无力的答案，然而不像是谎言。实际上，直到现在为止，那些所谓的天才们，没有一个人发现她的恶作剧。

几年的时间，

谁也未曾察觉。

天才也不过尔尔嘛。

伊利亚小姐可能会这么认为。

而且，今后还会继续抱着这一想法吧。

“可是，被你发现了呢。”

“如果你最后没有做多余的事，我可能也不会发现。就算发现了，应该也不会揭穿。你别和我们同船出来，老老实实待在岛上不就好了嘛。”

“可是，你看呢，这两天老是催着哀川大师来，现在你把事情解决了，我得去跟人家当面道歉啊。哀川大师说马上就来，我送你们走，也正好去接他嘛。大师应该会生气吧，他生气起来可吓人了，不过说起来他好像没有不生气的时候，一直处在生气状态呢。另外，我也很想跟你这样聊聊天，不管怎么说，你让我感到很开心。”

“荣幸之至。”

伊利亚小姐甜甜地笑着对我发出劝诱。

“喂，要不要现在返回岛上去？玖渚小姐、真姬小姐、弥生小姐，还有你，如果是你们这些人，我们一定可以成为很棒的家人的。对了，你好像很喜欢小明和小光哦，我可以让她俩好好为你服务哟。”

“你这么说，可让我感觉不到你拿她们当家人对待啊。”

“是吗？不过，我是认真的，不管怎么说，我是真心希望如此的。这个提议怎么样？”

伊利亚小姐调皮地吐了吐舌头。

我无言以对地呆了一下。该说她奔放？还是天真？还是无邪？

“我讨厌杀人者。”

“嘻嘻嘻。”伊利亚小姐笑了。

我不知道她在笑什么。

“无论有什么理由吗？”

“无论有什么理由。”

“是吗？”伊利亚小姐反问了一句，“我不知道你从小光和照子那里听说了些什么，你呀，该不会以为她们说的都是实话吧？那三胞胎，基本上就是小骗子哦，她们没告诉你我和小玲互换身份的事，就是最有力的证明吧。”

“谁知道呢。”

“我不报警的理由很单纯，因为那样就一点都不好玩了。权力那种东西最无趣了。”

说着，伊利亚小姐卷起了左手的袖子，肌若凝脂肤似玉，一丝伤痕也没有。

“那么，告辞了。”

伊利亚小姐笑容满面地走出了船舱。

“哎？欸！”

怎么也没想到竟会是这般结果。

什么是真实，什么是谎言？

谁是真的，谁又是假的？

在这个暧昧不清的世界中，虽然知道自己看不透一切，分不清谁是诚实可靠的，也无法对所有的事做出明确解释，但总觉得……

的确就是这样的感觉。

“真是的！够滑稽的。”

我正要叫醒玖渚，但听到她像小猫一样“喵呜”一声呢喃，看着她幸福的睡颜，顿时打消了叫她的念头。到岸后再叫醒她也不迟吧，美梦当然是越长越好。

我又想起刚才和伊利亚小姐的对话。

家人吗？

“拒绝那个提议，还真可惜啊。”

我对着空气自言自语，当然不可能有人回应。不论什么时候，对那种提议，我的答案都无比明确。对我而言，可以称为家人的存在只有一个。

“戏言啊。”一如平日的语调。

日后谈——纯属童话

哀川润
AIKAWA JYUN
人类最强承包人

尾声

自离开鸦濡羽岛后，已经过去了一个星期。

我终于开始去大学上课了，但是由于开始就比别人落下一截，所以一时怎么也无法适应，也提不起劲头。于是，结束了上午的课程，我便独自走上了西大路，换句话说，就是我自主休课了，说白了就是逃课。

“不远万里回到日本，我究竟是回来干什么的啊？”

自言自语最能体现真实心境，但其实再怎么自问也没有意义。不论是在 ER3，还是在京都，或是在鸦濡羽岛，我自身都没有任何改变。如同玖渚一样，相隔五年，她依然没有变化。

“这也是戏言吗？”

我越走越觉得没有意思，心想不如回位于中立卖路的公寓看书算了。一路往南走去，又想起今天是玖渚必买杂志的出刊日，于是决定顺道去趟书店。

“玖渚友吗……”

从岛上回来后，玖渚一直闷在家里，忙着修理被园山赤音破坏的计算机和工作站，以及其他东西。这次，她决定要做一个钢铁般坚固的超级机器。不过，就常识来说，应该不可能吧。然而，既然当事人有此决心，不管怎么做，不管做什么，都是人家的自由，我一个外行也不便说什么了。

顺便说句，玖渚通过网络调查了园山赤音和逆木深夜的近况，估计是借用了昔日伙伴小豹等人的力量。

园山赤音辞掉了 ER3 七愚人的职位，目前过着半隐居的生活，但仍以学者身份名扬各界，逆木深夜一直陪伴着她。既然没有报警，就结果而言还算不错吧。

走进书店，用图书券买了该买的杂志，又站着看了一会儿书，就走出了店门。书店对面停了一辆超气派、超高级的敞篷轿车。尽管这里不是京都那种古色古香的街道，但街道上的这辆车也显得非常突兀，该怎么形容呢，怪异？玩杂技的？总之就是给人那样的感觉。

似乎是经常出现在杂志上的那种高级车，是叫蟒蛇、响尾蛇还是青蛇什么的。嗯，我现在只能确定不是叫青蛇，反正就是那种蛇类的名字。可是，在日本狭窄的道路上驾驶这样的车子奔驰未免夸张了点，我很好奇司机到底是个什么样的人。横眼一看，驾驶席的门打开了，一个女郎走了出来，亮眼的装束与夸张的车身比起来，有过之而无不及。

浑身让人侧目的酒红色套装里，套着一件白衬衣，领口开得很低，外面则披着一件风衣。

披肩长发上应该是抹了什么高级的定型发蜡，看上去异常闪亮。戴着大红色的太阳镜，完全遮住了眼睛。身材高挑纤细，不禁让人联想到模特儿。绝对是一位绝色美人，却散发出生人勿近的高冷气质，让人不禁猜想其身绝对有什么怪癖，并非是那种万人迷的类型。

反倒像是那种非治愈系，攻击性比较强的人。

“啧啧！”我不觉感叹出声。帅气的车子果然还是要酷酷的人来开啊！

正在感慨之时，却发现她快步向我走来，心想可能是要去书店吧，我便侧身让开了路。然而，大大出乎我的意料。

她在我面前停了下来，透过太阳镜盯着我。虽然尚看不清她的眼神，但能明显受到某种绝对震慑性的暴力气息，我全身僵硬起来，自己就像被毒蛇盯上的青蛙，避无可避。

毫无预警之下，她突然抬起修长的美腿，尖尖的高跟鞋前端直击我的胸口。猝不及防，我腾空飞起，又重重地砸向地面，疼痛难忍，五脏六腑几乎全都要吐出来。然而，还没等我发出惨叫，她已经追上前来毫不留情地一脚踩到我的背上，这次用的是细细的鞋跟部分，疼痛更加剧烈。

运气实在太差了，偏偏这个时候附近连个人影都看不见，不远处倒是有个公交站，但是公交车才刚刚开走，此刻公交站上空无一人。

可恶！运气也太糟了。

我可不想做出大声呼救那种丢脸行为，只是不断挣扎着，试图翻滚身体逃开她的压制，却以失败告终，她一把揪住了我的胸口前襟。

就这样被她拽了起来。

“哎吆喝，果然没有闭眼睛啊。”语气中透露出一丝意外和佩服。“哎呀！厉害，厉害！哈哈，挺帅的嘛。OK！到此为止。嗨！你好！”

“啊？啊，你好。”

“别跟我没大没小地打招呼！”

我暗忖自己也没说错什么话啊。她更加使劲地揪住我，然后一路拖到敞篷车旁，就像扔行李一样，把我推倒在副驾驶席上。她自己则坐进了驾驶座，取下太阳镜，一脚踩下油门，车子像离弦的箭一样冲了出去。话说她根本就没熄火啊，简直是环境的恶敌。

我一边揉着肚子一边暗自猜测。

怎么回事？这到底是怎么回事？诱拐吗？为什么是我？刚才的一切发展得太快，脑子跟不上了。虽说我处在很容易随波逐流的十九岁年龄，但以前从没遭遇过如此强烈的急流。这个女人究竟想要干什么？

“你，你是谁？”

“嗯？名字？小哥，你是在问我的名字吗？”

她转向我。我这才发现她摘下太阳眼镜后的眼神是那么犀利，用“刺穿心灵”来比喻也不为过，让人不由得心生恐惧。究竟经历过什么，才会有如此可怕的眼神？

“哀川润。”

哀川?

哀川、哀川……

怎么这么耳熟?好像在哪儿听到过这个名字。

“哀川小姐，是吗?”

“叫我润!”

语气非常粗鲁，无礼。明明长得这么漂亮，可惜了这副好皮相，可心中又不禁觉得这样更符合她的气质。

“哦，润小姐。那个，我跟润小姐在哪里见过吗?不好意思啊，我的记忆力不太好。不过，我还是觉得没有见过你。”

“第一次见面哦。”

“我觉得也是。”

不管怎么说，如此个性十足的人，即便只见过一次也不太可能忘记。

“怎么了?咦?伊利亚没告诉过你吗?”

“伊利亚?”奇怪，这个名字也很耳熟，“伊利亚小姐，伊利亚小姐……”

啊!

电光火石间，我的大脑回路终于得到了疏通。

想起来了，终于想起来了。

“那么，你就是那个‘名侦探’——‘哀川大师’吧?”

“正确来说，是承包人。”哀川小姐讥讽地说道，“你可算是想起来了。”

“那个，因为没想到会是一位女士。”

“谢了！这是最高的赞美，哈哈。”哀川小姐一掌拍在我的肩膀上。

一直以为“哀川大师”是个男人，没想到竟然是个女人，而且还是美女，当前的事实让我震惊不已。可是仔细想想，伊利亚小姐邀请的客人，除了深夜先生与身为跟班的我，清一色都是年轻女性啊。欸！如此想来，我早该意识到哀川大师是位女性才对。

看来，是被伊利亚小姐那些“英雄”言论给误导了。

哀川小姐轻笑着说：“本来想直接去大学的。走到这儿，无意朝书店一看，咦？你这小子不正在那里看书吗？呵呵，了不起的偶然啊。所以，就停下来叫你咯。”

“你的意思是……你在找我吗？”

“对！我想亲眼看看到底是哪个混蛋抢了本小姐的工作。我该说托你的福吗，害得本小姐失去了出场的机会。你说吧，这笔账咱们要怎么算？”

哀川小姐狠狠地瞪着我，刹那间自己就像直接被人揪住心脏一样。在我的意识中，那座岛上的事件已经是过去式了，所以今天的超速发展实在太过出乎意料。

“你害我失去了一份工作，那可是没有生命危险，随便动动脑子就能解决问题的轻松工作。”

“啊？那个。”虽然有点莫名其妙，但还是先道歉为好，“真是对不起了，不好意思。”结果，哀川小姐哈哈大笑起来。

“哈哈！没什么好道歉的，我反倒要感谢你让我轻松了。”

这都什么跟什么呀？我慢慢冷静下来，同时，不安感也悄然从心底升腾而起。现在，到底是什么情况？我一头雾水。这个叫做哀川润的承包人究竟想要做什么？目的何在？我毫无头绪。

“那个，你准备开往哪里？”

“天堂。不，是地狱吧。我忘记了。”

“那是两个完全不同的地方。”

“啊啊，完全不同啊，真的是完全不同呢。所以，只能抵达其中一个吧。”

这个人，也是够随性的。

哀川小姐轻快地驾驶着汽车。究竟要开往哪里？真的是地狱？看她也不是没有这种可能。我的人生即将就此落幕，实在有点意外，不管怎么说，这样的结束也太突然了。

“见了你，也算是处理完了一桩事，如今还只剩下另一件。”

哀川小姐冷不防将她那张极具魅惑的俏脸贴近我。面对突如其来的亲密动作，我的身体瞬间变得僵硬。除了玖渚以外，我不习惯其他人靠近。

我往后躲了躲，结结巴巴地问道：“那、那个、另一件、你说的另一件、到底是什么事？”

“哎呀呀，就是想着帮你解决一个烦恼啦。我是承包人，职责就是帮人解决麻烦。对你这种怀揣烦恼又无计可施的小哥伸出援手，就是我的工作。”

“这就是承包人……吗？”

也就是说，名侦探的“工作”也是承包项目之一。

“可是，我的烦恼……是什么？”

“也要偶尔义务奉献一下嘛，反正我就是这么随性，哈哈。这次，就当作对你的奖赏了，奖励你替我圆满解决了问题。”

“谢谢您的奖赏……”

“哎呀，不是说了不要那么拘谨吗？别看我这样，我可是个大好人。”

大好人？哼，大好人是不会用高跟鞋去踹一个初次见面的人的。

“喂，烦恼小哥，要握住我的手吗？”哀川小姐向我伸出手，“敢不敢？决定权在你哦。”

怪人！实在太怪异了，无与伦比的奇怪。倘若把岛上的天才团体作为平均值的话，那么她就是远远超过平均值的怪人。然而，我一反常态，几乎没有丝毫犹豫地握住了伸在眼前的那只手。

这么离奇古怪的人，放过实在太可惜了。

哀川小姐邪气地笑着说：“OK 啦，帅哥。”

我不由得暗忖是不是我表现得太心急了。

“那个，话说回来，我的烦恼是什么？”

“那点破事，你自己不是非——常清楚吗？非——常清楚哟。不难想到吧。伟大的我可是为此亲自来见你的。所以，你的烦恼就是鸦濡羽岛的事件咯。”

“那个斩首事件吗？”

“没错！”哀川小姐微笑着点点头，“最终，我还是去了那座岛。原本就是去休假的，但在我抵达之前，你就已经解决了那个事件，算是帮了我大忙，以上是真心话。总之，伊利亚、小光、小明和小玲她们都跟我说了。对了，照子可是什么都没说，一如既往地沉默，说起来，我也只听过一次那丫头的声音。对，想起来了，还有一个技艺马马虎虎的厨师和一个阴阳怪气的占卜师，啊啊，不想记起她，莫名其妙的女人。”

哀川小姐突然激动起来，仿佛要将方向盘扭断。看来，在岛上跟真姬小姐发生了不少事呢。那个家伙究竟干了什么？单从表面来看，哀川小姐跟真姬小姐的确气场不合。

哀川小姐冷哼一声，又继续说道：“总之，从她们那里听说了事件的经过，从头至尾。”

“有什么不满吗？依哀川小姐来看。”

“润！”哀川小姐突然恶狠狠地低吼，“不许用姓氏叫我！只有敌人才会叫我的姓。”

“依润小姐来看，有什么不满吗？”我赶紧改正重新询问。

“表现不错哦。”哀川小姐笑了。

看来是位喜怒无常的人呢，或者可以用阴晴不定来比喻。但是，就算是山里的天气，也不至于如此善变吧。

“哎呀呀，帅哥，我哪有什么不满。有不满的不是我，而是你吧，小哥？你解决了事件，那么漂亮的解决，谁都无法反驳的完美解决。可是，你自身对某些事情依然无法释怀，不是吗？不是你对自己的推理有所不满吗？”

我无言以对。

哀川小姐无视我的反应，继续说道：“没错吧？三天就解决了那个事件，拥有如此智力的你，不可能不会心存疑惑，不是吗？”

对于哀川小姐说的话，我一句话也说不出来。当然，并不是因为她说得不对，正是因为她一语中的，我才无力反驳。

正如她所言。

我，不，是我和玖渚，是以迅速解决事件的目的，将自己心中的疑虑丢到一边，直接提出了自己都无法苟同的推理。

哀川小姐笑了。

“那个让你不满的真相，让你无法释怀的真相，让你无法接受的真相，你想通了吗？”

“那是……”

“深夜为什么要杀伊吹？深夜和园山怎么会合起伙来？”哀川小姐用雪白的牙齿咬住鲜红色的舌尖，挑衅地盯着我，“我说的没错吧？”

“没错。”我不情愿地点点头，“可是，那是他们两个人的问题，怎么说也只能是他们自己的问题吧？因为涉及到犯罪动机，可是那前后的因果关系，不是靠我的能力能够……”

“很像。”哀川小姐突然说了这么一句，又接着说，“你是那么认为的吧？深夜本人也是那么告诉你的吧？嗯，你跟逆木深夜‘很像’。对他来说，伊吹加奈美是无可替代的存在，如同那个‘蓝发小女生’在你心中的地位一样，你那个同类为什么会杀死他最在乎的人呢？”

“可能只是我们误会了。如果不是那样……是了，对于深夜先生来说，‘无可取代’的其实是赤音小姐，也许是那样吧？”

“那样你就可以接受了吗？”哀川小姐语带嘲讽地说，“做不到吧？完全不能接受吧？不用强辩了，我完全明白，也能深深体会到你的心情。”

“你可真会兜圈子。是，我承认，我确实无法接受这些，可是，哀川小姐……”

“润！不是说了不许用姓氏叫我？！”

一声厉呵。又被瞪了，可怕的女人。

“润小姐，我对此的确是不能接受，但又没有其他可能性，不接受也没有办法啊。将绝对不可能的可能性全部都排除掉，那么剩下的可能性，不管看上去是多么的不可能，但那终究是事实。”

“迷信！她说犯案动机是为了吃脑子，这种妄语你也信吗？”

我无话可说。

哀川小姐笑眯眯地欣赏我的反应。

“喂喂喂喂，振作点，振作点嘛，帅哥。吃了天才的脑子就会变成天才，聪明的人会更加聪明，你觉得世界上有盲信这种混蛋逻辑的白痴吗？即使存在这样的人也无所谓了，怎么想是个人的自由，每个人都有低能的权利，所以也没什么好不好的。思想是自由的，犯傻也是自由的。但是，能想出用尸体当脚踏板，对人类毫无敬意的那种人渣，真的会那么想吗？你觉得呢，帅哥？”

不可否认，她说的确实没错。

“这样的话……这样一来，哎呀，你到底想说什么呀？我觉得自己都够拐弯抹角的了，但跟你相比，简直就是不值一提。”

“那是因为你本来就比不过我，不是吗？你不知道的事情我可都一清二楚哟。哦，别误会，我并不是说你无能。”

“那是不是就表示你能力强？”

“我是全能。”哀川小姐大声说道，“若非如此，岂能当承包人！”

无可救药的自恋。

“那么，润小姐是怎么看的？你不是说已经完全想通了吗？我洗耳恭听。”

“一开始就老老实实地这么问，就不用我费这么多口舌了嘛。”哀川小姐笑了，“喂，帅哥，聪明如你，不是知道哪里不对劲吗？小光跟我说过，你已经意识到了。你的那幅肖像画里，手腕上为什么画着手表。”

我愣住了。

手表？

那件事，早就忘到九霄云外去了。

看到我的反应，哀川小姐吓唬我说：“不可能忘记吧？那么重要的事情。不许说忘记了那种话，听到没有？”

“没那回事，怎么可能忘记？我想着是不是她画错了，因为加奈美小姐画画全凭记忆，以为只是她记错了，那个……”

“不可能！那种敢于宣称自己的记忆和认识是同样的狂人，技术上不可能出现那种错误。也不能断然说没有记错的可能吧，但是，你就从来想过其他原因吗，帅哥？”

“哀……润小姐的想法是？”

“别人怎么想的我不知道，不过本小姐、人类最强承包人、哀川润做出的判断是，那幅画不是伊吹加奈美画的。”

“什，什么？”

“对吧？只能那么想了。试试归谬法嘛，假设那幅画是伊吹画的，那么画中出现了手表就很奇怪，因为你坐在伊吹面前时根本就没有戴手表，那么得出的结论就是，画那幅画的人不是伊吹。”

“哎？为什么？”

“什么为什么！你是亲眼看着她画的吗？不在他人面前作画的画家，不是没有，但我不认为伊吹就是那样的人。我的结论是，伊吹加奈美不会画画。”

“不会画画？加奈美小姐会画画啊，而且是有名的画家，怎么可能不会画画呢？”

“幼稚！请人代画的假画家到处都是。”哀川小姐理所当然地说，“至少有五万人，五万呢！就算伊吹是其中之一，也没什么好奇怪的，一点都不奇怪。”

“那么，那么你是说加奈美小姐是假画家？”

“动动脑子啦！你不画画吗？”

“艺术方面，那个，不……不是很擅长。”

“嗯？我看你呀，肯定是一看到伊吹加奈美，就自以为是地认为‘这个人从骨子里就是艺术家’，我没的说错吧？”

“……”

这个人，怎么能如此正确地，准确无误地洞察到别人的思想？在那瞬间，我甚至以为是真姬小姐坐在我的旁边。但我要是这么说出口的话，肯定会惹怒哀川小姐，所以还是保持了沉默。

“不许把我跟那种怪异的轻浮女人相提并论！”

“……”

哀川小姐脸上泛出一抹虚无的微笑。

“傻了？别不说话啊。这不过是初级的读心术，一点小技巧而已，只要稍加训练，谁都可以做到。这些不是重点了，话说回来，那你为什么认为伊吹是艺术家？”

“为什么……那是……嗯……”

我不禁为之语塞。

“事实上，你没看到过她画画吧？你啊，小帅哥，是被伊吹的巧言巧语给唬住了，听那家伙说什么你就信什么，然后，仅凭那些就认定她是艺术家。”

“作品，我看到过的，樱花树。”

“但你没有亲眼看到她画，对吧？小帅哥，你根本不信任人类，但却是个老实人呢。明明不相信人，却也不提出质疑，只是保留自己的结论吗？所以，就相信了伊吹的故弄玄虚。”

故弄玄虚？

那是故弄玄虚？加奈美小姐的那些话都是虚张声势，是这个意思吗？那种事，那种事怎么可能……

“那种事怎么可能知道？你想说这句话吧。”哀川小姐一口说出了我内心的想法，“也许吧，也许真的就是那样，帅哥。”

“如果你有什么话想说，就直接说吧。”

“你就是这么拜托人的？”

“请指点一二。”

“孺子可教。”哀川小姐微笑点头。

这人怎么跟我预想的不一样呢，有时候就像小孩子。

“比如小礼服。你去当模特时，伊吹小姐穿着小礼服的那会儿，还记得你说了什么吗？说的是‘这样穿着礼服画画，没关系吗？’之类的话吧。”

不知她听谁说的（其实，能知道那种事的也只有真姬小姐），不过她说的没错，当时我是说了那样的话。

“一流画家是不会让画具弄脏衣服的。”哀川小姐轻声低语，突然语气一变，怒喝道，“怎么会有那种家伙？怎么可能有那种事？即使衣服没有弄脏，也会染上味道嘛。不是办得到办不到的问题，是谁都不会那样做。你连这点都想不到，笨蛋！”

不是在演戏，哀川小姐真的生气了，我也真有点发怵了。看着哀川小姐恨不得一拳挥过来的气势，我想起了光小姐曾说过她一直处于生气状态，原来如此，我终于明白光小姐为什么会那样说了。

"暴脾气的人"吗?

"总之，既然是使用画具在画布上作画，至少要穿个围裙什么的，这不是理所当然的吗? 就算不擅长画画，这点常识还是应该知道的吧。"

"哎——这么说的话……"

如果是这样，那么事情又会如何呢? 加奈美小姐对我撒了谎吗? 不，与其说是谎言，倒不如说是她对于绘画的……

无知?

绘画天才伊吹加奈美，不可能连点小事都不知道，因为那是只要稍有经验，任谁都能察觉到的事实。

那么……

"对，无知！"哀川小姐讥讽地说"不会画画的绘画天才——伊吹加奈美。换成是你，究竟该如何解决这种矛盾?"

"那个加奈美小姐，是个假画家。润小姐是这个意思吗?"

"不是那样。动动你的脑子，不是那么难发现的啊，小哥。那幅画不是伊吹画的，可是伊吹是画家，这样的话，呀，不用多想别的，就用简单的三段论来推理，不就证明那个伊吹是假的嘛。所——以，她当然不会画画啦。"

"假的? 可，假的……为什么? 啊啊，不行，脑子全乱了。"我抱着头使劲揉搓了几下，"那么，也就是说，假的加奈美小姐被杀了，真的加奈美小姐没有被杀吗?"

"对！"哀川小姐"砰"地拍了一下我的肩膀，"然后，真的园山赤音被杀了！”

思考戛然而止。

但是，同时，强烈的震感向脑海袭来。

“你，你说什么？赤音小姐？”

“对！园山赤音。怎么样？最初的疑问也消除了吧？为什么深夜要杀伊吹？很简单，根本就没杀。为什么深夜会跟园山合伙犯罪？很简单，根本就没有合伙。与他联手的是伊吹加奈美，他那个无可替代的人。”

“加奈美和赤音小姐调包了？什么时候？请等一下。我这三天都跟加奈美小姐和赤音小姐待在同一个岛上，就算我记忆力再差，如果那两个人互换了的话，我一定会发现的。”

“所以，两个人是在那之前就已经互换了，在上岛之前。我不知道伊吹加奈美和园山赤音是什么时候开始出现在那座岛上的，但我很确定在那之前她们已经互换身份了。”

“一个是金发碧眼，一个是黑发知识分子。那种差异怎么……”

“头发可以染色，眼睛可以戴美瞳。有心去做的话，模仿别人是很简单的事，更何况只需要掩盖那么明显的特征。对吧？”

“那么，那幅画……”

“所以不就是园山画的吗？那天你出现在园山面前时，一直都是戴着手表的吧，所以画那幅画的就是园山赤音。而众人眼中的园山赤音，其实才是真正的伊吹加奈美。”

园山赤音就是伊吹加奈美。那么，赤音小姐那天上午在哪儿？

意思是说她在画室里画樱花吗？那天晚上，赤音小姐在画我的肖像，是这个意思吗？

“为什么要那么做？”

“为了让你们相信扮演伊吹的园山是‘真正的伊吹’。会画画的人竟然不是伊吹加奈美，我想你无论如何不会这样去猜想的吧。”

哀川小姐继续说了一句：“不过，画出手表这件事，怎么看也不像她们会犯的错误。”

“可是，伊利亚小姐，邀请她们的伊利亚小姐，一眼就能看出她们调包了吧。”

“为什么这么说？”

“因为，因为……至少看过她们的照片吧。”

“照片？喂！喂！喂喂喂喂喂！开什么玩笑，帅哥，你要笑死我吗？服了你了，饶了我吧。难道你认为照片上的相貌跟实际的相貌是一样的？照片给人的印象与实际见到的印象根本不同，所以才抓不到通缉犯嘛。照片是静止的，现实是活动的，而人的眼睛观察事物是很随意的，就是这么回事。两者相比的话，自然是现实的印象优先了。”

的确如此。加奈美小姐自己也说过类似的话。我突然生出一种奇怪的、非常微妙的感觉，好像自己就是那个事件的罪犯，正在被名侦探哀川大师步步紧逼。

“为什么，为什么要做那种事？”

“恶作剧！故意调包。伊利亚跟小玲也调包了吧，如果你问她为什么要那样做,那家伙一定会说是恶作剧。不是一样的道理嘛，她们一定也是这么想的。谁能发现呢？被称为天才的那些人谁能察觉到呢？那个广邀天才举办沙龙的千金大小姐，会发现我们互换了吗？”

“……”

“至少园山是同意这个恶作剧的，啊，我说的园山，是指真正的园山。深夜和伊吹跟园山接触，提出了这个计划，园山也接受了，可能她觉得好玩吧。学者这种人反倒更具快乐主义倾向，尤其是ER3组织的那帮家伙，这点你懂的吧。所以，园山才会接受这个恶作剧。”

根据小豹的情报，伊吹加奈美和园山赤音此前在芝加哥见过面。两个人原来就认识，所以如果说她们共同策划了调包案，也没什么好奇怪的。在岛上，两个人针锋相对，争吵不断，这么说来，也是事先计划好的吧，目的就是为了掩盖两个人互换身份的事实。

“然后，又怎样了呢？”

“事情就是这样了，伊吹和园山互换，伊吹变成了园山，园山变成了伊吹，然后其中一个人被杀了。活下来的是园山，调包后的园山。”

“……”

“谁也想不到吧，一度被认为已经死去，后来又被认定是杀人犯的人，竟然是另外一个人。”

“你的意思是加奈美小姐取代了赤音小姐吗？”

根据小豹的情报，赤音小姐辞掉ER3七愚人一职，目前过着半隐居的生活，但仍以学者身份名扬各界，深夜先生一直陪伴在她身旁。那么说……

“既然没有报警，就结果而言还算不错吧。”哀川小姐讥讽地说。

“动机，就是那个吗？可是，到底为什么要做那种事？”

“哈——”哀川小姐嘲笑地眯起眼睛，摇晃着身体，“帅哥，你知道你问了个多么无聊的问题吗，还真是让人难以言表呢。喂！小哥，如果有人问你为了什么而活着，你怎么回答？”

“……”

“帅哥，你这种类型的人可能从来没想过吧，没想过要成为什么，没想过要成为什么样的人，对不对？所以，不管我怎么给你解释，你都无法理解伊吹加奈美的心情。像你这种性格的人，就算走遍全世界也无法理解伊吹加奈美的心情。”

虚拟机器，脑子里突然蹦出这个词。

模拟……

绕过软件，驱动计算机。

“听润小姐的话音，好像你很理解似的。”

“不理解。谁能知道别人是怎么想的呢？不过，只要动动脑子，多少还是可以想象的。密室那种小孩子的玩具，对她们来说不过是一个小游戏，只是为了隐藏真正目的的障眼法而已。可你们呢，全副精力都集中在什么密室啦，无头尸上面，根本就没想到一开始人家就调包了吧？”

不可否认，正如哀川小姐所言。

可是，可是那实在是太……

“等等，那个，一时之间我实在难以接受。”

“对，的确是令人难以置信的曲折，拐弯抹角到我的言论都变得毫无条理，你的性格都不成问题的程度了。但是，那样做自然有那样做的道理，那家伙将自己的旧壳‘伊吹’抹杀，然后成功新生为‘园山’，整个继承了园山赤音的经历。”

“可是，不会被人发现吗？”

“不会！恐怕很——早以前就开始紧锣密鼓地筹备了。也许她们原本五官就有些相似，所以才会萌生取而代之的奇异想法吧。”

“取而代之？就为这个杀人？不过，要想完全取代，确实必须让本尊彻底消失啊。”

想要本尊消失，杀人是最快的方法，而警察权力无法触及的沧海孤岛，确实是最佳的杀人地点。

“那样的话，杀死伊吹小姐后不就该结束了吗？完全没有必要假扮成受害者，甚至制造出被杀的假象嘛。”

“喂！喂！打起精神来，帅哥，怎么这么不顶用呢。你想啊，那样的话，大家不就会质疑为什么只有伊吹被杀了嘛，说不定就开始追究起原因来，所以，必须制造连续杀人事件，利用杀人来隐藏真正的目的，必须假装成以所有人为目标的快乐杀人者。至于吃脑浆什么的那些话，应该是偷听了你们的对话后临时想出来的。嗯，再怎么说要杀人，面对无辜终究下不去手吧，所以就自己假扮成被害者喽。很简单吧？令人目瞪口呆的算计。”

“杀人犯真的会替别人着想吗？”

“又不是所有杀人犯都是快乐杀人者，就像狼也并非都是独行侠一样。为了达成目的，当然要尽量避开危险，多制造一起杀人事件，就会给对方留下更多的推理线索，不是吗？”

深夜先生说原本想要杀死所有人，我信以为真。因为已经杀死了两个人，而且还企图杀死弥生小姐，甚至连我也差点遇害，所以我压根就没想过制造这些事端的两个人还能心存善念。

“可是，她明明想要杀弥生小姐的。”

“没有杀死。”哀川小姐一句话断然堵回了我的反驳，“那是你自以为是的想法。‘园山赤音’通过重复利用尸体来隐藏自己，是为了接下来继续杀人，这是你自己的臆想，所以你利用佐代野设下陷阱。如果你真认为事情已经终结的话，就不会设那个陷阱了。可是，你错了，那只不过是你的偏见。”

“……”

“来来来，帅哥，动动脑子，应该能意识到什么。怎么说你好呢，你可是被伊吹和深夜两个人耍得团团转哦。为什么深夜要让你看见睡袋？为什么伊吹选择在人人都有不在场证明的早餐时间去破坏电脑？”

“连那些都是……”

连那些都是精心计算下的行动吗？不是偶然，而是完全掌握了我们的行动，不，该说我们完全被牵着鼻子走。弥生小姐房里的攻防战、玖渚友的痛苦，一切都在他们的算计之中吗？在让人无从预测的计谋下，我们所有人都成了棋盘上的棋子吗？本以为是自己将对方逼到绝境，结果却发现是自己陷入了对方的操控之中。

无论如何都不可能是那样吧，但又根本找不到反驳的证据。可是，那一切也太过离奇了。

然而，我心中原有的那种隐隐约约的不安定感，此刻已消失得无影无踪。

哀川小姐将右手伸到我眼前，白嫩细长的食指，指尖轻轻划过我的嘴唇。尽管从未有过那种体验，但总觉得好像被人调戏了一样。

“所以那幅画才会完全吻合，无论是手表还是其他东西，没有一丝错误，完全跟伊吹加奈美画的那幅画吻合，不愧是天才画家，这可不是随便说说的。哈哈哈，说不定那两个人一开始把本小姐‘一个星期后到’的事都算计进去了呢。总之，谁都无所谓了，只要能够解开密室之谜就行，只要能被指认为犯人，揭开‘园山赤音’没有死，并让‘自己’复活的‘真相’就好。”

然后她成功地变成了别人。

以大统合全一学者的身份驰名各界。

“对了！即使能够取代他人的经历，成功变成另外一个人，但还有自身能力的问题啊。园山赤音现在虽然不再是七愚人，但依旧是学者，是了不起的大统合全一学者。假如是两个人调包了的话……”

“假如啊。”哀川小姐不可思议地笑了，“帅哥，你又绕回那个话题了，果真是不肯轻易死心呢。”

“根据润小姐的推理，现在的园山赤音其实是伊吹加奈美。可是，根据玖渚的调查，那个人确实还在当‘学者’，而且做得风生水起。”

“当然可以了。有能力画画，有能力做学问，当然也有能力杀人，有能力取代别人。这样的人，不正是人们口中的天才吗？”

“天才……”

伊吹小姐被邀请到岛上的理由……究竟是什么？不就是因为她具有特殊才能吗？异端中的异端，终极中的终极，遥不可及的彼端。是了！是了！正是因为如此……

“帅哥，你是怎么定义天才的？记得你说是‘遥远的人’吧，哦，我是从伊利亚那里听来的。可是，你错了哦，应该是‘向量’啊。简单来说，就是可以将人生所有精力朝一个方向全部发挥的人。一个人可以做许多事，但是当一个人不是什么事都去尝试，而是将所有精力只集中于一件事的时候，就能够迸发出令人难以置信的力量。正因为如此，才让人感觉到是‘遥远的人’。”

突出的机能。

向量的方向。

受限的偏倚。

如果不是朝各个方向分散，而是将箭头指向一个方向……

集中力。

学者症候群。

永无止境的欲望。

哀川小姐又“砰砰”拍打着我的肩膀：“干得不错，帅哥，不过你只能算是业余。用棒球来比喻的话，就是少年选手吧，四棒投手。以为对方也是少年选手，孰料对方竟然是童梦[①]啊，嗯，就是这种感觉吧。童梦君，你知道这个人物吗？估计你不知道吧，这就是年代的代沟，哈哈。”

哀川小姐亲昵地搂着我的肩膀。

“不等名侦探出场就擅自结束故事，帅哥，你可不是个称职的演员，修行还不够哦。”

“还有，请等一下，加奈美小姐不是坐轮椅吗？”

“谁规定只有残障人士才可以坐轮椅，脚没问题的人也可以吧。”哀川小姐嘲弄地说，“不就是这么一回事嘛。伊吹加奈美也说过的吧，腿脚只是装饰品。骗你的时候才会发挥作用，仅此而已。”

“赤音小姐的话，也就罢了，只要坐在轮椅上就好了。可是，加奈美小姐不是天生腿脚不便吗？怎么可能到处乱跑？”

“想取代园山赤音的伊吹加奈美，希望成为别人的伊吹加奈美，如果谁告诉我说这个伊吹加奈美也是以前由谁取代而来的，我一点都不惊讶。”

深夜先生究竟是从何时开始看护伊吹小姐的？

他说已经很长时间了。

究竟，从何时？

一直到现在依然不离不弃。

究竟，会到何时？

虚拟机器。

宛如被设定成好几台机器……

没有任何风格。

放弃一切风格。

那种……事。

真姬小姐。

名叫姬菜真姬的超越者，连那种事，那种事实都“知道”吗？明明洞悉一切，却什么也不说，只是冷眼笑看事情的发生、发展，不，该说是全然置之不理。

什么是真实……

什么是谎言……

谁是真正的……

谁是虚假的……

“不许发问。”哀川小姐呵呵地笑着警示我。

跑车终于靠着路边停下来。

“尘归尘、土归土……终归就是如此吧。干得不错，帅哥。真的很棒，值得称赞。可是还差点火候，继续多多加油！有不满不要自欺欺人，不安定就把它搞定，把不合理挤压进合理中去，不要把自己的想法当作无谓的感伤！ OK？

“记住了。”

“答得好！”哀川小姐吐了一下舌头，扬起嘴角。

“那么，就这样喽，打扰了。我认为，正因为有你们这种人的存在，这个世界还有生存的价值。不过，帅哥，你还是太懈怠了，人类这种生物啊，可以做到无限好。振作起来，振作！”

她转过头来看着我，然后将头一甩。

“今天到此为止，就此别过。去，去，别碍事，下车，下车！”

什么人嘛，随便把人抓上车，现在又嫌别人碍事。不过，我当然求之不得，赶紧打开车门跳下来。

四下环顾，这是哪里呢?

竟然就在玖渚住的大楼下，与古典京都全然不同的风格，高级住宅区城咲。到了这里，哀川小姐的大红敞篷车也不再显得突兀。

“原来如此……”我仰望着大楼顶层，点点头，“这里的确是天堂啊。”

“或者是地狱吧。哈哈哈，反正你本来就打算到这里来的，不是吗？”

“你怎么知道？”我吃惊地回头看着哀川小姐。

哀川小姐指指我手里的书店纸袋，里面装着的是给玖渚买的杂志。可是，就凭这一点就能推断出来吗?

简直就像……

简直就像那部著名的小说中描写的那个……

简直就像那个名侦探。

“哈哈！”哀川小姐笑了，“有缘再会喽。不过，嗯，你这个怪小子跟本小姐应该不至于没有缘分。”

哀川小姐收起脸上的嘲弄，向我展露出发自内心的真诚笑容，拍了拍我的脑袋和肩膀，然后指着楼顶。

“替我跟小玖渚问好。”

新的疑问来了。这次事件并非我一个人解决的，至少有玖渚一半以上的功劳。可是，为什么哀川小姐只来见我一个人呢？是打算以后再去见玖渚吗？

“不去见见玖渚吗？”我试探着问道，“难得到这里了，上去坐坐吧。”

“不必了，昨天我已见过她。”

“……”

看来，我还是排在后面啦。

肩膀一下子垮了下来，不禁叹了一口气。

我提出了最后一个问题。

“那个……润小姐是为何而活呢？”

“那还用问？当然跟你一样啦，异——端！”

赤红的承包人一踩油门，瞬间消失在我的视野中。空留下我在原地发愣，脑子里空空如也，也不想去思考什么。

好半天，才缓过神来对自己说了一句：“怎么像是被半路打劫了似的。”

这绝不是错误的比喻。我体会到了一种深深的虚无感，仿佛肩上负载的行李全都被人抢走了一样。

这个人，究竟是什么意思？一开始那样猛踢我又代表着什么？

是从照子小姐那里听了什么，想要测试一下吗？还是单纯为了出口气？

既然她是专程来找我的，那多半还是因为愤怒吧。因为自己的登场机会被我抢了，所以愤怒？可能是，也可能不是。或许只是兴趣所至，或者如她所言，是对我的褒奖。

不管是出于什么原因，这些都无关紧要了，至少现在我知道了她不是个好脾气的人。即便并非如此，但不管我是怎么想的，这都不是一个严重到不能更改的错误。

真是的！

搞什么嘛？

一个接一个的。

无语了。

“宛如……无可奈何的戏言啊。”

例如赤神伊利亚。

她邀请天才、欺骗天才、愚弄天才，只为自己快乐，只为自己的世界不再空虚无聊。以前是，现在是，将来还会如此。

例如千贺姐妹。

偏离常轨的三个人虽然相貌完全相同，但性格又截然不同，就像希尔宾斯基三角形，全部与部分具有严格的自相似特点，虽然不是同一个却又完全相同，谁也无法探究到那种无穷尽的底端。

例如姬菜真姬。

已经自行决定两年后迎来终结的她，洞悉所有真相，参透一切事实，却像只慵懒的猫一样只顾打着哈欠打盹，对外界的一切无动于衷。

例如哀川润。

号称人类最强承包人，赤红色的名侦探，在事件结束之后，再将事件毫无意义地、体无完肤地、斩草除根地彻底解决，然后带着嘲弄的微笑扬长而去。

例如连名字都不知道，不知到底是何人的她。

她……绝对是个天才。

然后……

然后，例如玖渚友。

……

对我来说，一切都无所谓。

反正这个世界只能是该怎样就怎样，即使脱离了轨道，那跟我也没有任何关系，即使有关系，我对那些也毫无兴趣。

我既没有想要变成谁，也不认为一定得做些什么。虽然内心也怀疑过这样是否得当，但对我来说，终究是无所谓。

我身体某处已经彻底冷掉了。

不，不是那样，

或许该说是我身体某处已经彻底干涸了。

死气沉沉，万事提不起兴致。

所以，对我来说，玖渚友就是一种滋润。

“滋润啊……”

深夜先生也是这样吧？叫逆木深夜的那个男人，对她形影不离，尽心尽力。果然我们俩是同类，而且是同类中的同类。

唯有一声长叹。

虽然不知道这个世界是以谁为中心旋转，反正地球是以太阳为中心旋转的。换言之，一切不过如此，绝不会超出这一点，不论对谁都一样。

真实总是在我的手触碰不到的地方。

而我也并不想要那种东西。

或许这就是问题所在。

哀川小姐所说的懈怠，也是指这个吧。

“不过那种事情也无所谓了，又不是时时必须想着那种事才能活下去，我也没有期待世界顺应我的心意，更没有企图解开世界的谜团，眼前迷雾重重，总归只能是一个个的麻烦。只要明天也可以这样活着，那就足够了。”

结束了自己跟自己的交流，我终于迈开了脚步。

再继续想下去太麻烦了，其余的就让那些想思考的人去想吧。虽然辜负了哀川小姐的期许，但我毕竟不是特地为了世界的价值而活着的。

假如你问我为何而活，或许我会回答为了活着而活着。人活着的理由也不过如此，我活着的理由也不过尔尔，大部分人都不过如此吧。

然而。

然而，玖渚不同。

要我说的话，就是那种感觉。

“怎样都无所谓了。”

此时，我虽然就站在玖渚的公寓楼下，心里却想着今天就这样吧，回自己家吧。理由只不过是想让那个盛气凌人的承包人意外一次，仅此而已。

反正就算今天不见，明天也可以见到。

只要想见面，随时都可以见到。

也就这么回事。

但是……

我再度停下了脚步。

回忆扑面而来。

五年前。

和玖渚相遇以前，我认为自己一无所有。然而，如今再次重逢之后，虽然一直在一起，我还是一无所有。

只是一个空壳。

简直就像……

就像毫无意义的例行公事一般，

只不过动着，只不过活着。

“啊——啊！可恶！”

承包人的嘲讽笑容闪过脑际。

我想起预言家的话，

还有骗子三胞胎的话。

以及，身份不明、谁也不是的她的忠告。

“去就好了，去就可以了吧。”

生气归生气，反正随波逐流就是我的人生标签，岂不就是任由他人一如所想、一如所愿、一如所好地恣意操控吗？

宛如人偶，犹如没有灵魂的机械。

而且，还非常的优柔寡断。

就这样，虚与委蛇、毫无思想的含糊不清，伴随着碌碌无为的平淡无奇、离奇的缥缈真实，如同纯粹的虚幻童话般划下了句号。

我决定回到玖渚的身边。

【注释】

① 童梦：石森章太郎的棒球漫画中的角色。

后 记
POSTSCRIPT

纵观不太长的人类历史，会吃惊地发现历代能称得上“天才”二字的人物数不胜数，如今人们再回顾这些已经不足为奇了。其实，姑且不论其好坏，那些让人佩服的“天才”们无不是在周围“普通人”的扶持和培育下，才成为“天才”的。然而，迄今为止，却从未有人指出这一事实。说得极端些，不论是哪一个被称为“天才”的人物，自行发现自身天才性的可能性微乎其微，在被人发现异于常人的才能之前，基本都是过着普普通通的平凡生活。在他们眼里，自己拥有的某些才能不过是生来具备的，天经地义的，只有当他们与别人对比后，差异才会显现出来，由此才深信自己是“特别”的，并且认为自己的特别是理所当然的。但是，如果要客观地证明这种与众不同，不是靠自己的认知，而是必须在客观的视角下，也就是说必须由“普通人”来做出评判和定夺。简单来讲，就是发现天才的价值的人不是天才，甚至可以说天才理解不了天才，能够理解天才的，永远只有普通人，然后根据情况选择对天才大加赞扬，或者疏远孤立。

本书塑造了众多被称为天才的人物形象，诸如伊吹加奈美、佐代野弥生、园山赤音、姬菜真姬、玖渚友、哀川润等。除了她们之外，本书中也出现了虽然没有被称为天才，但足以配得上“天才”二字的人物形象。反之可以说，不仅仅是在故事中，不管在什么情况下，有的人即使不是天才，但看上去具有天才性，即便不是天才，但看上去具有天才气质，而有些名副其实的天才，反倒没有显现出一丝一毫的天才性和天才气质。天才靠着世人的认可才能成为天才，然而，成为了世人眼中的天才之后，有的天才却背离了天才之路。我就是带着这样的思绪和感想写出了“戏言系列”的第一部——《斩首循环：蓝色学者与戏言跟班》。

一本书的面世，耗费的绝不是些微的精力和辛苦，正是得益于大家的关照和协助，这本书才能呈现在读者面前。在此，我要对倾注了心力的所有人说声谢谢，尤其要对讲谈社文库出版部以及精心绘制了插图的竹先生表达衷心的感谢。

西尾维新

虚构推理
城平京
怪异？妖怪？
都市传说？
犯人是否真的存在？
本格推理大赏
受赏作

那位侦探的再登场

早已料及！

一切诡计皆不存在

原书房、宝岛社、

早川书房、文艺春秋

四大年度佳作榜全部入围

. 2 0 1 6 .

本格推理大赏

最终候补

《那种可能性早已料及》

井上真伪

这本轻小说真厉害 2006

第一位

『即战力的才能』

强者如云的公募新人奖

京都20岁 西尾维新 出道

戏言 斩首循环

蓝色学者与戏言跟班

西尾维新
NISIOISIN
回归初心 献给读者的本格推理
掟上今日子的备忘录
一日失忆侦探
VS
一日解决案件
新垣结衣
领衔主演同名电视剧
火热播放
读过就会迷上推
适合所有读者阅读的
百搭娱乐小说

图书在版编目（CIP）数据

斩首循环 /（日）西尾维新著 ； 胡环译． -- 北京 ：北京时代华文书局，2019.7
ISBN 978-7-5699-3086-3

Ⅰ．①斩… Ⅱ．①西… ②胡… Ⅲ．①长篇小说－日本－现代
Ⅳ．①I313.45

中国版本图书馆 CIP 数据核字（2019）第 117436 号

北京市版权著作权合同登记号　图字：01-2019-2652

斩首循环

ZHANSHOU XUNHUAN

作　　者｜[日] 西尾维新
译　　者｜胡　环
封面绘制｜[日]take

出 版 人｜陈　涛
策划编辑｜黄思远　欧阳博
责任编辑｜徐敏峰　韩　笑
版式设计｜刘艳秋
责任印刷｜刘　银　荆永华
封面设计｜T-Workshop

出版发行｜北京时代华文书局 http://www.bjsdsj.com.cn
北京市东城区安定门外大街 136 号皇城国际大厦 A 座 8 楼
邮编：100011 电话：010-64267955　64267677　57735442
印　　刷｜北京盛通印刷股份有限公司 电话：010-52249888
（如发现印刷质量问题，请与印刷厂联系调换）
开　　本｜880mm×1230mm 1/32
印　　张｜13.5
字　　数｜270 千字
版　　次｜2019 年 11 月第 1 版 2019 年 11 月第 1 次印刷
书　　号｜ISBN 978-7-5699-3086-3
定　　价｜48.00 元